おまえなんかに会いたくない

乾ルカ

Inui Ruka

中央公論新社

目次

装画　雪下まゆ
装幀　bookwall

おまえなんかに会いたくない

プロローグ

五月の図書室はひっそり閑《かん》としていた。

白麗《はくれい》高校には図書部がない。昔はあったのかもしれないし、この先いつかできるのかもしれないが、私が入学してから今まではなかった。カウンターの中では、中年女性の司書教諭がノートパソコンを叩《たた》いているようで、かすかな打鍵音が断続的に聞こえてくる。

私は人文の書架から目当ての一冊を引き出した。専門書には程遠い、ムックのような一冊。日本各地の因習、伝承などをオカルト風味に編纂《へんさん》したものだ。たまたま手にしたら下世話な感じが面白くて、図書室に来るたびに数ページ読んでしまう。

遺言墨《ゆいごんすみ》のエピソードも、何年か後にはこういう本に載っていそうだ。私たちの周りで一番知られているのは手紙で男子に告白する話だが、ローカル色が濃い別のエピソードも各地方であると聞く。そういう物語を集めて漫画化したのがあればいいのに。私が描けるものなら描くけれど。妹にもう少し画力がついたらやらせようか。

「桜庭《さくらば》さん」

打鍵音がしないなと思ったら、いつの間にか司書教諭が隣に来ていた。教諭は優しくかつ諭《さと》すように言った。

「借りたらどう？」

「持って帰ると汚しそうで。カバン重くしたくないし」

教諭は呆《あき》れたような表情になった。

本を眺めながら窓辺に寄れば、校庭の方角から放課後特有のざわめきが聞こえてくる。部活動の声だ。私は本を書架に戻すと図書室を出てグラウンドへ向かった。三井《みつい》のところへ行ってみよう。本当はすぐに帰宅して勉強しなければならない。成績が下がって二年の夏前に吹奏楽部を諦めたのだから。けれど、なんだかんだで学校に居残ってしまう。私は授業が終わった後の学校の雰囲気が好きだ。自由で静かなくせに騒がしい。学校は放課後からが本番という気すらする。

外履《そとばき》に履き替え、三井がいるはずのテニスコートへ急いだ。運動音痴《おんち》じゃなかったら、私もテニスをやってみたかった。テニス部員が主役の漫画を何作も知っている。部屋に全巻揃《そろ》えている作品だってある。

テニスボールの黄色い球がヒットされる軽快な音に、知らず小走りになる。本当になんていい音なんだろう。テニスボールを打つ音は、冬の終わりを知らせてくれる。金属バットが硬球を打つ音も春らしい。これらは冬には聞こえない。白麗高校に室内練習場などないのだから。グラウンドにいる生徒たちは、どの部活動も土が出るのを心待ちにしていたという感じだ。野球部、サッカー部、陸上部、ソフトボール部、ラグビー部。今日は特にサッカー部に熱を感じる。紅白試合があると言っていたっけ。

コートの金網のそばまで行くと、ジャージ姿の三井はすぐに私に気づいて、乱打を中断して手を振ってきた。

「桜庭ー！　勉強しなよ！」

三井の一言でその場のテニス部員がどっと笑った。私の不本意な成績や去年の退部の顚末《てんまつ》を知らないだろう下級生にも、笑われてしまった。気にしない。私も笑ってしまう。確かに勉強しなくては。

「息抜きも重要だから！」

「桜庭は常に息抜きじゃん」

練習を再開した三井の動きを、金網に指を絡めて眺める。キレのあるフォームだ。平均的な体格なのに、体の回転をうまく利用して誰より鋭いボールを返す。

後方から集団の足音が近づいてくる。振り向くと、運動着姿の吹奏楽部だった。白麗高校吹奏楽部は伝統的に、肺活量増量の名目で体力づくりを要求される。私も部員時代は練習前に走ったものだ。先頭は部長でサックスのパートリーダー。手入れの行き届いた髪の毛を後ろで一つに束ねた副部長の井ノ川《いのかわ》が、彼の後ろに続いている。室田《むろた》もいた。ああ見えて運動神経も抜群の井ノ川に遅れまいと気張っている顔だ。井ノ川の後ろにはその他の部員が二十名強。新入部員はまだ増えるだろう。

「室田！　頑張れ！」

三井がまたコートの中から呼びかけた。室田は走りながらちょっと手を上げた。三井は名前を知っている三年の部員へ向けて、次々とエールを送る。私も便乗して応援した。そして。

「井ノ川！　ファイト！」

三面あるテニスコートエリアの横を走り過ぎようとしていた井ノ川が、振り向いて微笑《ほほえ》んだ。ランニング中とは思えぬ余裕の表情だった。

たったそれだけでテニス部員たちは一瞬静まり、次に軽くどよめいた。井ノ川の笑みは親しみを感じさせるものではまったくなかった。女王が民衆に向けるそれに近かった。でも圧倒的に華やかだった。濃紺《のうこん》のジャージを着て走っているのに。さすがだ。また、井ノ川はつんと無視することもできた。でも三井の声に応えた。

こういう和気藹々《わきあいあい》とした雰囲気。これが放課後だ。両腕を天に突き上げ、伸びをする。新年度、私は新たなクラス分けを内心心配していた。でも蓋《ふた》を開けてみれば、一学年六クラスの顔ぶれは前年とあまり変わらず、去年に引き続いて一番親しい三井や室田と同じクラスになれた。井ノ川もだ。井ノ川グループとはあまり話さないが、彼女らがいてくれるだけで六組の地位が上がる気がする。とにかく文系私大組万歳《ばんざい》だ。

「桜庭、また明日！」

バスの時間が近づいたのでその場を去ろうとすると、やっぱり三井は声をかけてくれた。三井につられたのか、他のテニス部員も「気をつけて」「じゃあね」などと手を振ってくれる。私ももちろん手を振り返す。いつ見ても硬式テニス部は雰囲気がいい。三年六組の雰囲気と似ている。

＊

「なあ、富岡《とみおか》。サッカー部のギャラリー、すごくね？」

メディシンボールを放り上げる役目の足立《あだち》が手を止めた。ボールが来なければ俺もどうしようもない。緩く投げられたボールを肩に当てて返すというタックルの基本練習をしていたのだが、俺も足立に倣ってサッカー部のいる方角を眺める。サッカー部はグラウンド中央に集まっていた。ユニフォームを着ている連中とその上にビブスをつけている連中がいる。

「そういや嵯峨《さが》、紅白試合だって言ってなかったか」

「嵯峨は順当にユニフォーム組だな」

試合が始まった。最初からどちらも気合が入っている。レギュラー争いがあるのだろう。

サッカー部や野球部は花形だが、ラグビー部は残念ながら女子にはあまり人気がなかった。むさ苦しいと思われているらしい。ギャラリーの中の女子生徒を数えていると、やたら可愛らしい声で目立つ木下《きのした》を見つけた。彼女の隣には我妻《わがつま》もいる。マネージャーの安生《あんじょう》から応援に誘われたのかもしれない。嵯峨とつるんでいる花田《はなだ》と中山《なかやま》も現れた。

ああいう目立つグループに所属するのはどういう感じなのかと、想像することがある。普通に高校生活を送るよりも楽しいことは増えるのではないか。花田たち男子のトップリーグ三名は気さくで陽気だ。率先してクラスの男子生徒を昼休みのバスケットボールなどに誘う。彼らのおかげで三年六組のムードは明るい。

「桜庭ー！　勉強しなよ！」

校庭の隣にあるテニスコートから、三井の声が届いた。足立が笑った。

「バッカでかい声だな」

「マジでデカかったな」

サッカー部に送られる声援に負けないで聞こえたのだから、三井も相当だ。足立は「硬式テニスよりも応援団長の方が向いてたりしてな」と言った。

向いているかもしれない。それは否定しない。だが俺はそんな三井がまあまあ好ましいと思う。

「お、吹奏楽部も来た」

ランニング中の吹奏楽部は校庭の横の道を走り抜け、右に折れてテニスコートの脇を駆ける。三井の声がまたもや聞こえた。吹奏楽部の連中を励ましているのだった。テニスの練習は中断しているようだ。俺らと同じだ。

「やっぱあいつ応援団だわ」足立は腹を抱えて爆笑した。「あの井ノ川にも声かけするとか」

そこだ。俺はそういうところが三井のすごさだと思っている。あいつは井ノ川相手でも他のクラスメイトと同じように振る舞える。そういうやつは滅多にいないことを、小中高と学校生活を送って来て気づいた。

「いつまでサボってんだ富岡、足立」

顧問の先生に怒鳴られてしまった。俺らは基礎練習を再開した。

＊

吹奏楽部が構内一巡《ひとめぐ》りのランニングを終えて校舎内に戻ってから十分と少し。三階の音楽室からアルトサックスの音が流れ出した。続いてクラリネット、ホルン、トランペット、フルート。音出しが始まったのだ。

もうあそこに戻ることはない。春休みの前に退部した私を、あいつらは惜しむのか。新入部員がみんなポンコツで、一度くらいは経験者の音があればと思ってほしい。でももう遅いわけだけど。私は戻らない。ざまあみろ。

ざまあ展開を想像するのは楽しい。虚《むな》しくなんてない。

三年生になって、あいつらとクラスが別れたら少しは平和だったのかもしれない。でもまた同じクラスになってしまった。私は暇さえあれば思い知らせることを考えて、さっきいいことをひらめいた。天啓のように。教室の壁に貼られた年間予定表を眺めていたときに。

あの遺言墨の都市伝説。白麗高校の誰もが知っているあれを利用するのだ。

八月末に催される学校祭の最終日、私たち三年生はクラスごとにタイムカプセルを埋めるらしい。それに爆弾を仕込んでやるのだ。何年後かわからないけれど、同窓会で開封されるであろうタイムカプセルなんて、時限爆弾にうってつけじゃないか。

あいつらは間違いなく同窓会を楽しみにする。陽キャでカースト上位だから。そういうやつらにノーマークの場所から冷や水を浴びせる。あいつらの仕打ちは忘れない。何年経《た》とうが私の傷は絶対に癒《い》えない。

大人になって順当に生きている日常をめちゃめちゃにしてやる。

私が復讐《ふくしゅう》するんじゃない。あいつらは自分たちの過去に復讐されるのだ。私は悪くない。

牙を剥《む》かれると知ったら、あいつらは慌てて許しを乞うかもしれない。あいつらが私にごめんなさいどうか許してくださいと土下座《どげざ》し這いつくばる様。愉快すぎる。なんて楽しい想像。

あんたたちはせいぜい慄《おのの》いて後悔すればいいよ。この同窓会、やらないほうがいい、やらなければよかったって。私を彼女や友達にしとけばよかったたって。

でももう遅い。決めた。ざまあエンドで私は逆転勝利する。

許さない。

井ノ川

宵《よい》の口《くち》の空は紫がかり、西日が当たる雲の際は金色だった。大勢の生徒が校庭に出ていた。二日間着続けたクラスTシャツを脱いで、制服姿に戻っている生徒もちらほらいる。これから花火をやる——もう少し日が落ちてから。おそらくあと十数分以内に。九月を前に日の入りは早まっていた。これからは、どんどん先細るように昼間が短くなり、曇天《どんてん》が増え、風は肌を切り、初雪が舞う。五時間目で蛍光灯が必要になる。校庭のすぐ隣、今年も様々な野菜を実らせた高橋《たかはし》家の畑もひっそりと眠りにつく。そして私たち六組の生徒は、推薦入学を取りつけた要領のいい例外を除いて受験勉強にいそしむのだ。

若いころは一瞬だ、かけがえのない時間だと焦らせるくせに、なんだって受験などに時間を割かせるのか。これに対する明確な回答を、社会は用意していない。

スピカがそろそろ輝く。花火よりもそちらが見たい。私は西空に目を凝らす。

「三年六組のやつ、集合」

磯部《いそべ》の叫びが校庭の向こう端から聞こえる。学校祭実行委員なんて面倒でしかないのに、彼は自分から手を挙げた。私の記憶が確かならば、修学旅行のクラス委員もやっていた。委員が好きなのか。推薦目当てか。磯部の心境なんかに興味はないからどうでもいいのだが、雑務に追われて個人で楽しむ時間が減るのに、よくやる。

高校最後の学校祭は大変だったけれどみんなのために頑張った、みたいな既成事実を作りたいとか？　かもしれない。磯部はクラスの中心になるようなやつじゃない。甲子園でベンチ入りできなかったアルペンからの応援組だ。よくてお情けで背番号十八をもらえるかどうか。ならば実行委員は志願しての思い出代打というところか。エースナンバーのこちらからすれば、そのあがきはなんだかお気の毒でもある。

それにしても、花火なんて好きなところで見ればいいのに、クラス単位で固まらせるのは、その後にもう一つイベントがあるからで間違いない。誰が決めたのかは知らないが、年間予定表を見たときは、本当に驚いた。昭和かと。

「花火って何時に終わるんだっけ？」

横から話しかけてきたのは木下だった。トーンが高くて可愛いと、その声は男子の間で一定の評価を得ているようだが、私には甘ったれているようにしか聞こえない。畑から吹きつける風に、木下は口を尖《とが》らせた。たぶんアイロンとスプレーで整えた髪が乱れるのが嫌なのだ。木下の後ろには我妻と安生もいた。ちょっとだけ一人になりたい気分だったのだが、結局いつもの面子《メンツ》が揃った。

「知らない。花火打ち上げ終わったときじゃないの」

そっけなく答えたが、木下は問いを重ねてきた。

「誰が打ち上げんの？」

「花火師じゃない？」

するると、ちょんちょんと小鳥に啄《ついば》まれるみたいに背中をつつかれた。

「集合しねえの？」振り向くと、どこかドヤ顔の花田がいた。「磯部が呼んでるじゃん」

花田の隣には嵯峨と中山。学校中の男子の中でもトップクラスで目立つ三人だ。学校祭の締めくくりの時間帯に彼らから話しかけられるのは、当然と言えば当然だった。彼らに釣り合うカーストは、私たちしかいないのだから。

「井ノ川。吹奏楽部の演奏会、観たぜ。最後の曲、何か聞いたことあったな。ノリ良くて笑ったわ。おまえも目立ってたしな。一人だけ違う楽器でさ。何ていうんだったっけ、あれ」

「エル・クンバンチェロ。私はあの曲ではピッコロを吹いた」中盤にピッコロとフルートがメインを張る部分があるのだ。「ありがとう。興味ないくせによく来たね」

「興味ないとかなんでわかるんだよ」

「観たって言ったでしょ。演奏会は聴くものだよ。付き合いで来てくれる人は、観るってつい言っちゃうんだよね。だからわかる」

とはいえ、花田たちが来たのだとしたら、悪くはない。興味もないのに来させるだけの力があるという証明だから。

さりげなく唇を触る。鏡が見たい。演奏会のときは塗っていなかったリップを、クラスTシャツから制服に着替える際に塗ったのだが、今もきれいだろうか。

「なあ、集合しないの？　ここで花火見ちゃうの？」

「磯部の集合ってあれでしょ？」木下が口を挟んでくる。「花火の後、タイムカプセル埋めるから集まれってことでしょ？」

それだ。

タイムカプセルを埋めただの、成人式の日に掘り起こしただの、話には聞いたことがあったが、まさか当事者になるとは思わなかった。学校祭の最後を彩る花火が終わった後、三年生は各クラス単位で各人好きなものを入れたタイムカプセルを、校庭の隅に並ぶ白樺《しらかば》のあたりに埋める予定だ。磯部が「思い出になるものを。あるいは、十年後の自分に宛てたメッセージでもいいです」などと言っていた。中に入れるものを『トラベラー』などとつまらない呼称をつけて。下らない。それにしても、平成に年号が変わって何年経つと思っているのか。誰がこのイベントを考えついたのか。ダサいという言葉が既にダサいが、このタイムカプセルイベントは、まさにそれにぴったりのダサさだ。

「嵯峨は何を入れるの？」と言って安生はひらめいたという顔をした。「わかった、ユニフォームでしょ」

嵯峨はサッカー部で左サイドバックだった。もちろん引退済みだ。安生はサッカー部のマネージャーだった。でも二人は付き合っていないと言っている。少なくとも今は。これからはどうだろうか。そこそこお似合いではある。準主役級同士で。

「えー、そんなん入れるかよ。アホくせえ」

嵯峨の「アホくせえ」が口火を切った。花田が続いた。

「だよな。俺なんも持って来てねえわ」

花田の次は中山だった。「十年後の二十八とかおっさんじゃん。おっさんになった俺へのメッセージとか、ヤバくね」

「腹出てきてますか？　とか書けばいいんじゃね」

すぐ嵯峨が返し、馬鹿笑いが宵闇《よいやみ》の空に響き渡った。木下たち女子も笑って同調した。

「別に自分宛じゃなくてもいいんじゃないの？　例えば南宛《みなみ》でもさ」

「十年後、先生死んでたりして」

「南とか面白くないよ。ジジイだもん。やるならやっぱキシモト宛でしょ」

「え、今も相変わらず不細工《ぶさいく》のくせにウザいんですか？　とか？」

「そう。ブスで恋愛脳とか、終わってるんだよね」

「出た、木下の正論でぶん殴るの」

「花田もとんだもらい事故だよな」

「やめろ。あいつの名前も聞きたくねえ」

「そうだよ、花田が気の毒すぎる」

集合を促す磯部の声はまだ聞こえる。集まりが悪いのか。クラスの何人ぐらいが素直《すなお》に集合しているのか。人波の向こうに目を凝らしたが光が足りなかった。日はすっかり落ち、生徒たちは青白い影みたいだ。

いきなりドンという炸裂音《さくれつおん》がした。最初の花火が上がったのだ。オレンジ色の火花が低い空に広がる。さすがにどよめきが起こったが、冷静に眺めれば火花の密度が薄い。形もいびつな球形で、いかにも公立高校の学校祭といった感じだ。

ただ、それでも楽しんでいる生徒が大多数だ。

そんなものなのだろう。今しかないという意識が、見るもの聞くものすべてを特別だと錯覚させる。ついでに、そんな場にいる自分も特別だと勘違いするのだ。学校祭とか青春とか、罪作りなものだ。

ここにいるどれほどが、十年後特別になっているのか。

どうせモブの人生を送るのに。

「あーあ。なんかピザとか食いてえな」

花田がふいにそんなことを言った。すると安生が食いついた。

「あ、いいね。パッチーニ行かない？　麻生《あさぶ》にできたじゃん」

高校前の停留所からバス一本で繋《つな》がっている地下鉄駅に、最近パッチーニというイタリアンレストランができたのだった。窯焼《かまや》きピザやパスタ、デザートメニューが豊富で、シェアすることを考えれば高校生でも手が届く店だった。

何より、ファストフード店よりは格好がつく。そこいらの有象無象《うぞうむぞう》の連中と顔を合わせる確率も下がる。

「パッチーニ、いいね。行こう」

「俺まだ一回しか行ったことねーわ」

「クラT着てるんだけど、俺」

「いいじゃん、その上にブレザーはおるだけで」

話はすぐにまとまった。生徒たちの影はいよいよ青く、いびつな花火はまだ終わっていなかった。

西の空にスピカが薄く輝きだした。

＊

『三年六組同窓会&タイムカプセル開封イベントのお知らせ
第二十七期北海道立白麗高等学校三年六組の皆さま、お久しぶりです。

私たちが卒業して十年になります。皆さま、いかがお過ごしでしょうか?

かねてより卒業後十周年の節目にクラス同窓会を開催する予定でありましたが、その日程が決まりましたのでお知らせいたします。

当日は、高校時代の思い出話に花を咲かせながら、お互いの近況を語り合いましょう。

もちろん、担任の南先生にもご案内しています。

また、当日は学校祭最終日に埋めたタイムカプセルも掘り出す予定です。十年前の青春時代の私たちとの再会の日です。

皆さまお誘いあわせの上、開封式にもぜひご参加ください。

往復はがきをお送りしていますので、お返事お待ちしています。

こちらのアカウントにＤＭいただいても結構です。

それでは、一人でも多くの方々に会えることを楽しみにしております！


同窓会まで、あと100日！

幹事（ＳＮＳ担当）　井ノ川東子《とうこ》』

●往復はがきが戻ってきてしまった人にも連絡を取りたいです！　該当者の一部伏せ字にした氏名を公開しますので、情報をお待ちしています！
●同窓生以外の書き込みはご遠慮ください。

＊

スマートフォンの画面で投稿内容を確認し、私はかたわらのナッツをつまむ。

まったく、余計な手間を増やしてくれたものだ。

当たり前だが、幹事は私の望んだ役目ではなかった。そもそも忙しい。職業柄、おそらくかつて三年六組だったクラスメイトの中で、一番忙しいのではないか。にもかかわらず幹事を頼まれたのは、まさに今の職業に関係がある。

ローカル局とはいえ民放女子アナという肩書きは、そこいらの一般人とは一線を画する。それに今は動画配信サービスがある。ナレーションとアシスタントを担当したバラエティー番組がネット配信で全国的な人気を博したことに連動し、私はローカルにはとどまらない知名度を得ている。メインの幹事である磯部から、「SNSで呼びかけるだけでいいから」「アカウントもこっちで用意するから」としつこく頼み込まれたその裏側には、私の知名度に乗っかろうという魂胆《こんたん》が透けていた。元クラスメイトだった井ノ川が有名人になった、有名人の井ノ川が呼びかけるのなら同窓会にも出ようか、といった流れを期待されているのだ。

要は、人寄せパンダである。

とは言うものの、そんな役回りを私は誇らしく受け入れている。それだけ自分には価値があるという証左だからだ。就活の際の自己分析でも思ったが、私は昔から人の価値に敏感な面がある。

誰に何と評されようと自分は自分と、ランク付けに背を向ける輩《やから》も一定数いるものだが、そういう人間はランキング弱者ゆえにランキングから逃げているのだと私は思っている。

中学時代から密《ひそ》かにマスコミ業界を目指していたのも、父が新聞社に勤めていたからだけじゃない。私は己の価値をさらに高めたかった。父を介して見てきたマスコミ業界の女性は、みんな自立して高みにいた。有名人とも対等に渡り合い、インタビューし、情報を聞き出し発信する。現代社会において情報を発信する側と受け取る側、どちらに価値があるかは言うまでもない。ましてや女子アナともなれば、女としてのステータスも最上級だ。社会的保障のあるインテリ芸人枠みたいなものだ——と口にしてしまおうものなら、まるで他人から特別な評価を受けたいためだけにアナウンサーになったみたいだが、それだけではない。決められた原稿を喋《しゃべ》るだけではなく、いつかは制作にも携わってみたいという希望が私にはあった。局には深夜枠だが月に一度三十分のドキュメンタリー枠がある。一本でも制作にかかわった番組があれば、フリーになったあとも幅広く活動できる。私はマルチでありたいのだ。

つらつら考えつつ、スマホ画面を眺める。

万が一集まりが悪かったら、私の力が足りなかった、みたいなことになるのだろうか。

テーブルには実家から転送されてきた往復はがきが放置されている。体を伸ばして私はそれを手に取った。

日程は今年の五月五日。ゴールデンウィークの終盤である。全国に散った社会人が集まるには、お盆《ぼん》や年末年始、もしくはこういう大型連休くらいしかないのはわかるが、自分ならば連休明けに備えてゆっくりしたい時期だ。私はスケジュールを頭の中で確認した。現状担当しているのは平日の番組だから、取ろうと思えば有休を取れるが、面倒だなという気持ちが先に立つ。都内在住の身にしてみれば、この同窓会のせいで復路の日付がほぼ限定されてしまう。同窓会の開始時刻は午後一時。終了後、会場のホテルから札幌《さっぽろ》市北区の白麗高等学校へ移動し、タイムカプセルを開封するという流れで、五日の内に東京に戻ろうとするならば、結構頑張らなければならない。それほどの労力に見合う見返りが同窓会にはない。

わけても、タイムカプセル開封式だ。

三年生最後の学校祭最終日に、タイムカプセルは埋められた。時期としては、夏休みが明けた八月末だったと思う。正直なところ、私は埋めたときのことをまったく覚えていない。その場にいなかったからだ。当時からタイムカプセルなど馬鹿馬鹿しすぎて付き合う気になれず、数人と連れ立ってカジュアルなイタリアンレストランへ行き、その後カラオケをした。レストランで何を食べたかとか、カラオケで誰が何を歌ったかとかならば覚えている。半熟卵が載ったカルボナーラピッツァとトマトとモッツァレラのカプレーゼ。カラオケで最初に歌われたのは『女々しくて』。花田が入れて男子たちが振りつきで歌ったから、かなり盛り上がった。

そういえば、あの日レストランからカラオケに流れた一行は、このイベントに来るのか？　東京の難関私大に進学した私と違い彼らは道内に残ったはずだが、詳しい消息はわからない。卒業を機に、私は自分から彼らに連絡を取るのを止《や》め、向こうからコンタクトを取ってきたときだけ簡単に反応している。ほとんど縁が切れていたような彼らについて、今まで気にもしていなかったのだが、思い出すと確認したくなった。

木下、安生、我妻、花田、嵯峨、中山。

磯部から送られてきたはがき未着者リストには、安生の名前があった。彼女とのやりとりは、大学在学中に途絶えた。そして、私のグループじゃなかったクラスのその他大勢は？　その他大勢なんてほとんど記憶に残していないけれど——あの子以外は。

私の眼前に一人の女子生徒が像を結ぶ。あのカーストエラーは覚えている。本人はカーストエラーと自認していなかったようだったが。

ローストしたアーモンドを前歯で齧《かじ》ると、思いがけずいい音がした。

ともあれ、同級生たちの動向を知りたいのはやまやまだが、こちらから連絡して尋ねるのはおっくうだ。SNS担当幹事として、出席をお願いしているようでもある。あなたが行くなら私も行くけど、と判断をゆだねているみたいに取られても心外だ。私は決断力のない人間は嫌いだ。出欠を取りまとめている磯部に、今の時点での出席予定者を教えてほしいとDMを送るに留めた。これくらいならいいだろう。

ふと気づいて時刻表示をチェックする。午後九時を過ぎていた。私の起床時間は午前二時だ。朝五時からの番組を担当しているからである。二時でもぎりぎりの上、明日は都内でも深夜から早朝にかけてかなり冷え込み、みぞれがまじる予報が出ていた。タクシーも早めに来るはずだ。

私は残りのナッツを捨て、返信はがきをとりあえずバッグに突っ込んで寝支度《ねじたく》を整えた。

翌朝、局へ向かうタクシーの中で、いつものようにメッセージの類をチェックした。磯部からの返信はまだなかった。まあ、これはいい。彼にも都合があるだろう。

ＳＮＳ担当幹事としての最初の投稿に、早くも七件レスポンスがついていた。フォロワーも二桁に乗っている。

『みんな、元気？　三井だよ！　井ノ川、ＳＮＳ幹事お疲れさま！　ついに同窓会アカウント開設なんだね。めっちゃ楽しみです。もちろん同窓会とタイムカプセル開封式も出席します！』

『井ノ川の番組、たまに動画配信で見てるよ！　同窓会は参加予定。花田も行くって言ってる。井ノ川も来るの？　難しいかもだけど来てほしいな　木下』

『みんなの変貌ぶりが楽しみw木下の匂わせえぐい　嵯峨』

『同窓会参加組はこのＳＮＳフォローしとけば間違いないって感じ？　出席しますよ～よろしく！　桜庭』

『ラグビー部だった富岡です。100日前からのカウントダウン開始とか、めちゃくちゃいいね。すまん、今から言っとくけど俺ちょっと太りましたｗｗ』

『たぶん行けると思います。よろしくお願いします。室田』

意外だった。私の知らないところで同窓会は楽しみなイベントとして待たれていたようだ。書き込みからは各人の浮き立つ気持ちが伝わってくる。フォローしてくれたアカウントもチェックした。さすがに本名をそのままユーザーネームにしている者はいなかったが、明らかな部外者もいない。おそらく元三年六組の面々なのだろう。

同窓会のアカウントなんて、関係者が意図《いと》して検索しなければなかなかヒットしない。だから木下らは軽率に苗字まで書き込んでしまっている。でも私は違う。仕事柄、メディアに顔もフルネームも出ている。私の名前でサーチして辿《たど》り着く部外者は徹底的に排除するつもりだが、最初の書き込みということもあり、記名してしまった。適切な遠慮と礼儀を忘れてため口を叩くよその者は、一つ一つ削除しブロックしていくしかない。とりあえず初日のレスポンスは、クラスメイトたちだけのようだ。

あと一つはどうか。私は最後の書き込みを確認した。

『三年六組だった皆さんへ。例のタイムカプセルに、遺言墨で書いたメッセージを入れた人がいますが、知っていますか。』

遺言墨？

苦みをともなうどす黒いものが、心の中に生まれる。極めて純度の高い不快感だ。

私が顔をしかめたのをバックミラー越しに見たのか、運転手が「事件ですか？」と話しかけてきた。

「いいえ、違います」

「そうですか。あと十分くらいで着くと思います」

話しかけてくる程度には、運転手はなじみだ。早朝勤務になってから、八割方はこの運転手が担当だった。車は都内からすでに千葉に入った。私は意識して不快感を飲み下し、その上に理性という名の落とし蓋をする。感情よりもまずは情報というのは、アナウンス部副部長の口癖だ。世に言う丑三《うしみ》つ時でも、首都圏近郊は真っ暗闇にはならない。予報は外れ、みぞれにはならなかったようだ。タイヤが水を踏んで走る音が聞こえる。対向車線のヘッドライトがときおり車内を侵食しては過ぎさる。

それにしても、遺言墨とは。

運転手のもみあげには白髪がまばらにある。自分とは世代が違うと思いつつも、物は試しにと話を振ってみた。

「遺言墨って、聞いたことあります？」

「ゆいごんすみ、ですか？」

「なんていうのかな、都市伝説の一種みたいな？」

「いやあ、初耳ですね。すいません。こちとら、都市伝説といえば、口裂け女とかですかね。小学校のときによく聞いたのは」

番組で都市伝説の特集でもするんですかと、運転手は話を合わせてきた。

「いや、こんな企画は部長が速攻却下です。ねえ、何か良い話題ないかなあ？　運転手さん界隈で今よく言われていることって、どんなことですか？」

放送局のアンテナが、二車線の先に見えてくる。

清潔感のある華やかな雰囲気を買われて、三年前私は、早朝帯枠のスポーツコーナーに抜擢《ばってき》された。もう一人のスポーツコーナー担当は、入局二年目の若手女子アナ、滝本奈々葉《たきもとななは》である。滝本は去年の下半期からだ。

デスクで原稿を待っていると、滝本が現れた。

「おはようございます、井ノ川さん」

私学のミスコンで準優勝した経歴がある滝本は、キー局狙いからのローカル局採用組とはいえ、やはり容姿は秀でていた。マスコミ業界に入り様々な人と会う機会を得た結果、一般人の中で美人だイケメンだと言われるのと真の美形は違うという真理を私は悟った。芸能人や女子アナなど、マスメディアに露出するための選別を潜り抜けてきた人材は、もはや人種が違うと言っていい。そこにいるだけで普通じゃないとわかる。教室の中で「あいつはかっこいい」「あの子は可愛い」と評されている大多数は、全国模試の偏差値五十八程度でしかない。

そういうことすらも、たとえば白麗高校の卒業生のほとんどは、わかっていないのだ。カースト上位のそこそこちやほやされていた人間は、自分でもそれなりにタレントと戦えると思い上がっている。木下なんかは間違いなくその口だ。

そういう思い上がりには、虫唾《むしず》が走る。

だから私は、一般人しかいないかつての友人との付き合いに、重きを置いていない。黒歴史ではないが、必要ないものと切り捨てている。ある程度大人になった今は、住む世界が同じ人たちとだけ付き合うのがお互いにいい。朱に交われば赤くなるということわざもあるように、格下とつるむ行為は自分の格も落とすということだ。

格下が格上にすり寄りたがるのも同じ理屈だ。有名人と友達なら自分の世界ランクも上がる、みたいな感覚なのだ。

「井ノ川さん、もしや、まだ眠いんですか？」

あけすけに尋ねてくる滝本は、元気いっぱいの顔である。早朝番組だが、私は滝本が辛《つら》そうにしているところを一度も見たことがない。

「そんなことないよ」

「気になるニュースあります？」

「スポーツジャンルでは、特にないかな」

昨日のスポーツ界には大きな動きや話題はなかった。予定どおり自主トレ中の若手左腕のインタビューＶＴＲが流れるので、プロ野球ファンを自称する滝本の機嫌は良かった。

「スポーツじゃないですけど、あれは気になりますよね。もうじき、春節《しゅんせつ》ですけど……」

「あ、中国の？」

肺炎を引き起こす新型のウイルスが、中国のとある都市で発生しているのだった。ウイルスの噂《うわさ》は去年の暮れからあり、ここにきて相当数の死者が出ているらしいと、業界内部では緊張が強まっている。

しかし結局朝のニュースでは、ウイルスの詳報は伝えられなかった。

担当のスポーツコーナーもつつがなく進行した。若手左腕のインタビューＶＴＲも、音声、テロップともに問題なく流れた。

そのＶＴＲの中で、彼はこんなことを言っていた。

『人間、いつ死ぬとかわかんないじゃないですか。だから自分も、悔いのないように一球一球投げたいんすよね』

内容はありきたりだが、自分よりも若いくせに死を前提に生きているのかと、半ば感心、半ば呆れたところで、私は遺言墨のことを思い出した。

あの書き込みの目的はなんなのか？　遺言墨でメッセージを仕込んだ誰かがいるとみんなに知らしめて、どうしたい？

番組終了後はスタッフ全員で放送を振り返り、翌日以降の打ち合わせを行う。その打ち合わせも終わりが見えてきて、雑談めいた発言が許される空気になったところで、私は遺言墨のことを口にしてみた。ここにいるのはマスコミ関係者、情報の塊みたいな人種だ。

「遺言墨っていう都市伝説みたいなの、あるじゃないですか」

ディレクターがすぐさま渋い顔になった。

「なんだそれ。そういうのはコーナーでも取り上げげんぞ」

「朝枠で遺言はちょっと」

「都市伝説も朝のネタというには」

「夕方ワイドでも微妙だろう。夏ならまだしも一月だぞ」

スタッフたちも次々とディレクターに追従《ついしょう》する中、滝本が「ああ、でも、ちょっと懐かしいですね」と助け舟を出してくれた。

「私も大学時代に小耳に挟んだことがありますよ、特攻隊員が出てくる遺言墨の話。地方出身の子から聞きました。どこ出身の子だったかなあ」

それが呼び水となったのか、ADの一人も口を挟んできた。

「俺も聞いたことあります。中高のときは普通にみんなが知っている都市伝説でしたね」

「おまえ、出身どこだ」

「東京です。大田区」

「地方じゃねえな」

「思い出した、私に教えてくれたのは広島《ひろしま》出身の子でした」

滝本が明るい声を出すと、メインキャスターの原《はら》みどりも話に加わる。

「私も知っていますよ。その墨で書くと、書いた内容が確実に相手に伝わるかわりに……みたいな話よね？　井ノ川さん」

「そうです。原さんって広島出身でしたっけ」

「ううん、大阪。遺言墨の都市伝説って、筋立てが一つじゃなくて、いくつかバリエーションがあるのよね」

四年メインを張っている原が参戦したことで、ディレクターの態度もやや軟化した。

「井ノ川は北海道だったよな。てことは、全国区の都市伝説なのか。俺の世代は口裂け女とかトイレの花子さんとかだったが」

「その二つは私の子ども時代にも根強く語られていました。私が聞いた遺言墨の話は確か……」今はあまり思い出さない時代の記憶を、根菜を掘り起こすように辿る。「どこかの部活が発信源だったような」

「オカルト系の研究会か？」

「いえ、ごく普通の……何部だったかな。文化系だったとは思いますが。でも部活動と内容は関係がなくて、単なる発生源ですね。遺言墨の存在自体は、中学から知っていた生徒もいたようですけど、私の場合は高校で初めて聞きました」言葉にすると、なぜか記憶はスムーズに喚起された。「そうだ。美術部でした。美術部の夏合宿で、生徒の一人が話題にしたのが広まったんです。私が一年のときですね。夏休み明けしばらくは、校内の女子中心に盛り上がっていた覚えがあります」

話しているうちに、記憶は完全にはっきりとなった。私に遺言墨の話をしたのは、木下だった。あの高いトーンの甘ったたれた声で「遺言墨って知ってる？」などと切り出してきたのだ。

「井ノ川さんって部活やってたっけ」

「私は吹奏楽部でした」

「アナウンサープロフィールにあるよね。特技フルートって」

「井ノ川さんが知っているのも、やっぱり、戦時中の話なんですか？」

「お、もういい時間だぞ」私へ向けられた滝本の問いを、ディレクターが勝手に切った。「墨の話はまた今度な。じゃ今日の反省会はここまで。坂部《さかべ》、山本《やまもと》は残れ。明日の五時台の深掘りな、

Vのテロップあれちょっと駄目《だめ》だわ」

アナウンス部のデスクに戻って、バラエティー番組のナレーション原稿を確認していたら、隣席の滝本が「さっきの話ですけど」と声をかけてきた。

「ディレクターに邪魔されましたけど、井ノ川さんが知っている遺言墨のエピソードって、戦時中の友情ものですか？」

「さっき言ってた、特攻隊員のやつ？」

「はい。細かいディテールは覚えてないんですが、確かそうです。ご当地エピソード的な印象の」

「全然違う。私が知っているのは普通に現代ものだったし、場所も日本中どこでもいいような話。あ、でも待って」別のエピソードとして小耳に挟んだような記憶がなくもない。「その特攻隊員の話も聞いたことがあるかも」

「やっぱり全国まちまちなんですね。私が知っているのは、広島出身の子から教えてもらっただけあって広島要素強かった気がしますし」

「そう？　私が聞きかじった特攻隊員の話って、広島はあまり関係なかったような……」

「あれ、違います？　じゃあ別の話なのかな」

「ていうか、そっちはよく覚えていない。私の学校で流行《はや》った現代もののほうは、友情系じゃなくて恋愛系だった」

そうなのだった。原もちらっと言っていたが、遺言墨のエピソードは一つではないのだ。私はボールペンの付け根を顎《あご》に当てて、軽く上を見た。記憶というのは本当に不思議だ。一つ取っ掛かりを得ると、どんなにつまらない思い出だとしても、枝葉末節《しようまっせつ》がそれに引きずられてくる。逆に言えば大事な思い出も、フックが上手《うま》く掛からないと日常の些末事《さまつじ》に埋もれて死ぬまで思い出さないのだろう。

「私の学校で流行っていた美術部発祥の話はね、女の子が男の子を好きになるけど気が弱くて直接告白できない、みたいな導入だったな」

夏服。教室。風に揺れる木綿《もめん》のカーテン。遺言墨の話題を持ち出した木下の姿がおぼろげに浮かぶ。つい眉間《みけん》に深い縦皺《たてじわ》を寄せてしまった。タクシーの中で書き込みを見たときと同じく、不愉快な気分になったからだ。滝本が慌てた様子で訊《き》く。

「全然違いますね、って、私なんか失礼なこと言いました？」

「ごめん。違うの。くだらないなって思って」

するとと滝本は、宣材写真を思わせる笑顔を見せた。

「でも、遺言墨って、井ノ川さんが言い出したんじゃないですか？」

この返しを、もし不用意にそこらの人間がしたら、かなりの確率で揚げ足取りだと気を悪くさせるだろう。しかし私は一本取られたと苦笑いした。表情なのか声質なのか、醸《かも》し出《だ》す雰囲気なのか、とにかく滝本は、かなりきわどい発言をしても人に不快感を与えず、悪気はないのだろうと思わせる。おそらく採用の決め手の一つになっているはずであり、もはやれっきとした才能だ。

今も好奇心旺盛な猫みたいな目をこちらへ向け、いかにも返事が楽しみだという顔をしている。

「実はね」

私は滝本のくりくりの目に負けて、同窓会のことと、ＳＮＳについたレスポンスに遺言墨のワードがあったことを教えた。

「えー。何なんでしょうかね？　じゃあ、遺言墨は実在してるってことですか？　それで書いた人がいるなら……」

「それはさすがにわからないけど、そもそも、なんでそんなことを書き込んだのかなって」

「脅しじゃないですか？」滝本があっけらかんと言った。「誰かの秘密を握っていて、その誰かに本当のことが伝わっちゃうぞ、というような。あえて遺言墨で書いたメッセージとするからには……って、やだやだ井ノ川さん。怖い顔しないでくださいよ」

自分の口元を指でつついて、滝本は私に笑えというジェスチャーをした。相当厳しい表情になっていたようだ。

「脅しなんて言うから」

「すみません。だから唐突《とうとつ》に遺言墨なんて言い出したんですね。都市伝説の話題なんて井ノ川さんらしくなくて、どうしたのかなって思いました」

そのとおりだ、私らしくない。

「私こそごめん。うーん、幹事ってやっぱり面倒だね。たまにＳＮＳに書き込んでくれるだけでいいって言われたんだけど、初日からこんなことになるなんて」

「それって、井ノ川さんの知名度目当てってことですよね」

「滝本さんもそのうち来るよ、同窓会の看板みたいな役目」

「私、そういうの大好きですよ。絶対引き受けちゃう。でも井ノ川さんのところの遺言墨の話、恋愛ものなんて素敵じゃないですか？　全然くだらなくないです」

如才《じょさい》ない滝本はフォローも忘れなかった。なぜこの子がキー局では駄目だったのか、正直時々疑問に思う。正当に評価されなかったのか。コネクション枠に負けたか。

しかし、滝本がいくらフォローしても、エピソードがくだらないという評価は覆らない。私は不愉快の苦みとともに、かつて木下が甘ったるく高い声で語った遺言墨の物語の内容を、頭の中でさらった。


――遺言墨って知ってる？　美術部の子から聞いた話なんだけど。

女子が手紙書く話。知らない？　じゃあ教えてあげるね。

あのね、高校生の少女がいたんだって。ブスな子。いるじゃん、うちのクラスにも。あんな容姿なんじゃない？　で、性格は内気で大人しい感じ。そこはなんか違ってる？　でもって、いじめられっ子。しょうがないよね。でもそのブスはくじけず、卑屈にはならなかったとか。

その女の子が同級生の男子に恋をしたの。男のほうは成績上位でサッカー部主将のカーストトップ。彼だけは少女をいじめなかったからだって。ブスってちょっと優しくされたらすぐ相手好きになりがちだよね。でも内気だから、告白したくても口で伝えることができないわけ。

悩んだ女の子はある日、インターネットのフリーマーケットで奇妙な墨を見つけるの。硯《すずり》で磨《す》るタイプの墨。商品説明にはこうあった。

『この墨で書けば、必ず相手に内容と真意を伝えることができる』

それで、女の子はすぐさま購入手続きを取った。説明文には続きがあったけど読まなかった。友達がいればそんなの怪しいよって止められたんだろうけど、そんな友達もいなかったんだね。あと、あまり高くなかったみたい。普通の高校生のバイトでも半月くらいで貯められる額？　騙《だま》されたとしても、そんなこともあるよねって諦めることができる程度の額って感じ。

墨はちゃんと届いて、女の子はそれで男子への手紙をしたためた。

でも、ポストに投函した帰り道、その子は交通事故に遭って死んだの。

女の子の通夜の前に、男子の元に手紙が届いた。読んだ彼は通夜に駆けつけて、女の子の棺《ひつぎ》に取りすがって「自分も好きだった」と号泣。少女の気持ちは伝わったわけ。

書けば必ず相手に内容と真意を伝えることができる。でも、それが最後のメッセージになる。

それが『遺言墨』。女の子がネットで手に入れたのは、その『遺言墨』だったって話。

帰りのタクシーの中で、遺言墨のエピソードを思い返す。誰が考えたのか知らないが、私の不快感スイッチを的確かつ強烈に押す話だ。

初めて木下から聞いたときも、ひどく不愉快になったのだった。今まできれいに忘れていたのは、エピソードがあまりに自分の感性と合わなかったためだろう。不快は痛みのようなものだ。肉体が痛みを回避するのと同じで、一種の自己防衛として忘れていたのだ。

気に入らないところは多々あるのだが、総じてこのエピソードは少女に都合が良すぎる。悲恋の体《てい》を装ったつもりかもしれないが、手紙で告白された相手も少女のことを好きだったというのが、まずもってご都合主義だ。相手を選べるカーストトップが、内気ないじめられっ子なんてわざわざ好きにはならないだろう。

登場人物が恋愛にうつつを抜かす構図も受け付けない。

成長に伴い、恋という感覚が自分の中に備わるころには、自分の容姿は幸いにも抜きん出ている自覚ができていた。可愛いともてはやされるのが当たり前だったからだ。男子から受ける子どもじみたからかいも、その裏の好意を思えば納得できた。そして学んだ。男子は単純だと。好意を持たれやすい子は、わかりやすい美点があるのだ。当たり前である、子どもなのだから、わかりやすくなければならない。つまり、容姿が良くて成績も良くてスポーツもできる、そんな子がモテる。少なくとも、大人になる前は。

小学生にしてそういった分析を済ませた結果、私は一般的な子どもよりも恋愛に冷めた目を持つようになった。口を開けば男子のことしか言わない友人からは距離を置いた。

異性からの人気が高かったので、嫉妬《しっと》の目を向ける同性もいた。多少苦労したかもしれないが、学年が上がれば自然と解決した。モテる条件は、そのままクラスカーストに関わる。私はカースト最上位者だった。つまり、女王ポジションだったのだ。家臣が女王をいじめるのは反逆だ。そんな度胸のある子はいなかった。

私の中には冷めた目だけが残った。

欲せずして与えられたものに、人は興味を持たない。あまり理解されなかったが、私にとって異性から寄せられる好意は、わりとどうでもよかった。ただ、クラス内の地位は大事だった。十代の学校生活はカーストがその質を大いに左右する。

とにもかくにも、私にとって木下から聞かされた遺言墨のエピソードとは、恋愛に目がくらんだブスの戯言《たわごと》なのである。

タクシーのフロントガラスの向こうに、自宅マンションの衝突防止灯が捉えられた。その赤い明滅を数えているうちに、苛立《いらだ》ちをともなう不快の源《みなもと》も、なんとなく見えてくる。このエピソードの少女は、自分の立ち位置をわかっていない。クラスカーストが低いくせに自分の都合最優先で勝手に振る舞う生徒を、私は何より疎《うと》んだ。要は自分を客観視できない人間が嫌いなのだ。このエピソードの少女には、そういう類の臭みを感じる。そして、疎ましい少女の想いが肯定される展開も、ありていに言えば腹に据えかねるのだ。

私は鼻の付け根をぐっと押した。

鼻の付け根から眉間のあたりに、ちりちりする感覚を覚えることがある。虫が這うような、弱い電流が流れるような。それが起こった。と同時に、黒い苦みも胸に広がる。

苦みとともに脳裏をかすめたのは、ブレザーのシルエットだった。小太りな背中、無駄に色気づいて伸ばされた硬い髪、白い芋虫《いもむし》のような指。白麗高校の女子の制服だ。その子をこちらに向かせてみれば、案の定正視に堪えない顔をしていた。いびつでえらの張った輪郭《りんかく》。低い鼻、丸い鼻の穴、一重《ひとえ》の目にたるんだ輪郭。分厚い唇に笑うと出る歯茎《はぐき》。歯並びも悪い。頬《ほお》といわず顔のすべてがニキビで埋まっている。首は短く、胸は小さく、脚は短い。太った肉体のせいで、ブレザーのボタン部分に皺が寄っている。彼女は教室にもいる。音楽室にもいる。

浮かびあがったその姿に目を凝らせば凝らすほど、やはり嫌悪感に襲われた。

この子を知っている。すっかり忘れていたけれど、クラスにいた。吹奏楽部にもいたはずだ。

変わった子。どこにいても浮いていた。母子家庭という噂。バス通学者。

でも、卒業時にはいなかった。確か、中途半端な時期にいなくなった。転校したのだったか。

そのせいもあるのか、フルネームはどうしても思い出せないが、何と呼ばれていたかという記憶は手繰《たぐ》り寄せられた。

キシモト。

四文字に辿り着いたところで、タクシーが停車した。

部屋へ向かいながら、私はスマートフォンを片手で操作し、遺言墨の書き込みを今一度眺めてみた。レスポンスはまだついていなかった。

キシモトの下の名前については、ひらめかなかった。私はさしたる悔しさもなく、あっさりと記憶との対話を放り投げた。

午前二時の都心の空に星はあまり見えない。しかし地上のネオンを反射する雲もなく、冬晴れの気配《けはい》を漂わせていた。眼球がひんやりと乾く。データとしての気温で比較するならば、生まれ育った札幌のほうが低いが、東京も同じくらい寒いと感じる。むしろ、寒さの質は東京のほうが苛烈《かれつ》だ。冷気が容易に肌をすり抜け体内に侵入する。私は首に巻いたマフラーの中に、何も塗っていない唇を埋めた。

タクシーに乗り込むと、適度に暖まった空気が迎え入れてくれた。まずスマートフォンで今日の天気予報を確認する。街録のインタビュアーとして、報道の取材班に同行する予定が入っているのだった。局外に出る日は、やはり好天が望ましい。天気が悪いと人がつかまりにくい。

喉に軽い違和感を覚えて咳払《せきばら》いをしたら、運転手が敏感に反応した。

「風邪《かぜ》ですか？」

「いえ、ちょっと。大丈夫です」

「なら良かった。今、なんか流行りだしているんでしょう？　中国で。インフルエンザとは違うやつが」

「気になりますよね、やっぱりそれ」

「アナウンサーは声を嗄《か》らしたら仕事できないから、気をつけてくださいね。朝に井ノ川さんの顔を見て一日の元気を出すっていう人、いっぱいいますから」

運転手の言葉に相槌《あいづち》を打ったり、軽く言葉を返して緩く会話を続けながらスマートフォンをチェックする。夜の間に届いていたメールのうち、今はほとんど使っていないフリーメールアドレス宛に着信があった。

開いてみると、高校時代一緒にいることが多かった木下まりかからである。

大学進学以前の交友関係を完全に過去のものにしている私は、木下らとはメッセージアプリで繋がっていなかった。


『久しぶり。元気ですか？　書き込んだけど、井ノ川のことはたまに動画配信サイトで番組を見ています。もう全国区の有名人だね！

同窓会のSNS幹事も、有名人だから頼まれたとかじゃない？

大変だね。

で、突然メールしたのも、そのSNSを見たからなんだけど。

大丈夫？

あの遺言墨の書き込みを見つけた花田たちも、なんか気にしていました。

やっぱ、井ノ川が有名人だからああいう愉快犯的なものも来るのかな。気にしないでもいいと思うんだけど、花田はヤバい臭いがするとか言ってるし、一応知っているこのアドレスにメールしました。

井ノ川はSNS幹事だから同窓会にも行くよね？　そう思って、私と花田は出席で返事をしてる。二次会とかあったら、久しぶりにカラオケしたいね』

大変だね、のくだりを読んだときは、仕事の合間を縫って同窓会アカウントの管理をしなければならないことに対してのねぎらいかとも思った。しかし、最後まで目を通すと、どうやらそうではない。案じられている気配と『ヤバい臭い』という文言に、わずかだが胸が騒いだ。

おそらくあの書き込みに、滝本と同じく負の感情を感じ取ったのだろう。

遺言墨で書いた何かを仕込んでいる、つまり、誰かに本心を伝えたがっている。負の感情があるとすれば、間違いなくその本心の部分だ。良いことではなく、悪いことを伝えようとしていると感じ取るから、負のイメージなのだ。

あの書き込み自体、良い印象の文章とは言い難い。しかし、はっきりした恨み言でもない。そもそもタイムカプセルに仕込んだのならば、十年前の感情だ。それをこの期に及んで伝える意味とは？　私には思い浮かばなかった。思い浮かばないから、指摘されるまでヤバい臭いとやらも嗅ぎ取れなかったのかもしれない。

そもそも誰だ、書き込みの投稿者は。

対向車がライトをハイビームにしたまま迫ってくる。私は両目を細く絞った。運転手が小さく舌打ちをし、次にそれをごまかすようにカーラジオをつけた。

「まあ、わざわざSNSに書き込む時点で、何か腹に一物《いちもつ》ありそうですよね。私は脅しといいましたが、恨みもあるかもですね、悪く考えるなら。だから、そのへんがヤバいと表現されたんでしょう」

すでに遺言墨にまつわる書き込みの情報を与えている滝本は、木下から来たメールの内容についても軽く意見を聞くにふさわしい相手だった。朝の番組が終わってデスクに腰を落ち着けた彼女は、あれこれ余計なことをつつきまわすという無粋な真似《まね》もせず、率直に答えてくれた。

「実際恨みます、みたいな感じの子っていたんですか？」

記憶にありません、の意図で私は軽く肩を上げた。「正直ね、高校時代って私にとって過去に過ぎないの。フルネームはおろか苗字も思い出せない子だってたくさんいる。それなりにちゃんと覚えているのは当時一緒に行動していた数人と——」私はクラスに唯一存在していた〝カーストエラー〟を思い浮かべた。「あともう一人。特別仲は良くなかったけど印象に残ってる女の子がいたかな」

「でも、昨日は脅しって言っておいてなんですが、なんだかんだで私なら気にしないと思います。だって、井ノ川さんのあたりで語り継がれていたのって、怪談やホラー系じゃなくて、恋愛もののエピソードなんですよね？」

「そう。昭和のくだらない少女漫画みたいな話」

容姿に難のある少女が遺言墨を使って告白する内容を教えると、意外にも滝本は「それ、ちょっとエモくないです？」と言った。

「純愛ですよね？　命を賭けた告白ってことですよね？」

「純愛だとしても、告白された男子のほうは大迷惑だと思うけど。死んじゃうんだよ、自分の勝手で告白しといて。その後、彼女作りづらくない？」

やはり、この話はどうしたって苛立ちを呼ぶ。知らずしらずのうちにわずかだが語気が荒くなる。

「告白ってそもそも身勝手な行動なんだよね。されるほうが迷惑に思ったり不快になったりする可能性だってあるのに、それを横に置いておいて、自分の気持ちを知らせたいっていう欲を最優先する。どうしてそのへんを世間は不問に付しているのかな、って」

「でも井ノ川さん、そんなことを言ったら恋愛始まらないですし、このエピソードだって死んじゃったのは女の子のせいじゃないですし。遺言墨のせいだし」言いながら、滝本はひらめいた顔になった。「同窓会アカウントの書き込みも、それじゃないですかね？」

「それって何」

「告白です。学校祭最終日、タイムカプセルに入れたんです。告白の手紙を。今は言えないけれど、十年後の自分に託す、みたいな。駄目ですかね？　井ノ川さんの高校ではその話が流行ってたんですよね？」

言いながら滝本は、自分のスマートフォンをいじりだした。何かのアプリを立ち上げたようだ。滝本のスマートフォンはとにかくアイコンがすさまじく並んでいる。私なら用途別に整理するが、彼女はどうやら場所で覚えているらしく、羅列のほうが具合がいいようだ。

「開封してそんな手紙が出てきたら、当事者ならいたたまれないでしょ。ねえ、何やってるの？」

「あっ、すごい。井ノ川さん、見てください」滝本がスマートフォンの画面をこちら側に向けてきた。「試しに検索したら、メルカリで見つけちゃいました、遺言墨。しかも三件も」

これは不意打ちだった。メルカリに出品されているのか。

「本当にあるんだあ、遺言墨。ねっ、井ノ川さん」

「そんな の偽物《にせもの》に決まってるでしょ」

「だったらなおさら遺言墨情報いけるかもですよ。詐欺《さぎ》警告も兼ねられますし」

「滝本、企画出してみたら？　詐欺メインにした短い特集だったら案外通ったりして」

「じゃあ井ノ川さんも一緒に考えましょうよ。私も広島の友達に連絡とって、特攻隊員の話の詳細、確認しておきます。詐欺ターゲットの年代的に高齢者層は外せませんから、戦時中の話は導入としていいんじゃないですかね」

滝本と話していると、気が晴れてきた。とうに付き合いが切れたクラスメイトからの不穏なメールよりも、現在の自分と同等の立ち位置にいる同僚の意見のほうが価値もある。

『ヤバいかも』でわずかに騒いだ心の水面は、いつしかすっかり凪《な》いでいた。私の落ち着きを察知したのか、滝本もどことなく嬉《うれ》しげだ。通りすがりの副部長が「おまえたちは今日もご機嫌だな」と話しかけてきた。

「井ノ川は十時から取材だったな。帰ってからナレ取り大丈夫か？　明日の夕方ワイドの特集三分」

「大丈夫です」

「取材って報道の高瀬《たかせ》さんたちとですよね」滝本がカルチェの腕時計を見た。「成田《なりた》空港でしたっけ？」

「そう」

「例のウイルスの件ですよね」

中国で感染が拡大している新型ウイルス。門戸を閉ざす国もある中、日本政府は中国からの入国制限をせず、むしろ春節の観光客を呼び込む構えだ。

「いいなあ、井ノ川さん。私も井ノ川さんみたいに報道から指名受けたい」

リップサービスだろう。それでも滝本が言えば鼻白むより気分が良くなる。やはりこの子には人たらしの才能がある。

千葉には日本の玄関口の成田がある。便をそのまま受け入れるのなら、逆手に取ればいい。中国からやってくる人々の肉声は、現地から直送される新型ウイルスの情報だ。

私は手早く支度し、席を立った。そうだ、今自分が向き合うべきは仕事だった。私には望む未来がある。この世界でキャリアを積む。少女のころに描いたロードマップを進んでいくのだ。同窓会のＳＮＳなんて、必要事項がわかればいい。今後変な投稿があっても無視か削除しよう。それが大人の対応だ。ヤバい臭いなどという個人の感覚を気にしている暇はなかった。

それに、どうせ同窓会には行かない。高校時代は捨てた。

私はみんなとは違う。

バッグのショルダーベルトを肩に掛け、中に返信はがきを入れっぱなしにしていたことを思い出した。私は手近なデスクの上に転がっているボールペンを一瞬拝借し、欠席に丸をつけて、総務が回収していくボックスに放り込んだ。

「行ってきます」

靴音を鳴らして廊下を歩きながら、スマートフォンを操作する。ＳＮＳのアプリをタップし、用意していた文章をペーストして、投稿を完了した。

『遺言墨なんて、都市伝説ですよね？
同窓会当日まで、あと98日！』

藤宮

——風は湿った土の匂いがしたよ。風上にはグラウンド、グラウンドの向こうには広い農地が広がってた。低い山並みのシルエットに突き当たるまで大きな建物が見えないんだ。ここが札幌市内という事実を疑いたくなるほど牧歌的。それが白麗高校の景色だった。

入学して学校祭のあの日まで、何一つ変わらない風景。

グラウンドには全校生徒が群れ始めていた。大勢の生徒ってヌーの群れに似てるよね。それだけで威圧感があるんだ。私は生徒集団の圧に立ち止まった。校庭の手前、ソフトボールのダイヤモンドに入る間際。職員駐車場との境目あたりで。立ち止まったから、ときどき「邪魔」ってぼやかれた。でも、ほとんどの生徒は何も言わずに追い抜いて、グラウンドの中へと入っていった。

普段なら校庭の照明がオンになる頃合いだったけど暗いままだった。学校祭の最後を締めくくる花火が打ち上がる予定だったんだ。

花火って特別感あるよね。大勢の人々を前に大々的に催されて当然みたいなさ。ママに何度か連れてってもらったことある。うん、豊平川《とよひらがわ》の河川敷。混んでたな。それをあんな白麗高校みたいな田舎《いなか》の校庭でもやるんだよなって、たとえ打ち上げるのが家庭用の花火に毛が生えたようなものだとしても、微妙に不思議だった。

横を誰かが喋《しゃべ》りながら通りすぎていった。「クラスTシャツ」という単語だけ聞こえた。

三年六組でもクラスTシャツは作ったんだよね。デザインはイラストが得意な人が担当していたと思う。私は買わなかったけど。着ていたブレザーは、風にひんやりしてたな。

三年六組全員に集合をかける声が、校庭のはしっこから聞こえた。磯部の声だった。磯部は六組の学校祭実行委員。家庭環境が複雑な人だったかな。まあ、あんまりよく知らないし私のママもシンママだけどね。とにかく三年生は花火の後、クラス単位でタイムカプセルを埋める予定だった。『トラベラー』とかいう思い出の品を仕込んでね。他のクラスの実行委員も集合かけてたな。私はちょっとだけソフトボールのダイヤモンドに入った。本当に少し。

そのとき安生の声がした。嵯峨にユニフォーム入れるんだろうみたいなこと言ってた。嵯峨は確か否定してた。トラベラーの用意自体してない感じだった。

声がしたほうを振り向いたら、あいつらはまだグラウンドに足を踏み入れていなかった。そう、あいつら。六組のトップカーストのやつら。暗くなってきてたのに、あいつらは光が乏しくなってきた中でも、オーラで存在を主張していた。声も大きくてね。その他大勢の生徒たちに、自分らの会話を聞かせてるみたいだったな。

声の大きさって、そのまま自信の表れだよね。教室の中で、あいつらの声はいつだって大きくてよく通った。

「十年後の二十八とかおっさんじゃん。おっさんになった俺へのメッセージとか、ヤバくね」って中山が言ったら、盛り上がってさ。そのころには南……担任のことだけど、南は死んでんじゃないかとか、そういう感じで。そうしたら木下がしゃしゃり出てきた。「南とか面白くないよ」って。

「南とか面白くないよ。ジジイだもん。やるならやっぱキシモト宛でしょ」

これ、一字一句間違いない。木下の声は安いケーキに載ってる銀色の玉みたいに甘ったるくて、妙に脳に残る。甘ったるさが舌に残るのと同じ感じ。

あとはお察しの展開でございますですよ。

「え、今も相変わらず不細工のくせにウザいんですか？　とか？」

「そう。ブスで恋愛脳とか、終わってるんだよね」

「出た、木下の正論でぶん殴るの」

「花田もとんだもらい事故だよな」

あはっ。マジだよ。天地神明に誓ってマジ。

磯部が「三年六組の生徒はこっちに来てください！」って喚《わめ》いてて、あと少しで嗄れそうな声で、私は磯部のためにそっちの方へ歩いた。

木下たちは動く気配がなかった。もちろん、井ノ川も。

校庭は混雑していたから、ぐるっと縁を回るようにして奥に進んだ。遠回りみたいだった。生徒たちはこぞって携帯構えてた。花火写そうとして。「ちゃんと写るかな」とか「夜景モードにすればいい」とか聞こえた。

うん。みんな誰かしらと一緒だった。富岡と足立がポケットから取り出した何かを見せ合ってた。二人の向こうの女子生徒三人は、バッグを手にしていた。桜庭と三井と室田。帰宅部、硬式テニス部、吹奏楽部とバラバラなのに、彼女たちは仲が良かった。スポーツバッグも揃いだった。たぶんあのバッグの中に、十年後に旅立たせる何かを持って来ていたんだろうね。ああ、他の二人がクラスTシャツなのに、室田だけが制服を着ていたな。室田っていう子、吹奏楽部だったんだ。井ノ川と同じ。そういえば桜庭もだった。桜庭だけ途中で辞めてたけどね。吹奏楽部ってさ、学校祭最終日の午後に例年演奏会やるんだよね。だから着替えてたんだな。でも、一人だけ制服なのも気にさせないほど、三人は和気藹々として見えたよ。

何を入れるかっていうのは、一応決まりがあったな。一般的なビニール袋に入る大きさのものとか。三十人分を入れなきゃいけないんだから、当然だよね。

ようやく磯部の姿が見えてきたってとき、唐突に最初の花火が打ち上がった。「これから始めます」っていうアナウンスも何もなかった。みんなびっくりしてたけど、びっくりのどよめきはそのまま歓声に移行した。学校祭というわかりやすい非日常は、わかりやすい盛り上がりを好むんだ。

ほんとにね、空に向けて携帯構えてない生徒、私しかいなかった気がする。

一つ花火が打ち上がって、赤や青、黄色、オレンジ……色とりどりの火花が夜空に広がるたびに、ドンって音に負けないシャッター音が鳴り響いてた。

花火はそれなりに大きめのものが十数発途切れ途切れに打ち上がって、そのあと、あまり大きくないものがバラバラと連続で上がって、思ってたよりあっさり終わった。短さに不満を漏らす生徒もいたけど、多くは撮った写真の出来を見せ合ったりして、満足してた。

そこでようやく校庭の照明が灯《とも》った。

井ノ川や木下、花田たちの姿はなかった。

なんとなく、腕時計を見たな。午後七時半だった。覚えてる。

で、タイムカプセルを埋めたんだけど。

私、それに何を入れたと思う、藤宮《ふじみや》？

*

『遺言墨なんて、都市伝説ですよね？

同窓会当日まで、あと98日！』

スマートフォンの画面に表示されたその書き込みに、つい眼鏡《めがね》の奥の目を眇《すが》めてしまった。たった二行にもかかわらず、それを書き込んだもののの**ん**気さが知れたからだ。

確かに都市伝説だ。でもただの都市伝説じゃない。共有の思い出となりうる都市伝説だ。私が十代のころは、誰もが遺言墨に関するエピソードを一つは知っていたし、ネットで情報収集するタイプの子は、日本各地で語られる別の話も仕入れていた。遺言墨はつまり、世代で共通する記憶なのだ。

共通する記憶はトリガーだ。それをきっかけに、私たちの心は高校時代にタイムスリップする。だから、楽しみだと書き込んでいた連中はもちろん、井ノ川も必ず思い出すはずだと目論《もくろ》んでいたのに。

井ノ川の態度は、高校時代など取るに足りないどうでもいいことだと言っているようだ。女子アナになった井ノ川だからなのか？　煌《きら》びやかな世界に移住した人間にとって、過去は思い出す価値もない踏み台でしかないのか。

足元を見る。デスクの両袖に取り囲まれた暗がりの奥に、段ボール箱が一つあった。無意識に上履きの爪先《つまさき》で蹴るので、側面は汚れと凹《へこ》みが目立つ。

一人で部屋を使っているのをいいことに、運び込んだ当初からこの場所で年度をまたぎ続けている。たぶん、今年の三月もこのまま手を付けない。

ただ、来年の年度替わりは……。

ノックの音に我に返る。振り向くと、ドアのすりガラス越しに長身の少女の影があった。一年の柏崎優菜《かしわざきゆうな》だ。

「どうぞ」

「藤宮先生、失礼します」

書道準備室のドアを開けた柏崎は、入室前に律儀《りちぎ》に一礼した。採用面接に挑む就活生みたいだ。

よく言えば真面目《まじめ》なのだが、要は気が小さいのだ。立派な体格と反比例している。

今日もこちらがいいというまで、予備のデスクに座らなかった。

「かけて」

促《うなが》して初めて、柏崎は軋《きし》む椅子に腰を下ろし、持ち込んだ弁当袋を開いた。黄色地に緑のストライプが入った袋の中には、楕円の形の弁当箱とパックの野菜ジュース。弁当箱はご飯とおかずが分けて入れられる二段構えのものだ。とはいえ、育ち盛りには足りないのではないかと心配になるほど、可愛らしい手のひらサイズである。

ジュースを持参している柏崎は、お茶を勧めても飲まない。私は自分の分だけを電気ケトルで淹《い》れて、弁当を開いた。

「柏崎さんのお弁当はいつもフルーツが入っていて、彩りがいいね。自分で作っているの?」

「いいえ、お母さんです。先生のも美味《おい》しそうですよ」

「昨夜の残り物と冷凍食品だよ。朝は忙しいからどうしても適当なの。そういえば私の母のお弁当も茶色かったな。遺伝かな?」

「お弁当を作るって大変ですか? 先生は二人分ですよね」

「凝る人は大変かもね。私は詰めるだけだから。あ、もしよかったら唐揚げ一つあげようか?」

「ありがとうございます。でもダイエットしなきゃ。先生はいいですよね、スリムで。色白いし」

「あら、嬉しい。私もね、学生時代ダイエットと体質改善頑張ったんだよ」

柏崎がこちらへ軽く身を乗り出してきた。「本当ですか？　全然必要ないように見える。何キロ痩せたんですか？」

「当時の年齢キロくらい」

「えー、すごい！」

「冗談冗談。ちょっと誇張しちゃった」

去年の九月から、四六時中墨の匂いがこもるここで、柏崎と二人、お昼を食べている。

——先生、明日、書道準備室でお昼を食べてもいいですか？

百人一首部の部活動が終わり、他の部員はさっさと帰宅した中、一人残った柏崎がそう切り出してきたのだった。あのときの柏崎は、おそらく勇気をかき集め、なんなら十年先まで前借りして振り絞った。声は震え、指先は真っ白だった。

柏崎が教室内で難しい立場にあることを、本人も担任教諭も話題にしたことはなかった。だが、受け持つ漢文と書道の授業だけで私には察せられた。

味方のいない教室内で、好奇と蔑《さげす》みの視線が刺さる中、一人弁当を食べる胆力を持つ高校一年生はなかなかいない。白麗高校には開校当初から学食がなく、生徒が自由に使えるロビーも席が限られている。中庭は噴水が老朽化して、一昨年から立ち入り禁止だ。言うまでもなく、昼休みに校外に出るのは校則で禁止されている。

教室以外で食べるとするなら、トイレかここしかないのだ。えこひいきのそしりを免れないなら、甘んじて受けるつもりである。

なぜ、難しい立場になったのか、その原因を柏崎は口にしなかった。柏崎自身もわからないのかもしれない。「そんなことで？」と耳を疑うような些末事でも、人間関係の変化のきっかけになりうる。

柏崎は小口で啄むように食べる。最初は墨の匂いが気になって食が進まないのかとも思ったが、もともとそのような食べ方だと言った。墨の匂いはむしろ好きで、本当は書道部に入りたかったのだとも打ち明けてくれた。

窓の外が急に陰ってきた。午後からは吹雪《ふぶき》の予報だった。

「柏崎さん、遺言墨の都市伝説、聞いたことある？」

「遺言墨？」

柏崎の箸《はし》が止まった。一重だが大きな目が、ぴたりと私に据えられる。若々しい目だ。白目がわずかに青みを帯びている。真冬の晴れた日にだけ見える薄青さ、日陰の雪の色だ。

「遺言墨は、知っています」柏崎はふわりと表情を柔らかくした。「いくつかバリエーションがあるんですよね。中学のときに仲が良かった友達が、そういうの好きで教えてくれました。ネットで調べてたりしてましたね、彼女」

「女の子が告白するのに使う話は知ってる？」

「知っています。車に撥《は》ねられるのと、通り魔に遭う二通りのオチがあるんですよ」

今度は私の箸が止まってしまった。「そうなの？　先生が高校生のときは、交通事故のパターンしかなかったな」

「教えてくれた友人は、世相や重大事件が盛り込まれて、亜流ができるんだろうって分析していました」

「その分析、中学生でだよね。大したものだね」さりげなく尋ねてみる。「その友達は、違う高校に進学したんだね？」

柏崎は微笑みながらも視線をやや下げた。

「はい。ミコ……友人ですが、彼女は私より偏差値が高かったので……」しかし一転、声音を明るいものにする。「ミコ、大学で文化人類学を学びたいって、中学一年生で言っていました。民俗学とか、地理や地形を踏まえた噂の伝播《でんぱ》の仕方とかに興味があるんだそうです」

今、その友達が白麗にいればいいのにと、柏崎は思っていることだろう。

「ミコが一番好きだと言っていた遺言墨の話は、戦争が終わってちょっと経った時代のものでした。全然違うでしょ？　昭和二十年代なら、墨を使って伝達してもそんなに不自然じゃないし、私も好きなんです」

柏崎がミコなる友人を思い出すように、一番好きだという遺言墨のエピソードを話し出したので、頷《うなず》きながら聞いていると、柏崎とともにその友人も中学時代は書道部だったと知れた。

「あなたと一緒の部活だったんだ。あなたはともかく、友達はなんとなく帰宅部かと思った」

「ですよね、都市伝説なんてオタクっぽいから。私も彼女も入っていたっていうだけで、賞を取ったとかの実績はないんです」

「それが、書道部がないとはいえ、どうして百人一首部に？　ごめん、前も訊いたかな」

「いえ、初めて訊かれました。ええと、入学してすぐ書道部はないのかなって書道室を覗《のぞ》いていたら、篠原《しのはら》部長に勧誘されて」

「そうなの？　もしかして無理させた？　断ってもよかったのに。篠原さんならきっと気にしないよ」

「いえ、部員になってよかったです。昼休み、先生のところに来る言い訳ができるから」

なるほど、ここがこうして彼女の避難できる場所になったのなら、結果オーライだ。

「どう？　今は百人一首は好き？」

柏崎は曖昧に笑ってお茶を濁そうとする。仕方がない、好きじゃないと答えるのも憚《はばか》られるものだ。一応私は百人一首部の顧問である。

とはいえ、私自身百人一首が好きかと問われれば微妙だ。部室と顧問を決める際、書道室と私、どちらもフリーだったというだけで白羽の矢が立ったのだから。

「藤宮先生は百首全部記憶しているんですか？」

「うーん、全部はどうかな」

「高校生のとき、百人一首部じゃなかったんですか？」

「そもそもそんな部はなかったの」

柏崎は少し驚いた顔をした。「顧問の先生って、経験者がなるんだと思っていました」

「私も高校生のときはそう思ってたけど、実は違ってた。それにうちの部は、百人一首と言っても下の句だしね」

北海道では読み手が下の句を読み、競技者は下の句が変体仮名で書かれた木札を取る、いわゆる『下の句かるた』が主流で、一般的な競技かるたはマイナーな立ち位置だ。道内の高校に競技かるた部が存在しないわけではないが、白麗高校の生徒が採用したのはローカルルールのほうだった。よって大会に出場し、優勝を目指すなどといった大それた目標はなく、部員は単純に木札の取り合いを楽しんでいる。

「でも、最近は面白くなってきました、札が読める……というか、わかるようになってきたからかな」

独特な書体の変体仮名には、判読不能な文字も多い。書かれた字を読むのではなく、札全体のイメージを記憶するのだ。

「なんでみんな、乙女《おとめ》の姿の札が好きなんだろうね？」

「覚えやすいからじゃないですか？　藤宮先生は嫌いなんですか？」

「ううん、好き。先生もまだ乙女のつもりでいるからね」

柏崎が声を出して笑ってくれた。その声は私の内側に一つ小さな灯《ひ》をともす。柏崎の日常において大半の時間をしめる高校生活に、たった一つでも笑いを与えられたのが、教師として嬉しい。

『三井です！　六組の皆さん、井ノ川こんにちは！　遺言墨！　あったね、めっちゃ覚えてる。女の子が告白する話。桜庭の同人誌のおかげ』

『富岡です。遺言墨懐かしい。ところで同人誌ってどういうことw』

『冴《さ》えない女の子が手紙で愛を告白する悲恋物語は、趣味でノベライズ化しましたよ@三井のせいでオタバレした桜庭』

『遺言墨は交通事故のやつだけ聞いたことある。てか、そんなの入れたの誰？？』

『え、待って。白麗高校近所民だけど開封式やれるの？　無理くない？』

『井ノ川は来る？　サインもらえる？　やっぱ忙しいから無理？』

『出席番号1番　足立だよ。遺言墨の手紙入れたやつ見てるー？』

『遺言墨は少年とカテキョのやつがツボ　ていうか桜庭に草』

『井ノ川頑張ってるね！　遺言墨は特攻隊の話が好きだった　我妻』

『音村《おとむら》です。井ノ川は三年六組の誇り！　同窓会楽しみです！　小1の姪《めい》っ子が先日遺言墨の話をしていました。今も語り継がれてるんですね』

遺言墨についての書き込みには、たまにレスポンスがつきだした。

でも、私が期待する展開にはほど遠い。なぜあの名が出ない？

彼らは本当に忘れたのか？


『同窓会まで、あと85日！』

カウントダウンは進んでいる。遺言墨へのレスポンスは思い出したように増えるが、それだけだ。

通常営業といった感じか。

一時間目を終えていったん職員室へ戻る。入ってすぐのカウンターに、朝刊が放置されていた。所定のラックにセットするついでに、一面をざっと見る。

『北海道　陽性者十名確認』

今年に入って急に流行り出したこの風邪は、少々面倒なことになってきている。しかも例年どおり開催された雪まつりの影響か、北海道の感染者数が全国的に見ても多い印象だ。学校で猛威を振るわなければいいのだが。生徒が罹患《りかん》するのが、教師としては一番避けたい事態だ。もしこのまま新型ウイルスが流行ったら、彼らの同窓会もどうなる？　いやいや、たかが風邪ごときで、どうにかなるというのは考え過ぎか。

席についてこのあとの授業計画をさらってから、白麗高等学校全体の予定もチェックしてみた。今はまだ二月だが、翌年度の予定も大きなものならばすでにわかる。とはいえ、主役は在校生だから、入学式、始業式、長期休暇、修学旅行といったデータが主だ。

先週チェックしたとき、同窓会のデータはなかった。今回も追加されていない。ということは、同窓会の予定は、学校行事からは切り離されているのかもしれない。同窓会の話題を教職員が出したことは、今までになかったように思う。

二十七期三年六組は、タイムカプセル開封式のために来校する。学校側としても学外の人間が敷地に入るイベントとして、これまでの同窓会とは別種とみなし、全体の予定の中に組み込んでおくのではないかと想像したのだが、慣例に従いノータッチなのか。

「門馬《もんま》先生」隣のベテラン教師、古文の門馬なら何か知っているだろうかと尋ねてみる。「卒業生の同窓会予定は、学校側は把握しておかないんですか？」

「同窓会？　いやそれは特段……」

門馬の授業スタイルは、好みの生徒とそうでない生徒がはっきりしており、自分なら教えられたくない。だが授業を離れれば、なぜだか勘のいい男であった。

「藤宮先生が言いたいのは、タイムカプセル開封式か？」

「はい。同窓生が学校に来ますよね」

「まあねえ。とはいえ部活動があるから無人じゃないし、夜間でもない。事務だっている。気負うことでもないんだよ」

私は横目で壁一つ隔てた備品庫のほうを見た。

「開封式は六組が初めてでしたね」

「タイムカプセル自体、二十七期しかやらんかったしな」門馬は遠い記憶を辿る目をした。「確か、東側校舎と第二体育館増改築の予定が入ったんだ。だから」

「私が着任した年なんてもう、工事の音がうるさくて……本当にずいぶん変わりました」

「第二体育館増築が大きかったな。あれで駐車場と自転車置き場の位置まで変わったから。近隣もこんなに家ばかりになるとはな。まあ開封式は同窓会幹事にまかせておけばいいんだよ」

卒業生の来訪を歓迎すべく待ち構えている雰囲気ではない。防犯上、開封式には学校側の誰かが付き添うだろうが、タイムカプセルを開けて少し歓談し解散といった、ありふれた流れになるようだ。

私は眼鏡を外して目頭を揉《も》んだ。閉じた瞼《まぶた》の裏に浮かぶ登場人物らに、やんわりと、しかし確かな圧力をかける。

誰が来るだろう？　出席者を把握しているのは幹事の磯部だ。井ノ川は忙しいから、名ばかり幹事に違いない。アナウンサーにまで成り上がった学校の女王。

カーストが存在しなかったクラスを、私は知らない。不明瞭なものだったかもしれないが、小学校低学年からあったと思う。

誰が上で誰が下か。学校という閉鎖空間に身を置けば、よほどの事情がない限り自然と序列はわかるものだ。クラスのトップ、学年のトップ、学校のトップ、彼、彼女の仲間、支配階級。反対に誰がボトムなのかも。だが、わかっていてもそれに気を回すのは甚だしい抵抗感があった。私はスクールカーストの概念が好きではない。集団内の序列は、社会的生活を送る動物の摂理かもしれないが、高校生が同じ高校生にかしずいたり遠慮したりするのはあまりにおかしい。

しかし、私のような考えの持ち主はごく少数だ。その少数も結局はカーストエラーと認識され、トップに及ばない。よって変革の原動力とはならない。

教師の道を選んだのは、そういった序列に反旗を翻《ひるがえ》したかったからというのもある。スクールカーストの名のもとに、上位が下位を軽んじて何が悪いといった風潮に、なんでもいいから風穴を開けたかった。

予鈴《よれい》のチャイムが鳴った。門馬が「よっこらしょ」と呟《つぶや》いて席を立った。

＊

——そのとき、井ノ川が教室に戻ってきた。トイレにでも行っていたんだと思う。

席に着く井ノ川のスカートが、膝《ひざ》上二十センチのラインでふわっと浮き上がった。覚えてる。秋の初めの日差しで太腿《ふともも》が白かった。そう、秋。二年の。

口を切ったのは木下だった。こんなふうに。

「ていうかさあ、普通する？　告白」

言い終わっても、高い周波数の音の欠片《かけら》がそこらに漂い残るような声だった。

開け放たれた窓から緩く風が吹き込むたびに、括《くく》り紐《ひも》で括られた白のカーテンがぶわって太った。

井ノ川の席は教室の前方、窓辺の位置だった。日の当たるその席で、井ノ川の髪はいつだって栗色に透けていた。木下が彼女の机の端に浅く腰を掛けて、またこう言った。

「花田もさあ、迷惑じゃん」って。

花田と花田がつるんでる男子たちのグループは、教室にはいなかった。体育館でバスケットしてたのか、それとも校内のどこかで女子に聞かれたくない話でもしてたのか——後者だろうって空気が、木下の声で濃厚になった。他にもいない生徒はいたよ。三井たちはロビーに買い物に行ってた。磯部は委員会だった、確か。

井ノ川と木下の周りには、我妻と安生しかいなかった。そのほかのクラスメイトは教室内の各所に散らばっていた。でも、それぞれがそれぞれのことをしながら、みんな女王グループのプリンセス広報官、木下のことだけど、あいつのスピーチに息を潜めて耳を傾けているんだ。なぜなら木下は、みんなに聞かせよう、聞けという意図をもって言葉を発していたからさ。

木下よりも下位カーストはその意を酌むしかない。

木下は「告白ってことはさ、もしかしたら付き合えるかもって思ってた、ってことでしょ？だよね、普通そうだよね」って言い続けた。同意を求めるんじゃなく、この見解に従えっていうみたいに。井ノ川は黙って携帯電話を取り出して操作しだした。

木下がしつこく「告白すれば、もしかしたら花田も私のことを、って」とか言うのを、我妻が「やめなよー、木下」って制止したけど、本気で止めろって感じじゃなかった。安生は「何それ」って井ノ川の手元を覗き込んだ。携帯で何見てるか気になったんだろうね。そしたら、井ノ川が無言で携帯を畳《たた》んだ。井ノ川ってそういうところある。馴《な》れ馴《な》れしいのを嫌がったんだと思う。安生はきまり悪そうにした。

もちろん、木下の嫌味は続いてた。

「立ち位置が違うのに、付き合えるってなんで思うかな？　すごくない？　その勘違いが」

それに我妻が「花田って顔から入るタイプだよね」って乗っかった。

井ノ川につれなくされた安生もここぞとばかりに参入。「めちゃくちゃ面食いだよ。アイドル相手にも厳しいもん」だったかな。そんな感じのこと。もう三人はうるさいくらいだった。

で、「花田、実際なんか言ってた?」「呼び出されたの、ぶっちすれば良かったって」「呼び出されるがまま、噴水に行ったから?」「自己責任ってこと?」とかなんとか。で、「まあ、確かに……」みたいな感じで、花田にも責任あるみたいな流れになりかけて、木下がなんか慌てた。「ないない。それはないよ」とすぐさま否定。語気が強くなったな。この私めが断罪いたしますって口ぶりだった。「なんで花田が責められるの。出しゃばって告白する方が悪いよ。大体さあ……」って言いかけたのを、それまでずっと黙ってた井ノ川が遮った。

「もらい事故」

そう言ったんだ。

井ノ川のその一言で、教室は静まり返った。吹き込んでた風すら止まった。井ノ川はまた携帯をいじり出して続けた。

「花田にとっては、もらい事故みたいなもの。全責任は相手方にある」

携帯の画面から目を離さないままでさ。まるで独り言だった。なのに、めちゃくちゃ説得力があった。

それが教室内での結論になったんだ。判決が下された瞬間って、あんな感じなんだと思う。井ノ川は携帯のボタンを一つ強く押して、携帯を畳んだ。ぱたんって小気味いい音だった。あれね、裁判所の木づちだったよ。そして最後にこう言った。

「でも、後悔したって、過去はどうしようもないわけだから。だから気にしないで。キシモトさん」

井ノ川は立ち上がった。ピリオドを打つみたいだった。井ノ川の横でカーテンがぶわって風に膨らんだのを私すごく、すごく覚えてるよ。

聞いてる？　藤宮。

＊

書道室の床にい草のカーペットを敷き、中央に下の句かるたのセットを一箱置く。百人一首部の準備はこれだけだ。私がやらなくても別にいいし、部長の篠原も「藤宮先生は読み手をしてくださるだけで十分です」と言うのだが、大した手間ではないから手を出してしまう。

「あっ、先生。いいって言ってるのに」入室してきた篠原が、開口一番言った。「カーペット敷《し》くくらい、うちらがやるのに」

「敷くくらいなのは先生も同じ」

篠原の後から入ってきた二年生が、朗らかな一言を言い放った。

「そういうのが危険なんですよ。腰悪くしても知らないですよー、若くないんだから」

篠原も即座に同調した。「だよね。藤宮先生が腰いわしたら、うちら責任感じる」

とりあえず笑って、受けたショックをひた隠す。若くないと言われてしまった。まだ二十代なのに、高校生からすればオバサン扱いなのか。

「にくづきに要で腰ですからね。大事にしないと」

気心の知れた姉のような教師、これが漠然ではあるが目指す理想像であった。とりわけ、授業だけの接点にはとどまらない部活動の生徒にはそう思われていたかったし、思われているのではないかと期待していた。

まれに誘われる部員たちのグループセルフィーも、遠慮したほうがいいのか。私が高校生のころ、二十代後半の教師のことをどう思っていただろう？

そこで思考が止まった。無の壁に突き当たったのだ。高校教師になったくせに、私は高校時代の教師たちをほとんど覚えていない。彼らはみんな空気みたいだった。今の柏崎の担任もだが、教師はおしなべて頼りにならず、クラス内で起こるあれこれも、表立った訴えがない限り立ち入らないというイメージしかない。なぜか。大きな問題ではないという判断か。確かに誰の肉体も傷ついていないし、誰の持ち物も傷つけられていない。居心地の悪い思いをしている一人がいるだけ。

心の問題は、問題を感じている人間が気に病むのを止めさえすれば、その瞬間に消滅する。気にするな。

極めて頻繁に耳にするこの一言の残酷さを、どれほどの人間がわかっているのだろうか。

黙考しながら私は生徒たちに背を向け、ぎょっとした。

グレーのセーターにロングスカートの野暮ったい女が佇《たたず》んでいた。女は窓ガラスに映った自分だと、一拍ののちに気づく。

意識していないときに視界に入る自分は、顔を作って鏡を覗いた自分よりも数段醜《みにく》かった。

街中で同じ姿の女を見かけたら、友人も恋人もおらず当然未婚、なおかつ孤独であることを他人のせいにするようなタイプと見積もる。ほっそりとしている体は逆に貧相な印象だし、頭と体のバランスも良くない。小鼻の形はニンニクのよう。値の張る眼鏡のフレームも、持ち主の顔面のせいで安っぽい。仮に女子アナが同じ眼鏡をかけたら、眼鏡美人というカテゴリーに入るだろう。私は多少粗《あら》が見えなくなるだけ。

これならば、オバサンと蔑まれても仕方がない。むしろ、なぜ今日この瞬間まで自覚できなかったのか。いや、これはいつものことで、普遍的なことでもある。誰しも自分を客観視するのは難しい。指先にささくれた皮膚の感触がして、唇に手をやっていたことに気づく。リップクリームをいくら塗っても、この季節は乾いてしまう。

柏崎は中学時代の友人をオタクっぽいと表現していた。妙に私に懐いているのは、友人と同じタイプと認識されているからかもしれない。容姿に難がある昔ながらのオタク。

そこまで考え、私は卑下《ひげ》するなと己を叱咤《しった》した。背を伸ばして胸を張れ。自信のなさは印象、ひいては容姿に影響する。

「先生、お願いします」

はっと振り向く。いつの間にか柏崎も来ていて、全部員六人が揃っていた。カーペットの上に札を並べ、三人対三人で本番さながら向かい合い、こちらを見ている。

私は読み札を取り、軽くシャッフルしてから、最初の空札を読み上げた。

六人がカーペットを畳んで、教室後方の棚にしまうのを、椅子に座って眺めていた。彼女たちは親しげにお喋りをしつつ、それでいて素早く作業をした。柏崎も輪に入っている。

六時前に部員たちは帰っていった。柏崎は最後に書道室を出た。戸を閉める間際、彼女は私に小さく礼をした。

スマホに家人からメッセージが来ていた。

『早く帰れたからカレー作っておく』

しんとなった教室内で、私は柏崎が語った都市伝説を反芻《はんすう》した。当時流行っていたのがこのエピソードだったら、何か違っていたのだろうかと思いながら。


――これは、友人のミコがネットで調べた話じゃなくて、中学の書道部で聞いたんです。教えてくれたのは、書道部の副顧問の先生でした。

副顧問の先生、当時いくつだったのかな……。先生の年齢ってよくわからないですよね。学校で一番年を取っていたんじゃないかなって思います。定年を迎えた後に、臨時で雇用されているお婆ちゃん先生でした。髪の毛はほとんど白髪で、でもちょっとだけ黒い毛もあって、遠くから見たらきれいな銀髪みたいなんです。顔は普通の日本人なんですけど。

私とミコが書道部に入部して間もなく、教えてもらいました。

だから、中一の夏前ですね。

ミコが都市伝説を調べ出したのも、きっと先生から遺言墨の話を聞いたからだと思います。ミコがそういうのに夢中になり始めたのって、一年の夏休みからでしたから。心のフックに引っ掛かったんでしょうね。

ちょっと毛色が変わっているんです。都市伝説って普通又聞きですよね。でもこれは、こんな話を誰かから聞いたじゃなくて、副顧問の先生が、実際に遺言墨を手に入れた方から、直接体験談として聞いたものなんです。先生が言っていたことが本当なら、遺言墨って現実にあることになりますね。

先生に遺言墨の話をしたのは、先生のそのまた先生だったそうです。先生は師範《しはん》って呼んでいました。国語と書道を教わったって言っていたから、私にとっての藤宮先生と同じです。

その師範には、戦時中にとてもお世話になったお宅があったそうです。東京の自宅から空襲を逃れて田舎に行ったときの。そういうの、疎開《そかい》って言うんですよね。

師範はそこのお宅で同年代の子に出会いました。

でも、仲良くはならなかった。どうにもウマが合わない人っているじゃないですか。理由はないけれど、第一印象から好きじゃない、近づきたくないっていう相手。師範にとっては疎開先の子がそうだった。嫌いの度合いも群を抜いていたんですって。平均的なウマが合わないレベルを一とすると、その子に対しては一千万とか億とかなんでしょうかね？　師範は「その子を憎む気持ちを表す言葉が、この世にはない」って言っていたそうです。

それほど強い憎悪ってあるのかな。

私も「嫌い」って思うことはすごくあるけれど、なぜ嫌いなのか理由はわかるし、その理由になったことを別の人からもされたら、その人も同じように嫌いになる。でも、その子は違うんですね。言い表す言葉がないっていうのは、世界に同列のものがないってことだと思うから。同じ相手が存在しないから言葉もないいんです

それほど嫌いな相手がいるって、どんな感じなんでしょうね。

ちなみに師範も、相手の子から異常に嫌われていたそうです。お互いに嫌い合っていて、でも疎開だから一緒の家にいなくちゃならない。地獄だっただろうなって思います。逃げ場がないから。

具体的には語られなかったそうですが、師範とその子の間では、殺し合いに近いことも起こったみたい。子どもなのに。

でも……これも詳しくは教えてもらえませんでしたが、師範は最後の最後でその子に命を救われたそうなんです。

命を救うって、何をしたんでしょうかね？　どうやら直接的に助けたのではないみたい。師範は先生に「その子のおかげで助かったことを、その子自身は知らないかもしれない」と言ったそうです。でも、実際に助かって、戦争が終わって、師範は子どものころからの夢を叶《かな》えた。学校の先生になったんです。それが師範の夢だった。

師範が遺言墨を手に入れたのは、その子に自分のことを伝えたかったからなんです。

命を救われたことを教えたい。先生になったことも報告したい。それから何より、ちゃんとお礼を伝えたい。生きて夢を叶えられたのは、あなたのおかげです、って。

だから、必ず真意が伝わる遺言墨を血眼《ちまなこ》になって探した。会いに行って直接言えばいいじゃんって思いますよね。私も一瞬思いました。けれど、どれほど嫌いか言い表せる言葉がないほど嫌いな相手だから、会って言うのがためらわれたんだろうなって後から思いました。面と向かったときに嫌いの感情が勝ってしまったら、伝えたかったことが上手く伝わらないかもしれない。その点、遺言墨なら必ず思っていること、伝えたいこと、真意が伝わるとされています。

それで、どうなったかって言うと……師範は使わなかったんですって。せっかく手に入れた遺言墨なのに。

なぜかというと、師範は伝わったときの交換条件が気になったんです。

遺言墨で書いたことが相手に読まれたら、書いた人の真意も必ず伝わる。でも、それが相手に向けた最後のメッセージになってしまう。そこを気にした。

具体的にそこから何を考えたかは、先生も教えてもらえなかったそうですが、なんとなくわかりますよね。

止めたってことは、最後にはしたくなかったんです。

その度合いを表す言葉がないと言うほど、師範は相手を憎悪していました。直接言葉を交わすのを避けるために、遺言墨を利用しようとした。

でももし、いろんな葛藤を乗り越えて、自分の言葉で感謝とお礼の気持ちを伝えられたら、その相手とまだ繋がり続けることができる。もしかしたら、お礼の後も言葉を交わす機会が持てるかもしれない。

最後というのは、あらゆる可能性を潰してしまう。だから師範は自分で告げる道を選んだ。

話を聞いたとき、すごく大嫌いな相手のはずなのに不思議で、その不思議さが心地よかった。

どうでもいい相手だったら、最後にしたっていいじゃないですか。

憎いけど、この世でたった一人の特別な相手だったんだな、ひっくり返すことができたら、唯一無二の親友になったんだろうなって思いました。

そう、友達の話を聞いているみたいだった。

話を聞いた日の帰り道、ミコにそう言ったら、彼女も同じように感じたそうです。

それもすごく嬉しかった。

だから私、この話が好きなんです。

その後、師範はお礼を言えたのか、ですか？

実は、私も知らないんです。先生も知らないと言っていました。話してくれなかったと。

でも、告げられたんじゃないかなって気がします。そうであってほしいなっていう気持ちもあります。私の中の師範像って素敵な女性だから。

先生がおっしゃるには、師範って本当にきれいな人だったそうです。背が高くてすらっとしていて。どんな場所で誰といても、はっと目を引く人だったと。

そして、外国人じゃないのに、目が蒼《あお》かったそうです。

その蒼が、師範が醸し出す雰囲気にすごく合っていたって。日本人が蒼い目って異質ですよね。

でも師範は、むしろ蒼い目であることに納得だったそうです。

この話を思い出すたびに、師範に一度会ってみたいと思います。

まだ、生きていると思います。いや、どうなのかな。わかりません。でも死んだとも聞いていない。

お名前は、清子《きよこ》さんというそうです。


「……明日からしばらく、先生とは会えないんですね」

その日の昼休み、冷たい弁当を食べながら柏崎が呟いた。いつものように野菜ジュース持参だ。私はお茶の入った湯呑《ゆの》みを自分のデスクに置く。

新型ウイルスが引き起こす風邪は、思った以上に厄介《やっかい》なことになった。当初はさほどの危機感も抱かなかったのに、ふと気づけば、あれよあれよという間に感染者は増加していた。フィボナッチ数列のようだった。前日、前々日の感染者数を加算して、当日の感染者数が発表されていると錯覚するような事態。中でも北海道の増加率は看過できない域に達し、ついに北海道知事は自治体単独での緊急事態宣言を発出した。

北海道教育委員会の通知により、公立高校である白麗高等学校も、明日二月二十五日から二週間の休校となる。

「あれ？　会えないんですねなんて、なんだか寂しいみたいに聞こえるけど？」

まぜっかえすと、恵まれた体格の女子高生はくすぐったそうに肩を竦《すく》めた。

「ここで先生とお昼食べるの、嫌いじゃないんですよ」柏崎は箸を止め、嚙《か》みしめるように続けた。「逃げて来ている場所なのに、何を言うんだって感じですけど」

私もいったん箸を置いた。まだ雪に覆われたグラウンドが見える。でも日差しには力があった。気温はまだ低く、天候が崩れれば雪も降るが、日差しだけはもう冬を置き去りにしているのだ。

準備室で昼食を取るようになって初めて、柏崎はここが逃げ場だと認めた。

「先生」

「何？」

「藤宮先生って、どうして先生になったんですか？」

外が暖かくなっても、柏崎の目は変わらず日陰の雪の色だ。

「そうだね……学校が好きじゃなかったから、かな」

「好きじゃないから？　好きだから、じゃないんですか？」

「そう思うよね。でも、だからこそ向いているって言われたの。好きなら現状維持で終わるけれど、好きじゃないなら駄目なところ、改善点が目に付くからって。なるほど、じゃあ学校嫌いにも意味があったのかって腑《ふ》に落ちて、やってみようかってね。単純でしょ。無理だったら辞めればいいやってくらいの気持ちだったよ、教職課程取ったころはね。でもまあ、続いちゃってるな」

「先生に向いてるって言ってくれた人って、友達ですか？」

「最初はね。今は旦那になった」

頬に両手を当てて照れた風を装うと、柏崎はしばし笑い、続いての質問をした。

「藤宮先生が高校生のときにも私みたいな生徒、いましたか？」

「あなたみたいないい子、ってこと？」

柏崎はゆっくりと首を横に振った。

「クラスで孤立してる生徒のことです。私、こういうのってせいぜい中学校までだと思っていたから」

私が教師になるきっかけなどより、彼女はこちらのほうを訊きたかったのだろう。

彼女の弁当は相変わらず童話の花畑みたいにカラフルだ。唐揚げ、グラタン、にんじんのグラッセ、玉子焼き、ブロッコリー、ミニトマト、フルーツ。彼女の母親はどんな思いでそれを作ったのか。友達と机をくっつけて楽しくお喋りしながら食べてほしい、なのか。それとも、一人でもせめて気分が晴れやかになるように、彩りよくきれいに美味しそうに見えるように、なのか。

「先生も思ってた」私は私のために言葉を選んだ。「先生の時代にもいたよ。でもその子は柏崎さんとは違うタイプだったかな」

「どんな人だったんですか？」

「これは私の主観だけど……まず絶望的に空気が読めない人」

「厳しいですね」

「それから自分の好きに振る舞う自己中心的な人だった。そこから男子を巻き込んだ恋愛トラブルに発展して、一気にみんなの反感を買った感じ。トラブルは二年のとき」報告するように事実だけを言葉にする。「事態に気づいて大人しくなっても後の祭り。三年に進級してもトラブル相手と同じクラスになったから、ことあるごとに蒸し返されて孤立し続けた。ずっと一人。お弁当も教室で一人。結局卒業を待たず秋の初めに転校するはめになった」

「誰も助けてはあげなかったんですか？　先生も？」

私は助けてくれているのに？　と柏崎の目が語る。私は湯呑みを両手の中に閉じ込めた。

「先生は、助けられる立場にいなかった」

これは本当のことだ。

柏崎はミニトマトのへたをつまんで、口に入れずに弁当の蓋の上に置いた。

「その子は転校する前、クラスで埋めたタイムカプセルに、思い出のものじゃなくて、いじめを告発する恨みの手紙を入れたの。しかも遺言墨で書いたのを」

柏崎はさすがに驚いた。「遺言墨？　やっぱり本当にあるんですか？」

「本物の遺言墨かどうかはもちろんわからないけれど、つまりそれほどの怨恨《えんこん》感情がその子にはあった、仮に自分が死ぬとしても、相手の心に恨みの証《あかし》を残したかった……ってところかな？」

「それ、もう開けたんですか？」

「開けたかどうかは想像におまかせするけど、ただ、その子は転校して正解だったと思う。なにしろ遺言墨で恨みの手紙を残すほどだからね、いったんあのクラスの外に行くしかない。それに何より、新しい学校では一人じゃなかった。友達を作れた。中でも一人、本当に親身になってくれた子がいてね」

「よかった……」

素直に胸を撫《な》でおろしている柏崎は、本当にいい子だ。

「まあ親身になるくらいだから、そっちの子もどこか変わってたんだろうね。反カースト的なね。それでその子は新しい友人だけに前の学校でのことを話した。遺言墨の手紙のことも。やっとできた味方に自分を理解して、あなたは悪くないって言ってもらいたかったんだね」

「理解者が欲しくなるのは、わかります」

「その友達は期待に応えた。話を聞いてきっちり理解して、あなたは悪くないよって言った。でも、悪くないけど、あなたも子どもだったねって諭した。話に出てくる人、みんな子どもだねって」

「あっ」柏崎が何かに気づいた風に言いかけた。「もしかしてその新しい友達って……」

私は話を続けた。

「その子はそれで少しずつ変わった。友達と同じ大学に進学してからはもっと変わった。その子と友達は今も深い絆《きずな》で結ばれてる……要は客観性なのかな。自分がどう思われるかに無頓着《むとんちゃく》すぎると、やっぱり集団からは弾《はじ》かれがちになる」

「……そのとおりですね」

「ああ、でも繰り返すけど、私が話した子と柏崎さんは全然違うからね。私が十歳若かったらあなたみたいな子と一緒にいたかった。だからね、他のクラスには絶対あなたがいいって子がいるよ。新年度はクラス替えがある。楽しみだね」

「ありがとうございます。先生のときの人にも、救いがあってよかった」

一度は横にのけたミニトマトを口に入れ、柏崎はにっこりした。

窓際のスチームがカンカンと鳴りだした。暖房が入るとそういう音がするのだ。

「とにかく、先生とこうしてお弁当食べるの、好きな時間なんです。藤宮先生が書道の先生でよかった」

「ありがとう。もっと居心地よくしなきゃね、ここも」

柏崎も心の奥底ではここがベストだとは思っていない。教室に友人ができて、友人と昼食を食べるほうが健全だということくらいはわかっている。だからそれに関しての励ましも、あるいは説教も、どちらも必要ない。

湯呑みに口をつけると、お茶はかなり温《ぬる》くなっていた。

「休校中も勉強はすること。体調にも気をつけて」

「はい。先生も元気で。先生はいっぱい食べてくださいね、スレンダーだから」

逃げ場があるのはいい。逃げ場へ動けるのもいい。閉ざされれば息が詰まるから。


予鈴が鳴り、柏崎は礼儀正しい挨拶《あいさつ》をして出ていった。

私は傍らに置いていたスマートフォンで、同窓会のＳＮＳアプリを立ち上げた。

カウントダウンの書き込みがある。

『皆さん、風邪ひかないように。同窓会まで70日！』

最初の投稿は無視された。何も引き起こせなかった。井ノ川も他のみんなも何も反応しない。

同窓会は楽しみなイベントのままだ。

思い出さないのか？

忘れたのか？　自分たちがさんざん蔑み続けた『キシモト』を。

液晶の隅に眼鏡のフレームが映る。

私は指を動かした。

『三年六組のみんなへ。岸本李矢《りや》さんを憶えていますか。遺言墨を使った人は、岸本李矢さんです。』


気にしないで、なんて、私は言わない。

室田

井ノ川がいた。

彼女を探していた。少しでいい、話がしたいと思ったからだ。特に話すことなどないのだけれど。でも、そんなものではないか。私たちのどれほどが、話さなければならない用件を抱えて相手と話している？　学校生活での会話は、内容よりも誰と話すかに意味がある。私たちは会話が成立する相手だという確認。マーキング。マウンティング。

校庭に足を踏み入れないぎりぎりのところから、井ノ川は西空を眺めていた。あたりはすっかり暮れなずんでいるうえ、後ろ姿で顔が見えない。なのに、井ノ川はやたらと目立つ。存在感が違うのだ。醸し出すオーラが「自分はここにいる、自分を見ろ」と拡声器で主張しているみたいだ。

いつもの取り巻きはどうしたのか。

今なら話しかけてもいいだろうか。

いいだろう。学校祭最終日だし。じきにそれもフィナーレだし。

だいたい私にだって、井ノ川と仲良くなる資格はある。取り巻き筆頭の木下がいない吹奏楽部で、井ノ川の隣を許されているのは私だ。つまり、私も彼女と同等のカーストに行くポテンシャルは持っているはずなのだ。

そろりと近づく。磯部が集合を呼び掛けている。一緒にあっちへ行こう、とでも言えば……。

「花火って何時に終わるんだっけ？」

騒がしい下級生の陰から現れた木下が、井ノ川に話しかけてしまった。私は足を止める。ほんの一メートルほどの距離なのに、もう近づくことはできなかった。

いつも思う。木下の特徴的な、成人向けゲームの声優みたいに甘すぎる声は、一種の規制線だ。それ以上距離を詰めるのをためらわせる。我妻と安生もいた。井ノ川の取り巻きというだけで、彼女たちは私よりも上のカーストにいる。

なぜ、私はあの仲間じゃないのか。木下はずるい。一年生から三年生まで井ノ川と同じクラスなのだ。私は二年生からだった。

「室田、何見てんの？」

わざとらしく肩をぶつけてきた三井に、私ははっきりと眉をひそめてやった。だがこの意思表示も、能天気な三井には通用しない。桜庭にも。桜庭は「室田ちゃん、探したよ」と私の頬をやわく摘《つま》んだ。

「てかさ、室田なんで着替えてんの？　クラT脱いじゃったの？」

「だって、演奏会があったし」肩に掛けているスポーツバッグを軽く揺する。「とっくにこの中に突っ込んだ」

三井と桜庭も同じブランドのバッグを持っている。お揃いで購入したのだ。この揃いのバッグがあるかぎり、私は逃れられない。買わなければよかった。私たちはグループです、同じカーストですと主張するアイテムと化してしまった。

「あー、そうだったね。演奏会、お疲れ。すごい上手かったよ」

「私も辞めなきゃよかったな」

「いやいや桜庭は勉強しなきゃ、でしょ」

桜庭は成績が落ちたことを理由に、とうの昔に退部したのだった。ただ、いてもいなくても大勢に影響のない部員だったことは確かだ。井ノ川とは違う。

私も自慢できるほどの成績ではなかったが、退部は考えたことはなかった。部活は楽しい。井ノ川がいる。部活のときだけは井ノ川と仲間だと思える。

仲間というのは同等のレベルだということ。井ノ川といられるなら、私も彼女と同等に見られるはずだ。

なのにクラスで一緒なのは、この二人なのだ。

私は軽く顎を動かし、三井と桜庭に井ノ川を示してみせた。

「井ノ川も制服でしょ。むしろ三井と桜庭がこっちに合わせなよ」

「井ノ川たちって……あ、花田だ」

花田たち男子数名が、井ノ川らと合流した。

ああいうシーンを目にすると、カーストは磁石みたいだと思う。男子はS極、女子はN極。同じカーストの異性とくっつく。序列を超越した恋愛はない。あっても受け入れられることはめったにない。あるとすれば、上位がその下剋上《げこくじょう》を祝福するスタンスを取っている場合だけだ。

そういえばあの子はどこにいるのか。私は視線をめぐらせ、岸本の姿を探した。いない。生徒が多すぎる。花火を待って、全校生徒が校庭に詰めかけているのだ。

岸本には井ノ川みたいなオーラがない。人ごみの中でヘドロのように沈んでいるのだろう。ヘドロのような岸本。我ながら上手いたとえだ。

「なあ、集合しないの？　ここで花火見ちゃうの？」

「磯部の集合ってあれでしょ？　花火の後、タイムカプセル埋めるから集まれってことでしょ？」

聞こえてくる花田らの会話と口調が、集合の号令など無視していいと言っている。

にもかかわらず、三井は私の腕を引き集合場所へ移動しようと促した。

「磯部のところに行かないと。あっちのほうが花火も近いよ」

「三井は花火見たいの？」

「え、当然じゃん。室田は見たくないの？」

三井は人懐こく笑った。三井の次の出席番号が室田、つまり私だ。この繋がりが、後々の交友関係を決定づけた気がする。クラス替え直後の席順は、出席番号で決められていた。私の苗字が安藤《あんどう》とか宇井《うい》とかだったら、井ノ川に近づけた。

こんな、自分ではどうしようもないことで、高校生活が左右されてしまう。苛立ちの埃《ほこり》が胸の中で舞い上がり、思わず足元の土を蹴った。

「ほら。行くよ。あっちのほうに、たぶんもう富岡たちいるし。ねえ」

三井に腕を引かれるまま、歩き出した。井ノ川たちの横を過ぎるとき、「ブスで恋愛脳とか、終わってるんだよね」という木下の声が聞こえた。誰のことを言っているかは明らかだった。三井の耳にも届いたみたいで、彼女は声の主に視線を動かした。

「井ノ川たちは集合しないっぽいね」

三井の口調に、クラスの足並みを乱す態度を咎《とが》める響きはない。実行委員よりも高位のカーストにいる人間ならば、呼びかけに従うか否かを選ぶ権利はあると認めているかのようだ。

花火というわかりやすく与えられたクライマックスを、平然と切り捨てられる態度。普通の生徒たちが目を輝かせる宝物をガラクタだと冷笑できるのは、それ以上の宝石を唸《うな》るほど持っているからだ。王者なのだ。

「磯部じゃなくて三井が幹事だったら、花田たちも来たんじゃない?」

桜庭のその一言に、三井は眉を大きく動かした。「えー?　どうして?」

「六組の中で幅広く仲いいじゃん」

「八方美人ってこと?　桜庭だってみんなと仲いいじゃん」

「三井のほうが人を選ばないでしょ」

桜庭の言うことは半分正しくて半分間違っている。三井はみんなと仲がよいが、彼女が幹事だろうが井ノ川はおそらくタイムカプセルを埋める場には来ない。井ノ川が来ないのなら、花田たちも来ない。

私たちは同じカーストだが、三井は確かにカーストの垣根をあまり気にしていない振る舞いを見せることがあった。ある意味、カーストエラー――上位カーストとも下位カーストとも交流できる、寓話《ぐうわ》のコウモリみたいな存在と言えばいいのか。だが、あくまでも「っぽい」である。実際は顔の広い貴族。王族ではないのだ。

その貴族に付きまとわれているから、私もロイヤルファミリーになれない。

後方の井ノ川らが気になる。でも、もういろいろ無理そうだ。たとえ今から一人で踵《きびす》を返して井ノ川に話しかけたとしても、彼らは私を仲間には入れない。井ノ川は歓迎してくれるかもしれないが、木下や花田は違うだろう。すると、負担がかかるのは井ノ川なのだ。彼女に無理はさせたくない。

いつものクラスカーストのとおり、三井たちと楽しむしかない。

小さな諦めが心に生まれる。

そのとき私は視線を感じた。

岸本の視線だ。見返さなくてもわかった。

私の中の警戒警報が作動した。諦めは顔に出ただろうか。それを岸本は見ただろうか。私が井ノ川のような女王なら、つまらなそうにしていても許される。しかし、そうではないカーストの人間が、学校祭を締めくくる花火を前に暗い表情を浮かべていたら、それは仲間外れと結び付けられる。連想させてはいけない。隙を見せてはならない。

もしも仲間外れに見られたあげく、あの子に同類だと認定されすり寄られたら、一緒に転落してしまう。

「ところでさ、タイムカプセルに入れるトラベラー、持ってきてる？」

私はとびきり明るい声を出した。それでも、花火を待ってテンションが上がっている生徒らのざわめきの中では、ちょうどいい大きさだった。楽しんでいる演出と孤独じゃないというアピールのために、自分の両側にいる二人の背を左右の手で軽く叩きもする。

三井の背筋は硬式テニスで鍛えられている。対して桜庭は脂肪がのっていて柔らかい。

単純な三井は、すぐに反応してくれた。

「持ってきてるよ。当たり前じゃん。桜庭は？」

「うん、大したものじゃないけど。ねえ、埋める前に見せてよ」

「事前に教えるものなのかな？　十年後に、そんなの入れたんだ、ってクラスのみんなで驚きあうものじゃないの？」

クラスのみんな。

私はオーボエのリードを持ってきていた。部活動に関するものだ。使わない出来損ないのリードとはいえ、クラスのタイムカプセルなのに。私にとっては、クラスより部活動のほうが重要だったのだと、三井と桜庭の会話で気づかされた。

「あそこにいるのが花火師じゃない？」

校庭の隅に二人の大人がうごめいている。

私たちは磯部から適度な距離を取って立ち止まった。花火がもうすぐ始まりそうだ。

＊

岸本李矢という四文字を目にした瞬間、全身を巡る毛細血管がぶわりと拡張する感覚を覚えた。

もちろん、そんな現象が起こったのかどうか、確認するすべはない。起こっていないのかもしれない。しかしとにかく、頭のてっぺんから足の爪先まで、何かが一瞬にして駆け抜けたのだ。

純粋に嫌だと思った。思い出したくなかった。忘れていたかったのに。

私は休憩中に同窓会のSNSを見てしまった己を呪った。

井ノ川がSNSを管理しているから、ついチェックしてしまった。アナウンサーという職業柄なのか、井ノ川は自身の出欠を明らかにしていない。多忙の上に遠方だから来ないのではないかと思いつつも、もしかしたら今日、出席すると書き込まれていないかと確かめてしまう。そうしたところに飛び込んできた岸本李矢の名前だった。見なければよかった。だが、もう遅い。岸本という爆弾が私の知覚に投げ込まれた以上、今後はむしろ今までにもまして、このアカウントを見るだろう。自分の性格は把握している。知らないことが異常に気になるタイプなのだ。応援しているスポーツ選手の試合結果は、ネタバレでも知りたい。むしろライブ観戦は気が気ではなく、楽しんで見られない。結果を知ってから録画で見るのが一番落ち着く。

「室田。今日の感染者数、三十人いきそうだよ」

隣で煙草《タバコ》をふかしていた係長が、ローズレッドに塗られた唇を曲げた。

「え、本当ですか」

「嘘《うそ》つく必要ないでしょ」

係長の唇から、煙のドーナツが生まれた。

私と係長は、オフィスビルの西側廊下にある喫煙室にいる。札幌市を中心に道内八店舗を展開する海鮮居酒屋チェーン『北海の大将』本社が、私の職場だ。道内ではそれなりに知られた名前だが、道外に出ると弱い。苦戦を重ねた就活で、最後に拾われたのがここだった。

一次面接には係長もいた。三十代女性が係長なんて、今どき珍しくもないだろうが、それでもこの会社の印象がよくなったのは確かだ。

係長の顔は少しだけ井ノ川に似ている。

「でもまあ、来週には落ち着くんじゃないの。緊急事態宣言効果で。ていうか、室田。なんかショックなことあった？」

私は反射的に顔を取り繕った。「どうしてですか？」

「さっき。すごい怖い顔してた」係長は私の眉間を指さした。「そのビンディーみたいなほくろが真っ赤になってた」

「ひどいですよ、係長。ここのほくろ、気にしてるのに」

「ごめんごめん。でも人相学的にはよかったはずだよ。てかさ、室田ってあの人にちょっと似てるって言われない？　なんつったっけ。ああ、木村多江《きむらたえ》？」

「え、似てますか？　嬉しい」

「似てる似てる。わが社の木村多江」

短くなった煙草をカウンター型の分煙機に押しつけた係長がそう言ってくれたので、先ほどの異常な緊張はほぐれた。私はとりあえずの気分転換を果たし、係長とともに喫煙室を出た。

「係長が十代のころって、クラスカーストありました？」

「あったよ、もちろん。なんで？」

「実は、五月に高校の同窓会があるんです」

返信はがきは出席にして投函済みだ。三井や桜庭も出席するとのことだった。

「うわ、同窓会」係長が鼻の付け根に皺を寄せた。「げー、どうそうかい。地獄の六文字でしょ」

意外な反応だった。係長にとって同窓会は、そこまで忌避したくなるものなのか。現状の自分を認められない社会の底辺が、かつての仲間の前に姿を見せたくなくてそのような類の再会イベントを否定する、というならわかる。しかし係長は、容姿も同年代の女性の中では間違いなく若めの美人で通るだろうし、一流企業ではないが部下を持つ立場だ。自立した一人の立派な社会人なのだ。嫌がる理由が思い当たらない。

訝《いぶか》しげな表情になっていたのだろう。係長は理由を教えてくれた。

「社会人になって、最初の同窓会には参加したんだ。中学校の同窓会だった。何年前だったかな。

二十五、六歳のときだから、十年以上前か。そこでね、最悪の出来事があった」
「最悪、ですか?」

「大げさに言ってると思ってるでしょ? でもマジだから。二度と行かない」

そこで、私たちはオフィスのドアの前に着いてしまった。この先でさすがに私語は憚られる。しかし、続きは気になった。目で訴えると、係長は「また後でね」と軽く頷き、煙草のにおいを振り払うようなさっそうとした足取りで、自席についた。

続きが聞けるとしたら、次の休憩か。このオフィス内に喫煙者は少ない。女性では私と係長だけだ。私たちはたいてい同じタイミングで煙草ケースを手に席を立つ。スマホの時計表示を見る。午後三時を少し回っていた。


午後六時、退勤直前の一服をふかしていると、係長が喫煙室のガラス戸を開けて入ってきた。煙草を一本ケースから取り出して唇に咥《くわ》え、右手のジッポーを軽く振る。小さな炎が係長の鼻先を照らす。煙草の切っ先がちりちりと炎を飲みこみ、係長が最初の煙を溜《た》め息《いき》のように吐き出す。何度見ても、煙草に火をつけるときの係長は絵になる。流れるような動作には一ナノミクロンの無駄もなく、一体何歳から煙草を吸っていたのかと問いたくなる。

ゆらめく煙を見つめる係長の姿が、ガラス戸に映っている。十九階から眺め下ろす札幌の夜景より、係長の横顔のほうが見栄えがした。

「同窓会の話だけどさ」係長はおもむろに切り出した。「二度と行かないって言ったけど、あれ、間違い。行かないんじゃなくて、そもそも行けない。金輪際《こんりんざい》開催されないからね。うん、二度とない。全財産賭けてもいいわ」

「それほど最悪だったってことですか？」

「血を見るかと思った」

「つまり誰かが、武器的なものを持ち込んで暴れた？」

「サバイバルナイフっていうの？　これから無人島で三日生き抜くってんなら、まあ所持していても理解できるけど、同窓会に持ち込む必要はまずないよね。普通に法律違反だったわ、あいつ」

あいつ、の響きは明らかに忌々しげだった。

「あいつ、って」

「なんとなく読めたでしょ。要は、いじめられてた子が、復讐しに同窓会に来たってわけ。ナイフ持ってね」

係長の目が私の手元へと動いた。

「……灰《はい》落ちそう」

吸うのを忘れていた。

係長いわく、いじめられていた元男子生徒は、ホテルの同窓会会場で突然ナイフを取り出し、殺してやると叫んだそうだ。だが、叫ぶだけで実際に刺すことはなかった。自傷に走ることも。

ただ、ナイフを振り回して、ずっと恨んでいる、シカトしやがって、おまえらに人生を壊された、だからお前らの人生も壊してやると、泣きながら喚き散らすだけ散らして、結局その場にいた数名に取り押さえられた。警察沙汰《ざた》にはならなかった。誰も傷ついていないから。

同窓会はお開きになった。だが、次回の同窓会については語られなくなり、実際に二回目は開かれていない。誰が幹事役かもうやむやになった。

自称いじめられていた元男子生徒への懺悔《ざんげ》、自分たちの行いに対する悔恨《かいこん》は、係長を含め参加者全員に一切なかったという。

「あいつはさ、たぶん私たちに悔やんでほしかったと思うし、いじめて申し訳なかった、すみませんでしたって土下座してほしかったと思うんだよね。でもその考えがもう負け犬っていうかさ……そもそも私、あいつ自体よく覚えてないんだよ。名前を聞いても、ピンとこなかった。まあ、会場に入れたんだからクラスメイトだったとは思うよ。でもほんと、あんた誰？　って」

「他の人もそんな感じでしたか？」

「うーん。まあ、心当たりがある人はいたかもしれないかな、って程度。いじめもね、暴力使うのはなかったけど、メンタル的なのはあったかも。中学生だったし。ただ私、取るに足らない相手って、自動的に視界から抹殺《まっさつ》するからさ。無視してるとか言われても困るんだよね。いちいち地面の蟻《あり》を気にして歩かないでしょ」

「でも、あいつさんは気にしてたと」

「受け止め方の問題だよね。同じことされても平気で漫画読んだりゲームしたりしてる子、日本全国に山ほどいるはず。だから、あいつ自身が自意識過剰で被害妄想的なところあったと思う。つまりさ、あいつはちやほやされたかったんだよ。みんなに自分の相手してほしかったの。でもそうならなかったから、無視されてるとかいじめられてるとかいう方向に行ったんじゃないの？　いっそ逮捕されてニュースとかに取り上げられたら、前科はつくかもしれないけど、似たようないじめられっ子の共感を呼べたかもしれないし、一人の人生壊した感が出て、私たちにも罪悪感的なものが生まれたかもね。でも、なあなあになったから、何一つ変わらなかったわ。同窓会はもう開催されないから、それはしてやったりなのかな」

係長は分煙機の吸殻を押しつけたところを、見るともなく眺めている。

「こっちは普通というか、それこそクラスカースト？　それに則した振る舞いをしてただけでも、向こうが勝手にいじめだって認識したらそうなっちゃうからね。同窓会って、いじめられてた子は来ないと思うでしょ。みんなと会いたくないはずだから。でも、逆パターンもある。底辺で失うものなかったら、一発逆転できないかわりに復讐してやるって、あえて参加するやつもいる。同窓会やクラス会なんて、わざわざやるもんじゃないって今は思うわ。会いたいなら仲のいい者同士で個別に会えばいいしね。楽しみにしてたらごめん」

「いえ、私も特に楽しみではないんです」業界人になった井ノ川には会ってみたい気もするが。「卒業後も付き合いが続いた人が友達なわけですし、そうでない人はもはや他人みたいなものですよね。確かに」

「まあ、最初の一回くらいは行ってもいいんじゃない。担任の年齢によっては、会える最後のチャンスになるかも。五月だっけ。きっとそのころには、例のウイルスも弱ってるでしょ。暖かくなってるから」

　私は喫煙室を出て退勤した。係長は少し残業をするようだ。


〝こどおば〟なる言葉で蔑まれようが、独身である以上自宅住まいのメリットは計り知れない。幸い両親は元気だ。用意してあった夕食を食べ、風呂に入り、自室にこもってゆっくりする。居間にはあまりいない。両親からは自室以外での喫煙を禁じられている。就活時についてしまった喫煙の習慣は誰からもいい顔をされないが、今のところ止める気はなかった。

　煙草を吸うときは、必ずと言っていいほどスマホも見る。SNSの同窓会アカウントに書き込まれた『岸本李矢を覚えているか？』に対して、真っ先に反応していたのは、幹事の磯部だった。

『覚えていますか、と尋ねられたので答えますけど、すみません、覚えてないです。岸本さんって、いましたっけ？　忘れました。火の玉ストレート申し訳ないけど。磯部@幹事』

　SNSにカウントダウンや連絡事項を書き込むだけの井ノ川と違い、磯部は同窓会全体を仕切る立場なのに、忖度《そんたく》一切なしの返信である。私はぎょっとしたが、続きもツリーで投稿されていた。

『同窓会名簿を持っていますが（往復はがきを送るために、白麗高校同窓会から提供された個人情報に配慮したモノです。皆さんご安心を！）ここにも岸本さんの名前はないんですよね。磯部

@幹事』

磯部には磯部なりの根拠があったというわけだ。問題はその根拠が絶対と信じていそうなところである。同窓会名簿は卒業時の情報をもとに作られる。だとすれば名前がないのは当然だ。

岸本李矢は転校していったはずだから。

私は十八歳の初秋の日に思いを馳《は》せた。確かに担任の南も岸本の転校を告知しなかったし、岸本が教壇に立って別れの挨拶をしたということもない。いつの間にか姿を見なくなり、姿が消えた教室内に「どうやら転校したらしい」という噂が流れ込み、その噂もいつしか受験という風にあおられるまま出ていった。クラスメイトたちは、すぐに一人の欠落を忘れたようだった。もともと岸本はカースト底辺の孤独な異分子で、いなくなっても誰も困らなかった。

私は、受験が近いのに転校は珍しいな、とは思った。

次に、それだけの事情があるからだ、に思い至った。

岸本と同じ立ち位置に降格し、学校内で岸本のような接し方をされたら、自分なら学校を中退する。私はそんなふうに岸本を見ていた。

それでも私たちの接し方を、いじめだとは思わなかった。そうされるだけの理由を岸本は持っていたからだ。

＊

「室田、それ、リード？」

二年生の七月初め。私は休み時間の教室内で、オーボエのリードを削っていた。オーボエは吹き口に取り付けるリードの良し悪《あ》しが、演奏を大きく左右する。葦《あし》でできている市販のリードを、リードナイフと呼ばれる道具で少しずつ削って、自分用にカスタマイズするのだ。演奏会に使用するエース級からいまいちの鳴りのものまで、手持ちはいろいろだが、エースが何かの拍子で駄目になってしまう非常事態に備えて、オーボエ吹きは隙間時間を見つけてはリードをよりよく調整し続ける。

ということくらいは、同じ吹奏楽部の岸本だって承知しているはずだった。そしてリードを削るときの私が、他人の干渉を嫌うことも。

昼休みの教室内は、ほとんど人気《ひとけ》がなかった。男子たちの多くは体育館に行っていた。花田らのグループに他の者も従った感じだった。女子は半数程度が残り、そこここで話をしていたが、声は低く小さかった。井ノ川らのグループは姿がなかった。中庭の噴水のところで写真を撮ると、三時間目の後に言っていた。

いつもなら、私のそばには三井と桜庭がいた。しかし二人は、今日に限って不在だった。三井は生理痛で保健室におり、桜庭はテストの結果が芳《かんば》しくなくて、補習の説明を受けに呼び出されていた。

岸本は自分のカーストを無視し、こうしてたまに話しかけてくる。カーストエラーどころか、まごうことなき底辺、いや底辺の底に穴を掘っているくせにだ。

私の隣の空いている席に、岸本は腰を落ち着けた。私は横目で彼女を見た。横は花田の席なのだった。岸本は花田の痕跡をなんとしても見つけたいというように、細い目を見開いて机の天板《てんぱん》を凝視していた。

「花田っていいよね」

岸本は唐突に呟いた。

「そうだね」

花田の見た目が良いことも、好感度が高い陽キャであることも、誰もが知る事実だ。花田は井ノ川か木下のどちらかと付き合いそうだ、というのが、私の見立てだった。

井ノ川と付き合うなら仕方がない。でも木下だったらちょっと嫌だ。仮に私が木下と同じカーストだったら、選択肢には私も入っていたはずだ。

「私のこと、どう思ってるかなあ」

リードナイフが止まった。冗談かと岸本を見やると、しかし岸本は夢見心地の顔でいるのだった。「自分は恋する少女です」と主張する顔。両肘をついてうっとりと斜め上を見ている岸本の頬は赤らんでいたが、それが感情によるものなのかは微妙だ。なぜなら岸本の顔面はニキビだらけだったから。

調子を合わせるのは抵抗があったが、岸本が私の言葉を待っているのも明白だった。私は仕方なく「好きなの？」と訊いた。

「うん。好きになっちゃった。てへっ」

てへっ、は本当に言った。そんな言葉は『読んだ』ことしかなかった。まさか音声で聞くとは。クラスでも部活内でも、ずっとズレた人だとは思っていた。しかし、ここまでズレているとは想定外だった。私は人間の中に紛れたチンパンジーと隣り合っている気分になった。しかもそのチンパンジーは人間に発情している。一言で言って気持ち悪かった。

「打ち明けちゃおうかな。あの遺言墨の女の子みたいに」

岸本は私の嫌悪に気づかなかった。のぼせ上がった乙女チンパンジーとして振る舞い続けた。

「付き合ってる子、まだいなさそうなんだよ。だったら、私にもチャンスあるかもって思うんだ。そりゃ井ノ川には勝てないよ、わかってる。でも、同時に告るわけじゃないし。井ノ川、花田にそんなに興味なさそうだし」

派手な美貌で目立っているわりに、井ノ川には浮いた噂がない。男子と話すときも、女子相手と変わらぬ態度だった。告白されてもことごとく断っていると聞く。

「井ノ川って、恋愛に興味ないんじゃないかな？　なんか、幼い感じする。うわべだけって言うか浅いって言うか、挫折《ざせつ》知らなそう。そういう人って精神的に成熟してないんだよね。ね、そう思わない？　私のお母さんなんて四十近いのに恋人できたとか言って浮かれてるけど、だからかきれいなんだよね。やっぱり人間は恋愛しなきゃ駄目だよ。私もいっぱい恋をしたいな」

私は舌打ちした。わざとではなかったが、打った後も後悔はしなかった。なぜ井ノ川を落とす意見に対して同意を求めるのか、腹立たしくてならなかった。そしてこの色ボケはなんなんだ。恋愛体質の母親に育てられたらこういう考えに至るのか？　そうではない。岸本が特別なのだ。特別空気が読めない。

「ねえ、一緒に体育館行かない？　花田たち、たぶんバスケやってる」

「はあ？」

さすがに声を上げた。岸本は唐突な裏切りを目の当《ま》《あ》たりにしたかのように、戸惑いの表情を浮かべ、唇に手をやった。それもまた忌々しかった。誘いに乗ると思っている謎の確信の失礼さにめまいがした。

私なら行動を共にする相手は、自分と同類を選ぶ。似た階層の人間だ。上でも下でもない。そうするのが平和的だからだ。ということは、岸本は私のことを、自分と同類で同じカーストの人間だと思っているのだ。少なくとも今この瞬間は確実に。

耐えがたい非礼を受けた私は、岸本を強く睨《にら》んだが、当の岸本は私の目のほうを非難した。

「なんでいきなり怒るの？　笑わなきゃ。どんな美人も笑ってなきゃ……」

「岸本ってさあ」勢いで口にしていた。「マジで遺言墨の話の子みたいだね」

「えっ？」

さっきは自分から『遺言墨の女の子』と口にしたくせに、驚いた顔で訊き返したその横っ面を頭の中で一発張って、私は机の上に広げていた一式を乱暴に片づけ、席を立った。岸本と同類と思われるなど死んでも嫌だった。私はチンパンジーではないし、発情もしていないからだ。わきまえている。仮に誰かを好きだと思っても空気を読む。私たちの恋愛は感情だけの問題じゃない。難しいのだ。自分、相手、ライバル、味方。全部カーストを考えなければならない。なのに。

腹が立ってならなかった。白麗高校に入学してからこれほどの怒りを覚えたことはなかった。

*

磯部の書き込みを憂えたのか、フォローを入れたものがいた。三井だ。

『私は覚えているよ。確かバス通でお母さんと二人暮らしだった子。懐かしいなあ。名簿にないそうだけど、来られたら来てほしいと私三井は思います』

目を疑った。私が覚えている岸本は、ラブレターを書いた遺言墨の主人公と重なるうざったさだ。同窓会に来てほしいなど、地球が割れても思わない。三井の記憶にある岸本と自分の記憶にある岸本が同一人物だとは思えなかった。

遺言墨のエピソードといえば、桜庭の同人誌はどこにしまったのだったか。捨てた覚えはない。

週末、私は遅い朝食を一人でとってから、ベッドの下の収納をあさった。ほどなく古いクリアファイルの中にA5サイズの薄い冊子《さっし》を見つけた。ホッチキスで中綴《なかと》じした簡易な製本だが、印刷所でちゃんと作られたものだ。

私はページを繰った。

――少年のことを考えると、少女はドキドキしました。

「こんな気持ちは初めて。これが恋なのかな」

鏡に映る自分を、少女は見ました。どこか不安な面もちの自分がいました。

「もっと可愛かったら、よかったのにな」

少女の頭の中で、悲しい思い出がよみがえります。男の子に「デブ、ブス」とからかわれた帰り道。泣きながら歩きました。

可愛い子がもてはやされるのも、知っています。

でも、心の奥から、もう一人の少女が励ましました。

「誰かを好きになる気持ちは、それだけで尊いんだよ？」

「伝えなきゃ、永遠に気持ちは伝わらないよ？」

少年と楽しく会話がしてみたい。二人きりになってみたい。デートしてみたい。自分だけを見てほしい。

それには、少女から告白しないと始まらないのです。

「好きって気持ちも、黙っていたら、ないのと同じだよ？」

ただ、少女はとても内気で口下手《くちべた》です。きっと面と向かっては、少年に上手く伝えることができません。

少女は胸に手を当てて決意を固めました。

遺言墨で手紙を書こうと。

遺言墨で書いたことなら、必ず心の中が相手に伝わるからです――。


「うざい！」

私は同人誌を放り投げた。薄い冊子は床を滑り、壁に当たった。物音がしたのだろう、階下から母親が「何をしたの？」と問うてくる。冊子を投げたときの乱暴さで「なんでもない！」と答えた。

桜庭は吹奏楽部を辞めてから、どうしたことか一人で漫画を描いたり小説を書いたりしだし、ついには大学に進学した年の夏に、同人誌を出したのだった。漫画もイラストも小説も詩歌も俳句もあるという、実にとりとめのない一冊を付き合いで購入したのだが、その中に遺言墨のエピソードをノベライズしたものがあった。

読み返さないとは思ったが、捨てるにも忍びなく取っておいたものを、まさかこんな形で再読することになるとは。おそらく、一人暮らしを一度でもしていたら処分していた。実家暮らしを続けていると物が減らない。意識して処分した過去の遺物は、三人お揃いのスポーツバッグくらいだ。

私は自分でぶん投げた同人誌を恨みを込めて見た。桜庭め、なんてものを残してくれたんだ。

付き合いとはいえ、私もなぜ買ってしまったのか。もしクラスに三井がいなかったら、桜庭とは一緒にいなかった。桜庭はどちらかというとルックスも成績も中の下という女子で、私や三井といなければカースト下位だったはずだ。のんびりとした大らかな性格で、身なりはいつも清潔だったからよかったようなものの、もしも陰に籠《こ》もった感じだったら間違いなく三年六組のオタク代表だっただろう。次の紙ごみの日に出すと決め、私はのろのろと同人誌を拾い上げた。胃のあたりに、中のものが消化されずに長い間残っているような不快を感じた。

落ち着こうと煙草を咥えたとき、メッセージが来た。三井からだった。昔は上のカーストに行くために切り捨てたかった三井と桜庭だが、付き合いは今も続いていて、年に一度は『ミツムロチェリー会』と称して会っている。おそらく三井の変わらぬ人懐こさと、セッティングを厭《いと》わないまめさによるのだろう。進学先が違っても社会に出てからも、彼女は連絡をくれ続けた。桜庭も積極的に誘いに乗るタイプだ。

『ミツムロチェリー』のトーク画面を開く。

『同窓会、この分だと延期になりそうだね』

三井が同窓会を心待ちにしているのは、これまでのメッセージアプリのやりとりで察せられていた。三井らしいと思う。十年も経つと人は何かしら変貌する。その変わった部分や、逆に変わらなかった部分を晒《さら》すことに、多かれ少なかれ気後れするものだ。ある意味十年間の評定を問答無用でされるということなのだが、三井にはどうやらその気後れがないらしい。私や桜庭以外とも純粋に再会を楽しみにしている様子だ。思えば、同窓会アカウントに最初に投稿したのは三井だった。

　羨ましい性格だ。

『もし延期になったら、室田と桜庭だけでも会いたいなあ。定例ミツムロチェリー会とは別で』

　こんなことをも言えてしまうのは、もう才能だ。私は『延期になったらね』と返した。三井のことだ、延期にならなくても絶対に誘いが来る。そこに子豚のイラストをアイコンにしている桜庭が『会いたい！　同人誌のこと三井に直接文句言いたい！』と参加してきた。三井と桜庭のじゃれ合いみたいなトークが続いた。私はトークの終わりに使う『またね』スタンプを送信してアプリを閉じた。

　改めて煙草に火をつけ、処分を決めた桜庭の同人誌を眺めた。どれだけの人がこれを手に取ったのか――おそらく一桁だろうが――それでも遺言墨の一エピソードはこうやって次世代に伝わっていく。

　読み返して確信したが、高校時代の岸本は、まさにこの告白の少女そのままだ。自分の恋愛がすべてという盲目状態。

　岸本も実際に、あれから間もなく花田に告白した。岸本は少女よりも図々しく、手紙などという間接的な手段を使わず、中庭の噴水に花田を呼び出して直接思いを告げた。

　なぜ知っているか。理由は簡単だ、困り果てた花田が、周りにこぼしたからだ。彼の周囲には、木下というスポークスマンがいた。

　おそらく告白の翌日には、クラスの全員が把握していた。

花田が困ったことからして告白の結果も知れていたが、だからといって同情はされなかった。告白の決行自体が大問題だからだ。

私はついフィルターを嚙んだ。当時は知らなかった煙草の味なのに、化学反応のように過去を引き出す。

告白の翌日の教室の空気。呆れ、困惑、驚き。当初、級友たちの反応はそれらだった。普段黙殺していればよかった異分子が、カースト高位の異性に恋愛という驚くべきキーでアクセスを試みてきた。それは、端的に表現すれば『反則』だった。しかも、みんなが直面する『この世で初めての反則』だった。だから、どう対処していいのかわからなかったのだ。

＊

反則を目の当たりにしながら手出しできない、そんな教室の空気を引きずって、私は放課後、トイレでジャージに着替えて音楽室へ行った。練習前に校内をランニングする日だった。成績の低下を理由に退部していた桜庭が、羨ましかった。

岸本はクラリネット担当だった。オーボエの私の隣だ。だが、岸本はいつも遅めに来る。体力づくりの体操やランニングが好きじゃないからだ。やっぱりまだ姿がなかった。

フルートの井ノ川は、すでに来ていた。地味な紺のジャージ姿でも超然として映るのは彼女くらいだ。岸本が井ノ川を幼い感じだのなんだのと評したのに私は腹を立てたが、一つだけ同意する点もあった。挫折を知らなそうというくだりだ。容姿にも才能にも恵まれ、人の後塵《こうじん》を拝したことなど一度たりともない。努力せずとも望んだものが手に入る、勝ちっぱなしの人生。銀のスプーンを十本くらい咥えて生まれてきたような人。私は岸本と違い、そこに幼さを結びつけない。ひたすら羨望してしまう。

異性として花田をいいなと思いつつ、気づけば花田よりも目で追ってしまう存在が同性の井ノ川だ。

私は井ノ川に話しかけた。

「岸本のあれ、どう思う？」

井ノ川は私を見ずにこう答えた。

「花田が迷惑に思わなければ、許されたのかもね」

でも、花田は困り果てて周囲に打ち明けた。つまり、岸本は許されないのだ。それが井ノ川の判決だ。私も納得だった。なんでもそうだ。自分が発する言葉や働きかける行動を、相手がどう思うかによって、評価は変わる。花田を困らせたのなら、岸本が間違えたのだ。

岸本はランニングが終わってから現れた。彼女は脂肪を蓄えた丸い肉体を揺らしてパート練習の席に腰を下ろした。ジャージ姿の部員の中、一人制服であることを恥じる様子もなかった。もう一人のクラリネット担当が、彼女をちらりと見た。岸本は譜面を出し、もう一人に合わせ始めた。最悪のハーモニーだった。岸本の音のほうが悪かった。パート練習が終われば、フルートとクラリネット、私のオーボエが集まってセクション練習になると思うと、さらに辛抱ならなくなった。あの音がまじる。私のオーボエと井ノ川のフルートに、岸本のクラリネットが。場違いだと自覚していないのか。迷惑だというのがわからないのか。自分を何様だと思っているのか。

セクション練習でも岸本はお荷物だった。体力づくりや基礎練習を怠けるくせに足を引っ張る。私ならばいたたまれないのに、岸本は平気で音楽室にいた。クラリネットが主旋律を担う部分に差し掛かり、岸本が小学生でもわかるミスをした。

岸本は肩を竦めて舌を出した。ドジをやっちゃった無邪気な私、というポーズ。「てへっ」を音声にしたのと同じメンタルだ。

私は演奏を止めた。

「室田先輩？」

オーボエの一年がいぶかしんだ。私は構わず岸本の腕を引っ張り、立たせた。

「ちょっと」

一緒に来いという意図を、さすがに岸本も酌んだようだった。私は岸本を東側校舎の廊下の隅に連れていった。

「ずっと我慢してたけど、限界。あんた、邪魔だよ」

窓からは中庭の噴水が見下ろせた。告白したとき、岸本はあそこでどんな気分だったのか。たぶん、今の自分は最高に輝いている、自分が主役だとつけあがっていたに違いない。

「岸本。なんであんた、私たちの中にいるの？　ルールを守れないなら出て行きなよ」

岸本の目が泳いだ。泳いだ視線の先は、中庭の噴水に着地した。彼女は噴水を見ながら話を逸《そ》らそうとした。

「室田の顔、怖い。笑いなよ。笑顔は最高の化粧なんだよ？　ママがいつも言うんだ。つんつんした美人より笑ってるブスのほうが可愛いって。だから私、辛くても泣いたりムスッとしないようにしてる。今だって……」

その後も岸本の行動は変わらなかった。

私はセクション練習を拒否し、話しかけられても無視し、岸本が使うクラリネットのケースにはリードナイフの削りカスを入れた。

岸本は吹奏楽部のハーモニーを乱す異音だった。部の誰も、井ノ川も私の行動を咎めず、顧問に告げ口をしなかった。そのうち岸本が音楽室に姿を現すと、あちこちから溜め息や舌打ちが聞こえるようになった。

さすがの岸本もしだいにしおらしくなり、三年生への進級前、ついに吹奏楽部を退部した。クラス内でも、悪目立ちする行動はとらなくなった。朝一人で教室にやってきて、授業を受け、一人で校内を移動し、一人で弁当を食べ、一人でトイレに行き、誰とも喋らないまま一人で帰る。三年生も同じクラスになった木下が、ときおり思い出したように花田とのことを蒸し返しては、教室内でぽつんと一人座る岸本を嗤《わら》うが、身体《からだ》にも持ち物にも指一本触れはしなかった。

＊

あんな光景、日本のどこのクラスにもあったはずだ。悪いことはしていない。

いったん閉じたメッセージアプリを開く。あの後も二人の会話は弾んだのか、まだ続いているのか。弾もうが弾むまいがどちらでもいいのだが、既読をつける意味で覗いた。私はグループ人数に見合う既読がついていないと気になってしまうのだ。

トークは一段落していた。長い会話をスクロールしていく。

『室田も岸本のこと覚えてると思う！　私も思い出した』

桜庭の発言だった。子豚の吹き出しはその後も続いている。

『岸本って吹奏楽部にいた！　確かクラリネット』

『室田、私が辞めた後も部活続けてたし』

『室田真面目にオーボエしてたし、きっと思い出してるはず～』

『ねー、室田？　って今は見てないか～。あとでここ見たらコメントよろ』

桜庭が思い出した過去は、私とは色合いが違うみたいだ。のんきすぎる。でもこのまま過去を覗いていたら、違う景色も見えてくるかもしれない。

あまり考えさせたくない。私は一言も残さずメッセージアプリを閉じ、同窓会のＳＮＳをチェックした。

心臓が跳ねた。

三井のフォロー以降、誰も話題にしなかった『岸本李矢』が、そこでも息を吹き返していたのだ。『同窓会まであと60日！』のカウントダウンの後だ。

『岸本李矢さんって、三年生の学校祭の後に転校していった人ですよね。』

三井、もしくは桜庭の書き込みではなかった。アイコンとユーザー名が初期のままの上、書き込まれた時刻、二人はトークしていた。

三井と桜庭以外も岸本を明確に思い出した。

これは誰だ？　先月、岸本の名を書き込んだ人間なのか。それとも別人か。他に何を覚えている？　この人も過去に目を凝らし始めたのか。

――向こうが勝手にいじめだって認識したらそうなっちゃうからね。

この誰かは、私の振る舞いをどう見ていた？

胸騒ぎがした。

＊

社会人になって六度目の『ミツムロチェリー会』は、例年どおり三井が音頭を取って諸々《もろもろ》とりまとめた。十月末の土曜日、場所は桜庭の希望により、ハロウィンフェアを開催していたホテルのラウンジになった。私はあまり気乗りのしない気分をなだめて全席禁煙のラウンジに着いた。

予約をしている旨をウェイターに話すと、奥まった場所の四人席に通された。三井からメッセージアプリに連絡が入っていた。JRのダイヤが乱れているため遅れるとのことだった。窓の外を見ると、みぞれが降りだしていた。

チェックのチェスターコートにキャメルのマフラーを巻いた桜庭が、時間ちょうどにやってきた。桜庭は豆大福のような丸い色白の顔をほころばせて、「室田、久しぶり〜。一年ぶり？」と言いながら私の斜め向かいに座った。

「室田、変わんないね」

「桜庭もね」

良くも悪くも桜庭は、会社員になっても高校生の面影を宿し続けていた。子ども用にカスタマイズされた用具のような無害さは、鈍さと表現を変えたくもなる。成績下降を理由に吹奏楽部を退部したくせ、放課後にうろついて硬式テニス部を覗いたりしていたあの感じだ。ランニングする私や井ノ川にまで、三井と一緒にエールを送ってきた姿が、大人になった桜庭にぴったり重なった。煙草を吸いたくなった。

私は元気かとか髪型を変えたのかとか、当たり障りのない話を少ししてから黙った。桜庭はほわほわとゆるい笑顔を浮かべ、今期の面白いアニメや掘り出し物のネットドラマ、本、漫画といったサブカルチャーの話題を、のんびりした口調で話した。私はそれに「うん、うん」「ふうん」「へえ、そうなんだ」などと返しながら、スマホを見ていた。昔からそうだった。三井がいないと桜庭とは話が盛り上がらない。桜庭は気にした様子もなく、盛り上がっていないということにすら気づいたふうでもなく、機嫌よくお喋りをする。

今までも何度となく頭をよぎった思いつき――ここで「彼氏はできた？」などと訊いたらどんな顔をするんだろう？――がまた浮かんだ。訊いてみたい。でも訊かない。私がそんなことを訊かれたくないからだ。

だから話は弾まない。

「それでね、うちの妹がネットに投稿した漫画が……」

三井がいれば、話が弾まないと意識することなどない。私は係長がプライベートで料理写真を投稿するSNSアカウントを眺めながら、三井の到着を待った。

「ここのスイーツフェア、来たかったんだ。プリン、タルト、チーズケーキ、モンブラン……やば、めっちゃ食べるわ」

桜庭は幸せそうだと思う。荒れているところを見たことがない。健全な無頓着。他人にも自分にも甘い。私なら糖質制限ダイエットに取り組むウエストサイズの彼女は、ここでもカボチャ尽くしのスイーツを堪能するつもりらしかった。私は「ジェラートも美味しそうだね」と合わせて、メニューを眺めた。

三井は二十分遅れて到着した。彼女は私の向かい、桜庭の隣に掛けた。桜庭は私にもしたサブカルチャーや妹の漫画の話を、三井にもした。三井は「すごい」「ほんと？　どんなふうに？」「え、誰誰？　誰が出てるの？」「妹さんのペンネーム教えてよ。アドレスのリンク貼って」と食いついた。

「そういえば、来年同窓会だよね」

同窓会というワードを最初に出したのは、桜庭だった。三井がそれに興奮して「そうそう、ついにだよ。もう十年なんだ、びっくりだね」とムンクの叫びを思わせる顔芸をしてみせた。その顔に桜庭が笑った。

「楽しみだなあ、同窓会。三井と室田も行くよね？」

「行く行く。室田も行くでしょ？」

三井に尋ねられ、私は頷いた。桜庭が組んだ両手の指に顎を載せた。

「みんな、どうなってるかな、変わってるかなあ。そうそう、井ノ川も来るのかな。忙しいかな？」

「道外の人は大変だよね。みんなに会いたいよ。でもさ」三井が桜庭のウエストを軽く揉んだ。

「桜庭はそれまでにちょっとこのへん痩せておいた方がいいんじゃないですかね？」

「大丈夫、タイムカプセル掘り起こすのでカロリープラマイゼロだから。あ、せっかくだから開封式終わったあと、ミツムロチェリー会もやりたいな」

「二次会に流れるかもしれないし、当日は予定空けといたほうがいいんじゃない？」

「そうか、そうだね。でもさ、ミツムロチェリー会は別にやるよね？　来年はクラス会と一まとめとかにしないよね？」

桜庭の懸念を三井が即座に吹き飛ばした。

「やるよ。秋の恒例行事だもん。私、また連絡するね。食べたいものとかいいお店とかあったらメッセージちょうだい」三井は黙っている私にも念押しした。「ね、室田も」

二人だったときとは打って変わって、私たちのテーブルは年相応の明るさを得た。ウェイターがオーダーを取りにやってきた。

もし次のミツムロチェリー会が流れたとしても、そんなにがっかりはしない――二人の会話を聞きながらいじっていたスマホを、私はテーブルの上に置いた。

＊

同窓会SNSに岸本の名前が再び出てから、十日が経った。

オフィス街の雪はかなり解け、街路樹の下は土が顔を覗かせ始めた。ダウンコートで着ぶくれた人もぐんと減った。春は着々とこちらへ向かっている。

いつものこの時期ならば、もっと気分が上がっている。だが、あの書き込みを見てしまったせいで、私はずっと落ち着かない。煙草が妙に舌を刺すようになった。にもかかわらず、一日に吸う本数は増えていた。

あれにも三井は『そうですね、転校しちゃった子です。私も覚えていますよ』とレスポンスをつけた。それでいったんやりとりは終わったように見える。年度替わりでみんな忙しいせいか、井ノ川のカウントダウンだけが三日に一度くらいの飛び石ペースで続いているのが、今の同窓会アカウントだった。

私にはその凪《なぎ》の静けさが不気味でならない。謎の書き込み主は、嵐を起こすタイミングを待っているように思えるのだ。たとえばカウントダウンの書き込みに連動しているとか。岸本李矢の名前を出した最初の投稿は、ちょうどカウントダウンが七十日になったタイミングだった。二度目は六十日の後だ。

不気味な静けさはオフィス内にも満ちていた。表面上は日常を継続しているものの、実際は違う。常にマスク着用が通達され、毎朝体温の報告が義務付けられた。漂う雰囲気もささくれだっている。かきいれ時の年度替わりだというのに予約キャンセルが相次ぎ、壁のホワイトボードを見れば、今日も上層部では戦略会議の予定が記されていた。

「室田。四月の追加メニュー来たから見て」係長も浮かない顔だ。「いつもの年なら、絶対人気ナンバーワンになりそうなメニューなんだけどな」

私は会社から貸与されているスマートフォンで、自社居酒屋チェーンの公式SNSアカウントを開いた。井ノ川が同窓会SNS担当幹事であるように、私も一月から自社のSNS管理を任されている。毎日定刻、投稿したポストへのレスポンスはもちろんタグ検索をしてエゴサーチをし、投稿者の年代性別居住地分析なども行う。

『#北海の大将』タグがつけられた投稿は、近ごろめっきり減っていた。間違いなく感染症拡大に伴って出された緊急事態宣言の影響だ。感染者の急増は道内だけの話ではなくなり、先週全国規模の緊急事態宣言が発出されていた。

自社のひいき目を排除しても、チェーン店の料理は国内屈指である。魚介類の鮮度の良さ、料理人の質、メニューの豊富さやオリジナリティ。どれも全国チェーンに負けていない。接客スタッフのマナーと知識も誇れるものだ。内部スタッフが正体を隠して客として来店する定期的な抜き打ちチェックで、あらゆる面において改善を目指してもいる。

閑散としている居酒屋はみじめだ。

担当にはなったものの、当たり障りのない投稿に終始し、積極的な集客の文言を書いていなかった。それに例年ならば年末年始や年度替わりは、待ちの姿勢でも客は来た。予約を断る店も珍しくなかった。

でも、そんなことは理由にならない。私は反省した。

私は季節のおすすめと追加メニューの画像を『感染症なんかに負けない!』『みんなで食べて元気になりましょう!』『ご来店、お待ちしています!』などのタグをつけて投稿した。

ついでに同窓会のアカウントをチェックし、凪が続いているのを確認した。投稿はあったが、岸本とは直接関係がないものだ。

『カウントダウン、ついに50日!』

『そういえば遺言墨って、いろんなオチがあったよね。オチっていうか話のパターン?』

『緊急事態宣言出てるけど、同窓会やれる?』

『富岡です。こんなところで営業すみません。実はピヨガーデンに勤めているんですが、感染症対策で北海道物産展が中止になり、弊社のスイーツが大量在庫を抱えてしまいました……』

富岡に至っては、自社商品の通販を告知している有様だ。ただ、かつてのクラスメイトも顧客に取り込もうとする積極性は、見習うべきなのかもしれない。試しに貼られてあるアドレスのリンクをタップしてみると、エッグタルトとプリンのセットが送料無料で買えるページに飛んだ。ピヨガーデンのスイーツは今まで通信販売をしていなかったはずだ。緊急事態宣言で相当影響を受けているのだろう。どこも苦しいのだ。

そういう視点でも、マスコミは会社が傾く心配がなくて羨ましいと思いつつ、そのまま井ノ川の名前でネット検索をかける。『井ノ川東子』は『北海の大将』のキーワードよりもヒット件数が多い。女子アナとなった彼女は、なかば芸能人のようにエンタメ系のニュースやまとめ記事のネタにもなっている。整形しているのかとか、学歴はとか、恋人はいるのか結婚しているのか等等下世話なものが多い。有名税だ。私が知るかぎり、高校時代の井ノ川は男と付き合っていなかったから、そういう点では隙がない。もしかしたら当時から将来を見越して誰とも交際しなかったのかもしれない——。

電話が入った。地元テレビ局からだった。さして申し訳なさそうでもない口調で告げられた内容は、せっかく入っていた夕方ワイドショーでの生取材をキャンセルしたいというものだった。青ざめた。売り上げが落ちている今だからこそ取材してほしいのにと、必死に訴えたものの私の言葉では翻意が叶わず、結局係長にバトンタッチした。

聞き耳を立てていたが、係長も上手くいかなかったようだ。

心臓がざわざわする。

私は席を立って喫煙室へ向かった。廊下を歩きながら、早々に煙草を一本取り出す。早く吸いたい。

喫煙室に飛び込むや、ライターに火をともした。紫煙を胸いっぱいに吸い込むと、血管の中で波立っていた血液がすぅーと鎮まる。

一本を灰にして、時間を確認し、二本目を咥えたところで、難しい顔の係長が喫煙室に入ってきた。

「室田、気にするんじゃないよ」

「取材のことですか？」

「いや、それじゃなく。ああ、まだ知らないのか」係長は自分のスマホでＳＮＳを立ち上げ、私に画面を見せた。「室田の投稿、炎上の気配だわ」

私は耳を疑った。「なんで?」

「ついている返信を読んだらわかるけど、不謹慎だってさ」

いつもはほとんどつかないレスポンスが、もう三十件以上ついていた。

『この状況下で居酒屋は怖いです。感染症対策はちゃんとしているのですか？』

『緊急事態宣言を何だと思っているのか』

『いやいや、今はちょっと無理ですよー』

『採算取れないなら、店を閉めたら？　負けないと息巻くのは勝手だけど、市民を巻き込まないでください』

それらを読んでも、書き込みへの後悔や慙愧《ざんき》、反省の念が湧くでもなく、ただ呆れ、驚き、少し遅れて腹が立った。この人たちは何をそんなに怖れ、怒っているのか。飲食店が普通に客足を望んだだけである。無論、衛生管理はどの店も問題ない。感染を過剰に怖がりながら孤独に自分の作った料理を食べるより、うちの居酒屋の自慢料理や地酒を、いつもの家族や仲間で楽しく食べるほうが、よほど健康的ではないか。

「ちょっと神経質すぎませんか？　この人たち」

しかし、そう言っているそばからレスポンスが増えた。

『飛沫《ひまつ》感染って知っていますか？　食べるときはマスク外しますよね？』

係長が溜め息とともに煙を吐いた。

「確かに室田がそう言いたくなる気持ちもわかる。でもこっちも、うちでは絶対に感染しません、とまでは言えない。無自覚感染者がいないとも限らないし」

「客から客へは、うちのせいじゃなくないですか？」

店員はバイトも含めて、手洗いと消毒は以前からしっかりしている。今はバイトにも社員と同様に体温チェックを義務付けていた。私たち居酒屋サイドは問題ない。感染が起こるとすれば客が持ち込んで別の客へ、というパターンだ。

表現は極端だが、たとえば食中毒が発生したとしても、店が提供した料理ではなく、客が勝手に持ち込んだ手料理が原因なら、店側ではなく手料理を作って持ち込んだ側、食べた側に責任の所在を求めるべきだろう。それと同じではないのか。

係長はガラスの向こうに広がる雪解けの――ぬかるんだ、全体的に茶色と灰色を混ぜたような色彩の札幌の街に、目を眇めた。

「立場が違うって世界が違うってことだからね。私たちは店が回らないと生活できないけど、この人たちは居酒屋がなくたって生きていける。感染経路が一つ減ればそれはメリットなんだよ。どっちも自分のために発言してるわけだから、まあ、すれ違うよね。普段ならお互いスルーだけど、今は言いたくなるんだろうなあ。消費者のお気持ち代弁、感染リスクを把握して規範的な行動を取れる私、みたいな自己イメージもあるんじゃない？」

「消費者のお気持ち代弁って、そんな自己満足のために、つい三ヶ月前までは無害だった書き込みがやり玉に挙げられるのは納得いかないですよ。しかも本名がわからない場で。こんなの、まるで」

弱い者いじめみたいじゃないですか、と口を突きかけた言葉を、私は飲み込んだ。

半分ほどの長さになった煙草を、係長は分煙機に押しつけた。

「この間話したいじめと同じ構図だよね。こっちはいちいち気にしないようなことも、気にする人は気にするし、普通のことを言ったつもりでも、相手次第でそれは悪いって受け取られる。書き込みしてる人からすれば、うちの居酒屋が開店しているのは悪いことで、室田の書き込みはいじめの助長なわけ。人って結局、いつでもいじめしてるのかもね」

私は自分のスマホで自社アカウントの反応を見た。返信は続々と増えていた。返信を許可しない設定にすべきだった。おそらく私の書き込みはスクリーンショットされて、他のＳＮＳツールでも拡散されているのだろう。みぞおちを触る。じきに昼休みなのに、空腹感はなかった。

後に来た係長が先に喫煙室を出ていった。私は手の中のスマホを操作し、同窓会アカウントに飛んだ。

新しい書き込みがあった。またも謎の書き込み主、即席アカウントだ。

『一部の人たちからいじめられたせいで、岸本さんは転校していったと記憶しています。』

確信した。こいつは本気で揺さぶりをかけている。


事務室の横の休憩スペースで、ペットボトルのお茶だけを飲む。母が作った弁当には一口も手をつけなかった。

一緒に休憩を取っていた後輩社員が「気にすることないですよ」と励まし、歯を磨きに出ていく。

三井からはメッセージが来ていた。

『集まりたいって件だけど、あれ他の人もいいかな？　富岡とトークしたら、行きたいって。富岡も声かけたい人いるっぽい。集まれる人で集まるのどうかな。もちろん感染状況にもよるけど』

どうやら本当に集まる気だ。しかも話が大きくなっている。複数グループ合同までいくとしたら、もはや小さな同窓会ではないか。さすがは三井と言ったところか。三井が幹事をやればよかったのに。私は『お任せします』のスタンプを送って済ませた。三井主導の集まりよりも心を占めることが、今はありすぎる。

先ほどの投稿に文句をつけてきた人たちなら、このご時世で集まりたいと言っている三井らも、きっと叩くのだろう。なのに私だけが集中砲火を浴びている理不尽。

自社アカウントの炎上について、係長を含む上司たちは理解を示してくれたが、対処は上の指示待ちで、独断で書き込みを消すことも言葉を足すこともできず、気分は悪かった。

加えて追い打ちをかけたのが、同窓会アカウントでついに書き込まれた『いじめ』の単語である。

あの書き込み主は誰だ。何を知っている？　何が言いたい？

次はいつ、何を書き込む？　日は確実に過ぎる。カウントダウンは止まらない。


年度替わり直前の週末は、落ち着かない気分だ。気ぜわしく、休みなのに休んだ気がしない。

ＳＮＳ炎上の件は、当日の夕刻に社側が公式に謝罪文を投稿して幕を引いた。文章を作ったのは係長だった。私はそれには一切関与せず、形式上の始末書を書かされた。

名誉挽回をしたいと思う。だが、今のところチャンスはない。社の売り上げは落ち続けている。

緊急事態宣言も継続中だ。四月下旬、ゴールデンウィーク前には解除の見通しとは言うが、現状感染者数は微増傾向で、先行きを悲観する街の声も聞こえ始めている。

私はパジャマを兼ねた部屋着のままで、床のクッションに座り、自室にあるものすべてを燻《いぶ》すように煙草をふかした。最近喉の奥、気道の上部にねばねばしたものが絡んで気持ち悪い。煙草の悪影響だと思う一方で、ニコチンがそのねばねばを弱めてくれるのではないかという根拠のない期待もある。

雲が動いたのか、窓から差し込む日差しが強まった。私は煙草を咥えたまま片手でスマートフォンを操作した。

昨日、同窓会SNSに書き込まれた井ノ川のカウントダウン『同窓会まであと40日！』の後に書き込みがあった。

『岸本さんをいじめた人たちの名前を、憶えています。』

私は手に滲《にじ》む汗を部屋着の太腿部分で拭った。呼吸が速くなり、煙草を吸っていられなくなった。私は胸に手を当て、肩で息をした。

得体の知れない影に追い詰められて、崖っぷちから踵《かかと》がはみ出そうな女。

私だ。

吹奏楽部での己の態度を後悔したことは、今までに一度もなかった。大体思い出しもしなかった。部活の思い出は、おおむね楽しいものだった。時が過ぎれば、たいていの過去はいい思い出になる。当時はきつかったはずの校内ランニングも、きつかったという情報は記憶に残しつつ、きつさ自体は忘れる。そしていつしか青春の彩りに加わり、「辛かったね」と笑って話すのだ。彩りに不純物はいらない。岸本の退部は、ハーモニーを作り上げる部の中で、非協力的だった部員が辞めていった、それだけだった。退部した部員は、他にいくらもいた。桜庭だって辞めた一人だ。

私の行動はいじめになるのか？　私以外の生徒だって岸本を歓迎してはいなかったはずだ。もしこの書き込み主が私を非難するつもりだとしたら、弁明したかった。私一人が悪いわけではない。

それに岸本が転校していったのは三年生の八月末だ。退部は進級前だった。進級後、夏休みが明けるまで粘ったのなら、原因は部活ではなく、クラスじゃないのか？

——ブスで恋愛脳とか、終わってるんだよね。

木下がいる！

三年に進級後も一人異分子でいた岸本を、思い出したように揶揄《やゆ》し意地悪な言葉を吐き続けたのは木下だ。

木下が何かを言えば、私は合わせた。言葉で追従せずとも、黙っていることで同意を示した。でもそれは、井ノ川たちのグループのほうが上位カーストだから、そうしていたのだ。もし岸本とこの書き込み主が、転校の要因をいじめだと認識していたとしても、主犯格は私じゃない。

私はまざまざと三年六組の教室内を思い出していた。煙草のにおいが移った部屋着を身につけながら、私は十年前の教室の一角にいた。昼休み、窓際でカースト上位のグループが笑っている。木下と安生、我妻。井ノ川も姿を見せた。

岸本は廊下側最後部の席だ。所在なさげに小太りの身体を小さな椅子に収め、視線は斜め下だ。本を読むでもなく携帯をいじるでもない。ただときどき、自分を慰めるように唇を触る。

「それにしてもさあ、花田も気の毒だよね」

声帯のどこを使えば、こんな声が出るのか。金属的なのに甘い。

「三年になっても岸本と同じクラスで」

クラスでいじめの先頭に立っていたのは、木下だ。

私じゃない。

私はSNSを見ていた自分のアカウントからいったんログアウトした。フリーメールからもう一つアカウントを作り、そこからアクセスし直す。

人差し指で素早くフリックし、文章を打ち込んだ。少しでも楽になりたい一心だった。

揺さぶりをかけているこいつは、次に必ず名指しする。おそらく次はカウントダウンが三十日を切ったタイミングでだ。こいつは十日おきに動く。最初の揺さぶりは七十日になった後。その次は六十日、五十日、そして四十日と来ている。でも、もういいようにはさせない。先手を打つなら今だ。

『いじめの首謀者は木下さんだった』

そしてこれは正しい情報だ。

木下は見ているだろうか。十年会っていないかつてのクラスメイトに思いを馳せる。見ていたらいい。この気持ち悪さは、木下が引き受けるべきものだ。

そうだ。私は木下が嫌いだった。

井ノ川といつも一緒の木下が、岸本よりも大嫌いだった。

週末の日が暮れていく。一人でわざとゆっくり煙草を吸う。同窓会アカウントをチェックしたかった。できなかった。少し怖かった。

自室の窓から夕空を見る。こうやって一服するときに眺める空の色が、日々明るくなっていく。来週は四月だ。新年度だ。新しいクラスの季節だ。

ふと、スマホが震えた。メッセージアプリからの通知だった。

三井だった。だが、桜庭とのトークルームを使っていない。私だけに宛ててのメッセージだった。

『違ってたらごめん。同窓会アカウントのあの名指し書き込み、室田じゃない？』

なぜわかった？　わかったのは三井だけか？　もしかしたらみんなにバレているのか？　捨てアカウントから書き込んだはずなのに。私は悪手《あくしゅ》を打ったのか？　そんなわけない。

煙草の灰が床に落ちた。手が震える。まだ火がついている煙草を灰皿の中に捨てる。今は引けない。私は事実を述べているだけだ。

『言いがかりは止めてよ。私じゃない』

定まらない指で、嘘の返事を作った。

もう引き返せない。

木下

「木下、木下。あれが井ノ川じゃない？」

安生が人差し指を向けた先には、確かに女王がいた。

学校祭のフィナーレを間近に控え、ふと姿をくらました女王は、校庭に足を踏み入れる手前で西空を眺めて佇んでいた。私は足を速めた。普段も井ノ川はたまにふらりと姿を消すことがある。私はあなたたちとは違うのだと主張するかのように。

そこまで違うと私は思っていない。安生と我妻はともかく、私と井ノ川は近いはずだ。近いが、井ノ川がクイーンであることは否定できないだけで。

だからせめて、私がクイーンに唯一並び立てることを知らしめなければならない。同じカーストにいるということをアピールしなければならない。井ノ川にも、他の生徒たちにも。

「花火って何時に終わるんだっけ？」

そうは言ったものの、別に花火が楽しみなわけじゃなかった。井ノ川に最初に話しかける資格があるのは私しかいないから、適当に思いついた事柄を話題にしただけだ。井ノ川は感情を悟らせない目で私を見た。私は人工物のような彼女の瞳をいなし、校庭の外に広がる畑に目をやった。畑からそのまま吹き抜けてくる風が、私の前髪をなぶって乱す。思わず手でそれを押さえる。さっききれいに整えたのに、風の馬鹿。

「知らない。花火打ち上げ終わったときじゃないの」

「誰が打ち上げんの？」

「花火師じゃない？」

明るいオーラが近づいてきた。花田たち男子の一群だった。思わず頬が緩む。一瞬、花田と目が合う。

「集合しねえの？　磯部が呼んでるじゃん」

私は校庭に群がる名前すら知らない生徒たちを見やった。その他大勢らがこぞって、校庭で打ち上げられるレベルの花火を心待ちにしている。チープな連中だ。構内から一歩外へ出れば、学校の花火なんかよりもっと楽しいことが転がっているのに。

いや、その他大勢だから外に出られないのか。

どこかで携帯のフラッシュが光った。無意識にそちらに視線を移す。生徒らの薄暗い影の中に、ひときわ愚鈍に立っている生徒を見つけた。岸本だ。私は少し顎を上げた。

一人のようだ。当たり前だ。手ぶらか？　学校祭の後夜祭まで一人でい続けるのは、どんな気分だろう？　私なら家に帰る。そんなに花火が楽しみなのか。いや、最後のタイムカプセルだ。

帰ればタイムカプセルにすら物を入れられなかった存在として、十年後も晒されることになる。自分は仲間外れではないという虚しい証明のためだけに、おそらく岸本はいるのだ。一言で言って馬鹿。

「なあ、集合しないの？　ここで花火見ちゃうの？」

そう問いかけてくる花田には、ちょっとだけ角度をつけて顔を向ける。私の目は左のほうが二重のラインが広くて大きい。自信がある側を少しだけ前に出すのだ。

「磯部の集合ってあれでしょ？　花火の後、タイムカプセル埋めるから集まれってことでしょ？」

しかし、私は埋めるものなど持ってきていなかった。馬鹿馬鹿しいイベントだと、はじめから冷めていたから。十年後の自分がなんだというのだ。本当に残しておきたい大事なものなら、自分の手で取っておく。メッセージだって個人的に書けばいい。学校に託す必要などない。大体、土の下に埋める時点で、大したものじゃない。汚れたり変質したりなどしても、惜しくないということだから。

「嵯峨は何を入れるの？　わかった、ユニフォームでしょ」

「えー、そんなん入れるかよ。アホくせえ」

安生と嵯峨のやりとりを聞いていても、ここにいるカースト上位は同じ認識のようだ。井ノ川は黙って遠くを見ている。

「だよな。俺なんも持って来てねえわ」

花田の一言には、飛び切りの笑みを浮かべてみせた。そして、先ほど見つけた仲間外れの異分子に、もう一度視線の先を定める。あいつは何を持っているのか。どうせろくなものじゃない。

「十年後の二十八とかおっさんじゃん。おっさんになった俺へのメッセージとか、ヤバくね」

「腹出てきてますか？　とか書けばいいんじゃね」

調子を合わせて笑いながら、私は異分子を注視し続ける。

「別に自分宛じゃなくてもいいんじゃないの？　例えば南宛でもさ」

「十年後、先生死んでたりして」

よくわからないが、何か、白いものが手にある？　白いもの。見間違いか？　どうでもいいけれど。

井ノ川に視線を移す。井ノ川もどこか一点を見ている。その先を辿る。うごめく生徒たちの中、女王がその目を注いでいる誰か。

——わかるよね？　木下。あなたなら。

井ノ川は私を見ていない。でも、声は聞こえた。

——私と同列なんでしょ？

「南とか面白くないよ。ジジイだもん。やるならやっぱキシモト宛でしょ」

私がそう断じると、すぐ調子を合わせてもらえる。

「え、今も相変わらず不細工のくせにウザいんですか？　とか？」

味方の言葉にはひときわ声のトーンを高くして返す。「そう。ブスで恋愛脳とか、終わってるんだよね」

「出た、木下の正論でぶん殴るの」

嵯峨が花田の肩をポンと叩いた。

「花田もとんだもらい事故だよな」

「やめろ。あいつの名前も聞きたくねえ」

「そうだよ、花田が気の毒すぎる」

私は井ノ川に目で訴えた。

――これでいいんでしょ、井ノ川？

井ノ川の唇の端が、少し上がった気がした。

＊

『いじめの首謀者は木下さんだった』

「ちょっと！」

思わず叫んだ。次の瞬間、硬いものをしたたかに張る音が鼓膜を打った。極限まで開いた目で音の出どころを見ると、花田が平手でダイニングテーブルを叩いたのだった。

「うるさい！」

乱暴に怒鳴られて、恐怖を覚えた。まるでやくざか何か。身をすくませた私を、花田はトムフォードの眼鏡の奥から憎々しげに睨んだ。

「うるさいんだよ、おまえは」

テーブルに置かれていたコップが、衝撃で倒れていた。水がクロスに広がり、端から床に落ちる。ちたっ、ちたっと滴るそれは、秒読みだった。決定的瞬間への秒読み。Xデーへの秒読み。終末時計。そこでようやく花田の顔に後悔の影がよぎった。

「ごめん」

花田は端が濡《ぬ》れたタブレットをトレーナーの裾で拭きながら、リビングを出て寝室へ行った。この賃貸マンションは、リビングダイニングのほかは私たちの寝室しかない。

今はおいそれと外にも行けない。だが、寝室で着替えを済ませた花田は出ていった。ドアが完全に閉まる寸前、階段を下りる靴音が聞こえた。ここは低層でエレベーターがなかった。三階のリビングの窓の下を、花田の頭が過ぎる。月極駐車場に向かっているようだ。車でどこかへ行くのだ。

私は左手薬指に嵌《は》めている婚約指輪を外し、濡れた床をふきんでのろのろと拭いた。拭いても拭いても、きれいにならない。じっとりと濡れた跡が残った。

手の水気を取り、ピンクダイヤモンドがあしらわれた細い指輪を嵌め直す。これを受け取ったのは去年の初詣の帰りだった。あのころに戻りたい。

最近の花田は変わった。高校時代は明るく陽気で、男女問わず人気があった。いわゆる陽キャと言うやつだ。女子はもちろん、男子にも怒鳴ったことはなかった。激怒するより、湿っぽくなく愚痴るタイプで、それがまた憎めなかった。なのに今はいつも不機嫌だ。去年の暮れから眼鏡をかけるようになったのも気に入らない。ルックスが数段落ちた。コンタクトにしたほうがいいと忠告しても馬耳東風《ばじとうふう》だ。十年前は白麗高校の生田斗真《いくたとうま》だと信じていたのに。

かつて紺色のブレザーを着ていた彼の姿を思い出し、胸が絞られるような気分になる。ずっと花田が好きだった。進学先の私大も、学部まで彼の志望に合わせた。付き合うようになっても、同棲を始めてからも、ほとんど喧嘩《けんか》らしい喧嘩はなかった。あの感染症が流行り出す前までは。

壁にコルクピンで留めたカレンダーを見る。三月も終わろうとしている、ゴールデンウィークまで一ヶ月だ。去年の連休は車で道東を旅した。摩周湖《ましゅうこ》、阿寒湖《あかんこ》、屈斜路湖《くっしゃろこ》。楽しかった。天候に恵まれ、摩周湖もきれいに晴れていた。展望台から青い湖を見下ろして、今度は夫婦として来たいね、などと言い合ったのだ。二人とも忙しく働いているから、旅行はいい気晴らしにもなった。ことに花田は、ハンドルを握りながら歌まで歌った。いつの間にか用意していた流行曲ばかりのミュージックリストに合わせて。元々彼はドライブが好きだったし、仕事で評価された矢先でもあった。市内の百貨店でバイヤーをしている彼が、初めて一からルート開拓し、出店にこぎつけた十勝のチョコレートブランドの売れ行きがとても好調で、店内表彰を受けたばかりだったのだ。彼は旅の道中でもいろんなものに目を光らせ、次のターゲットを探すのに余念がなかったが、それも有能さの証と好ましく思った。食事も美味しかった。寿司、魚介をふんだんに使ったイタリアン、ご当地カレー、そば、ラーメン。

週に一度は出張する生活が性《しょう》に合っている花田にとって、外出がままならない今の状況が我慢ならないことは、わかっている。出歩いて自分の目で商品を吟味《ぎんみ》し、担当者と人間関係を構築して折衝する、彼が得意としていたバイヤー業務すべてが、この感染症禍で禁じられてしまった。先月から週一日の出勤日を除き、リモートワークを命じられた彼は、思うようにならない自らの仕事にストレスを溜め込んでいるのだ。でも。

「あんただけじゃないのに」

思うようにならないのは。

私はずっしりと水を含んだふきんを、シンクにぶん投げた。

私だって契約先の旅行代理店から、自宅待機を命じられている。同じ窓口業務をしている契約社員は四人いるのだが、北海道が出した緊急事態宣言に合わせて全員が同じ処遇になった。他の三人はともかく、なんだって私まで自宅待機なのか。私より仕事ができない正社員を休ませるべきでは？　給与形態が時給制なのだ、出勤できなければダイレクトに収入に響く。

新型ウイルスの蔓延《まんえん》と時を合わせて、私自身も上手くいかなくなりだしたこの感じ。

こっちだって苛ついている。くわえて、さっきはショックだった。どこの世界に、いじめの犯人だとネットで名指しされてショックを受けない人間がいるだろう？

テーブルに置かれたスマートフォンをぎりぎり睨む。さっき見た同窓会のアカウントに、私の名前を書き込んだやつがいる。しかも書き込み主のホームを見てみれば、そもそもその投稿をするためだけに作った捨てアカウントなのだった。誰だ、卑劣《ひれつ》な。腹立ちまぎれに、自分個人のSNSアカウントにこう書き込んだ。

『めっちゃムカつくことあった！　詳しくは言えないけど、ほんとなんなの？』

井ノ川の態度にもムカついている。SNS担当幹事のくせに、のんきにカウントダウンを進めるだけの投稿しかしない。初めて遺言墨のことを書き込まれたときは、多少気にしたようではあったけれど、以降は都市伝説の話題も岸本李矢の話題も総スルーだ。個人情報に触れるのではないかというような書き込みも削除しない。井ノ川は自分の顔や名前がネットに出るのに慣れているのだろうが、それと一緒にしてもらっちゃ困る。まとめ記事などで日常的に素顔や過去を探られている自分を基準にして、世の中そんなものだと思っているのなら大間違いだ。

今回も私の名前が出てしまっている。普通のコンプライアンス精神があるなら、秒で削除する案件だ。まだアカウントをチェックしていないのか？　かもしれない。書き込まれた時刻からは、小一時間ほどしか経過していなかった。

ＭＡＲＩＣＡのユーザー名で作った私の表アカウントには、仕事の愚痴も呟くし、さっきのように思ったことも書く。見聞きした何かの感想とか、花田と出かけたときに撮った写真とか。でもそのアカウントから同窓会アカウントに抗議の書き込みをするのはためらわれた。表アカウントのフォロワー数は百五十人くらいで多くはない。同窓会アカウントをフォローしている元クラスメイトの中には、どういう人脈なのかフォロワー数が四桁のものも二人いる。うち一人が元サッカー部の嵯峨だ。恵まれたリアルを過ごしていることが窺《うかが》える。フォロワー数をくらべられたくない私は、あえて同窓会アカウントとは繋がらず、最初の投稿以降はリストから見ている。対抗のために捨て垢を作るにせよ、すぐに擁護に乗り込んだら記名しているのも同じだ。

ともあれ、井ノ川にはメールを送った。

『井ノ川へ　SNSアカウント、見てもらったらわかると思うけど、わりとマジで私名指しで中傷されてる。書き込みは削除で、この捨て垢の馬鹿はブロックでいいんじゃない？　何者？　とにかく、よろしくお願いします。取り急ぎ。木下まりか』

メッセージアプリだったら楽なのに、高校を卒業して以来付き合いが切れた井ノ川とは、フリーメールアドレスでのやりとりである。それも年に一度あるかどうか。前回このアドレスでコンタクトを取ったのは、同窓会アカウントが開設されてすぐ、遺言墨について書き込みがあったときだった。

――大丈夫？　あの遺言墨の書き込みを見つけた花田たちも、なんか気にしていました。

遺言墨についても、私は愉快からは程遠い想像をしている。井ノ川は私のメールに食いついて来なかったが、彼女はあの可能性に気づいているのか。気づいていなさそうだ、というかそもそも考えていない。都市伝説などに興味を持つタイプじゃない。

でも、私はどうしても気になるのだ。いじめられていたあの子――岸本が私と同じことに思い至っていたのだとしたら、それで遺言墨を使ったのなら、きっととんでもないことになる。

この同窓会、やらないほうがいい。ずいぶん前に出席に丸をして返信はがきを投函してしまったことを、私は今さら後悔した。

＊

「都市伝説でしょ？」

「まあね。でもあの話よりは良くない？」

「あのブスが墨で手紙書くやつ」

安生と我妻の会話を、何とはなしに聞いていた。私はいつものように、井ノ川の机の前縁に太腿を軽く沿わせ、窓を背に立つ。井ノ川の席は空席だった。彼女はこの学校の女王だ。いつでも好きに振る舞い、誰かにおもねるなんてしない。井ノ川は今までもときおり、私たちを振り切るようにふらりといなくなることがあった。以前は姿が見えないことに気づくと慌てて探したが、図書室や音楽室、ロビー、廊下の突き当たりの窓辺などで私たちに見つけられた彼女は、決まってうるさいお節介焼きに向ける目をしたから、今はあえて一人にさせている。

井ノ川がいないだけで、教室内の色が明確に一つ欠ける。色合いまで変えてしまう存在など、彼女に出会うまでの学校生活では知らなかった。

「戦争中とか、古くない？」

「古いからいいんだって。その時代なんて都市ないじゃん。つまり都市伝説じゃないって証明」

「安生って、たまに理屈にならないこと言うよね」

安生と我妻は気が合う二人だ。井ノ川がどこかへ行き、三人で取り残されたとき、会話にあぶれるのはたいてい私だった。井ノ川がいれば私が一番喋るのに、三人だと話す気にならない。

たぶん私は、井ノ川にだけ話しかけたいのだ。

とは言っても、井ノ川に心酔しているというわけではない。そこまで私は従属的じゃない。私と井ノ川は二人の女王だ。違う国のクイーン。井ノ川のほうが少し大国で目立つというだけ。安生と我妻は王族の器ではない。一緒にいるが、彼女らは私と井ノ川とはカーストが違う。

井ノ川と対等に話していいのは、私だけだ。

安生と我妻も、私を会話の輪の中に誘おうとせず、都市伝説トークを続けている。

「旧制中学まで一緒だった故郷の親友に宛てて、遺言墨で手紙を書くわけ。ずっと好きだった、おまえには幸せになってほしいって」

「いきなりのBL？　ていうか、戦争時代ってそういうの許されたの？　ヤバいこと書いたところは塗りつぶされるってドラマで見た」

「知らないけど、そこは上手く書いたんじゃないの？　ずっと好きだったたっていうのは、後世の腐女子の付け足しかもしれないし。で、とにかく本当に親友に手紙を送ったんだって。配属されていた基地から」

「ていうことは、それまでも遺言墨は手元に持ってたんだね。なんでそのときに限って墨使う気になったのかな」

「それ。その人がいた基地は千歳《ちとせ》なの。昭和二十年の七月末、千歳基地の兵隊から神風特攻隊に行く人が指名されたんだって。その人はそれに選ばれちゃった」

「ああ、なるほどね。もう先がないと思ったから本心を伝えておこうって気分になったわけか」

私には面白さがわからない話で、彼女たちは盛り上がることができる。私は横で携帯を適当にいじりながら、主のいない井ノ川の席を気にしている。

井ノ川には誰か好きな人はいるのか。今密かに花田と会っているのでは。

「戦時下での純愛だよ」

「やば、マジでBLじゃん」

安生と我妻は楽しそうだ。

花田のことが好きだ。付き合いたい。告白してもいいだろうか。断られない気はする。私は岸本じゃないのだし。でも、もし花田が井ノ川のことを気にしているのなら……。

私だってかなり可愛い。数で勝負する量産型のアイドルとなら、並んだって引けは取らない。

ただ、井ノ川とだけは戦いたくないと思う。

小さく開いていた窓からの風に背を押されるように、顔を上げて教室を見回した。教室に残っている生徒はあまりいなかった。

二、三人の小さなコロニーをつくり、それぞれ同じレベルの人間同士で会話している。明るい雰囲気を振り撒《ま》いているのは、三井、室田、桜庭の一群だ。あの三人もよくわからない。室田は眉間のほくろさえなければそれなりのルックスだが、桜庭はどちらかといえばブス寄りと言える。なぜ三井はあの二人と等しく仲良くしているのか。いや、三井は変わっている。三人はグループだが、三井はその枠に固執することなく広く交流しようとする。私や井ノ川にまで平気で話しかける。今も他のグループに楽しげな会話をしかけた。

唯一誰とも話さずにいるのが岸本だった。教室の中で、私と岸本だけが無言でいる。もしも次に三井が私じゃなく岸本に話しかけたら——普通は考えられないが、三井ならやりかねない。

ならば、孤独ではなく孤高なのだとアピールしなければならない。私は井ノ川の席に座ってみようと思った。空いているのだし、私に立ち続けなければならない意味もない。

一度も座ったことはないけれど。

一歩動いたとき、井ノ川が教室に戻ってきた。井ノ川は岸本の背をちらりと見たあと、私へと視線を向けた。

なぜ野放しにしてるのか。彼女の目はそう指摘していた。糾弾を受け続けるべき異分子が、安《あん》閑《かん》と席にいるではないかと。

有無を言わせぬ女王の圧が、誰でもなく私に向けられた。私は慌てて声を響かせた。

「それにしてもさあ、花田も気の毒だよね。三年になっても岸本と同じクラスで」

井ノ川が席に座る。小さく頷いたようだ。岸本がだらしなくたるんだ背をわずかに硬くしたが、こちらは見ない。告白事件の後に井ノ川が告げた「気にしないで」は実に効果的だった。ああ言われれば何を言われても受け流すしかない。歯向かえないのなら。

安生と我妻も、先ほどまでの遺言墨の話題を放り出した。

「だよね、先生たち何考えてるんだろう？」

「告白のこと知らないわけじゃないよね」

「希望進路でクラス分け決まるって言ってもね」

三年生になって最初の日、井ノ川があまり変わりばえのしなかったクラスメイトを見回してこう呟いていた。

――クラス分けは進路希望をもとにするから、一緒のクラスになりたい誰かと、わざと合わせた人もいるかもね。

「花田と一緒のクラスになりたいから、進路希望を同じにしたんじゃないの？」

口元を触りながら、岸本が教室を出ていった。岸本は椅子を引く音ですら汚かった。

＊

朝起きて、同窓会のＳＮＳをチェックする。変な動きはなかった。

『同窓会まで、あと30日！』

井ノ川のカウントダウンが最新の書き込みだ。

あれから私を名指しするレスポンスはついていない。井ノ川も私の要求に従い、書き込みを削除した。かといって、当初のような楽しみだの出席するだのポジティブな馴れ合いはすっかり鳴りを潜め、別の話題も取り立ててなく、まれに同窓会、タイムカプセル開封式の開催は無理ではないかと危ぶむ投稿が散見されるに留まり、あとは井ノ川がＢＯＴのようにカウントダウンを進めているだけである。私はその動きのなさが逆に怖かった。書き込んでも消されると思うから、誰も書かなくなったのでは。つまり、沈黙している元クラスメイトらの本心は、いじめのことを話題にしたいのではと。何かきっかけさえあれば、堰《せき》を切ったように私の名前があふれるのではないか。

三年六組の教室内で、もっとも声に出して岸本を揶揄し、貶《おとし》めたのは――私だった。今振り返って、そう思う。でも、いじめじゃない。いじめていたんじゃない。

岸本は私を恨んでいるのか？　私さえいなければ、告白した花田と付き合えたとでも？　もし今私が花田と同棲していることを知れば、なおのこと怒り狂うのか？　ならば逆恨みも甚だしいが、情報が確かならば、彼女はタイムカプセルに遺言墨で書いた何かを入れている。

遺言墨の謂《いわ》れを信じての命を賭したメッセージだとすれば、それは岸本にとって命を賭ける甲《か》斐《い》があるよっぽどのことだ。強い恨みを晴らす、といったような。

迷惑すぎる。私はこの思いをＳＮＳにぶつける。

『昔のことをいつまでも言う人ってなんなの？　自分で時を止めて腹立てるのって、むなしくないのかな？』

『そもそも、いじめられる人っていじめられるだけの理由があるんだよね。理由がなければ目をつけられないわけでしょ？』

『こっちはまっとうに生きてるのに』

ＳＮＳはいい。自分の感情を短いながらも文章化することで、気持ちを整理できる。さらに、賛同の反応があれば、自分は間違っていないとも思える。この投稿にも、すぐさま一つ〈いいね！〉がついた。本名も顔も知らないフォロワーだが、同意してくれる人は間違いなくネット上の味方で私の理解者だ。

それにしても、感染症と緊急事態宣言だ。

当初の予定どおりなら、緊急事態宣言はゴールデンウィーク前に解除になる予定だ。だが、感染者数は落ち着いていなかった。特に地元北海道は入院できずに自宅療養となる感染者数も多く、医療崩壊を避けるためにも延長すべきという世論が大きくなりつつある。

ゴールデンウィーク明けまで延長となれば、同窓会は、社会はどうなるのだろう？

私は中止になればいいと暗く思うと同時に、延長になった際の勤務先への影響を心配した。旅行代理店は一番打撃を食らう業界だ。本来なら稼ぎどきなのに、いつまでも出社できない。

そうこうしているうちに午前十時になったので、最寄りのスーパーへ出かけた。先月分の記帳がまだだったのだ。花田に車を出してもらいたかったが、気晴らしにドライブに出てしまっていた。市内を降車せずに回るだけなら、感染防止の観点からも許容範囲という判断をしているようだ。文句の一つも言いたいが、顔を突き合わせなくて済んで安堵《あんど》しているのも事実だった。二人で家にいる時間が増えるのに伴い、些細《ささい》なことでも互いに腹を立ててしまう。

スーパーの店舗内に設置されているATM前には、すでに十人近く並んでいた。内心舌打ちする。並んでいる後ろ姿で、操作が遅そうな人はわかる。愚鈍な人間は機械が空いている時間に利用すればいいのに、そういう連中ほど自分の迷惑さがわからず、開店直後に並ぶものだ。

うんざりするほど待って、ようやく順番が来た。私の通帳、次に花田のをATMの口に滑り込ませる。

　印字されて出てきた通帳の残高に、どきりとした。覚悟していた以上に少ない。その場で支出に並ぶ額を上から目で追うと、後ろから当てつけがましい溜め息が聞こえた。横に退《ど》けて改めて見直す。家賃の額が違っていた。そういえば値上げの報《しら》せがきていた。一月に新調した花田のスーツとコート、花田の眼鏡のリボ払いもあった。車のローンも終わっていない。

　時給で計算される私の給料は当然なく、花田の給料も減っている。テレワークとやらで出張や残業をしていないからだ。

　お金がないという不安は、今まであまり感じたことはなかった。実家も井ノ川の家ほど裕福ではないが、平均よりは上だった。

　家計が苦しいときにどういうことをすればいいのか、私はわからない。誰も教えてくれなかった。来月は乗り切れるとして、再来月は？　緊急事態宣言の終了と同時に自宅待機が解除されて、私が仕事に復帰できればいいのだが、どうなのだろう。職場からはまだ連絡が来ない。報道される感染者数は、北海道のみならず全国でもまだ増加傾向だ。最近の花田の気晴らしドライブを考えると、来月はガソリン代の引き落とし額も跳ね上がっているかもしれない。

　契約社員の復帰を、代理店はどう考えているのだろう？　感染者数がゼロになるまでまさか放置されるのか？　間違いなく生活が破綻《はたん》する。私は通帳を持ったままスーパーの入り口付近をうろついた。

「ショウくん、ミマちゃん、こっち。ママにちゃんとついてきて」

私よりもやや若い女が、就学前と思《おぼ》しき子どもを二人連れてスーパーに入ってきた。マスクで口元が隠れていることを加味しても見ない顔だ。年度替わりで越してきたのかもしれない。子どもは二人ともマスクをしていなかった。兄のほうが、入り口に置かれたアルコール消毒のボトルをべったりと触った。スプレーの吹き出し口も。

カートを取ると、親子三人は手を消毒せずに、中へ入った。私は唖然《あぜん》とした。

「ちょっとすみません」

唐突に話しかけられた若い母親は驚いていたが、構わなかった。「なんでちゃんと消毒しないんですか？　アルコールあるのに。それとそっちの男の子のほう」私の目に男児が怯《ひる》む。「さっき、汚い手でボトル触ったんですよ。その子の手にウイルスついていたら、どうするんですか？　次に使う人全員うつるでしょ。あとなんで子どもはノーマスクなの？」

「すいません」母親は私とは目を合わさず、早口で謝った。「ショウ、このオバサンが怒ってるから謝って」

「やだ、怖いこのオバサン」

「すいません。一応、除菌ティッシュで拭いてきていますから。車の中で。子どもはマスクすぐ取っちゃうんです。咳とかはしてませんから」

母親はそう言うと、子ども二人を連れて売り場の奥へと消えた。

なんて非常識な親子だろう。私は憤りを覚えた。猛然とＳＮＳに書き込む。

『今めっちゃ最低な親子見た。入り口で手を消毒しないで悪びれない！　子どもは二人ともマスクしてなかった！　ていうか、スーパーに子ども連れて来るとか頭おかしい。買い物は一人でやらなきゃいけないのに。こういう人、ほんと警察で罰してほしい！』

『こういうモラルの低い層がいるから、いつまでたっても感染者が減らない。みんな困っているのに、私も職場自宅待機になってんのに、こういう馬鹿のせいで』


スーパーから帰ると、花田は戻っていて、ダイニングのテーブルでタブレットと向き合っていた。傍らにはなぜかピヨガーデンのプリンが二つあった。郊外で養鶏場を営みながら数量限定で作っているピヨガーデンのスイーツは濃厚で美味しいと評判だが、街中に出店しておらず滅多に買えない。あんなヒグマが出そうな場所までドライブしたのか。

花田は私に気づくと「あ、おまえのとこにも誰かから……」と言いかけた。立ち上がろうとはしなかった。私は彼の言葉を遮った。

「いるなら買い物袋運んで。持って帰ってくるの、重くて大変だったんだよ」

「なんだよ、帰ってきていきなり」

ぼやかれてカチンとくる。気晴らしをしてきてなぜ機嫌が悪いのか。

「何怒ってんの？　私に当たらないで」

「当たってないよ。当たってるのはおまえだろ」

「いいから運んでよ！」

花田は玄関に置かれたエコバッグ二つを乱暴にダイニングに運び込むと、タブレットとともに寝室に引っ込んだ。プリンはテーブルにそのままだ。お土産《みやげ》だから食べろという一言もなかった。彼の幼稚さを目の当たりにしたようで、私もさらに苛立った。まだ心にくすぶっていた非常識な親子という火種に、花田の態度という油が注《そそ》がれ、火柱が立つ。

「あんたの給料下がってるんだよ！」

私はバッグから出した通帳を、ソファに思い切り投げた。通帳は背もたれの中ほどに当たり、跳ね返ってテレビと壁の間に滑り込んだ。

自分で取らないと誰も取らないのはわかっていても、すぐに手を伸ばすと何かに負けた気がして、私は私を困らせるように跳ねた通帳があるだろう場所を、テレビ越しに睨んだ。

こういうときはＳＮＳだ。私は感情を文章化する。

『イラつく。私の収入がないのは私のせいじゃないのに。彼だって収入落ちてるくせに大きな顔で私に当たる。ピヨガーデンのプリンで私が機嫌よくなると思ったら大間違い』

言葉にし、投稿した文章をまた自分で読む。このプロセスで次に進める。

『なんでこんなにイラつくんだろう？』

するとルゥというフォロワーからリプライが届いた。

『ＭＡＲＩＣＡさん、わかります。私も先月から収入ゼロです。感染症のせいで出勤日が消えました』

同調があると、ほっとする。肯定されると、また次に進める。

『ルゥさんも？　収入ないのは死活問題ですよね。私が悪いなら諦めるけどそうじゃないし』

つまり、当座の問題はお金だ。お金がないから余裕もなくなるのだ。金持ち喧嘩せずという言葉もある。ローンや家賃といった、どうにもならない支出は無視した上で、残高が減った原因を解決すれば状況は変わる。

『私と彼の収入が元どおりになればいいんだけれど』

緊急事態宣言解除とともに、出勤再開となるなら言うことはない。ただ、今のところ連絡が来ていない現状に鑑みるに、解除後も数日様子を見るつもりなのかもしれない。

『私一人くらい復帰させてもらえないかな』

待機となっている窓口業務の契約社員は私を含めて四人。一度に四人も減れば逆に困っているはずだ。一人くらいは復帰していい。一人復帰するなら、一番仕事ができて接客業務に相応《ふさわ》しい容姿の人間がいい。

ならば、私が選ばれるはずだ。他の三人のうち二人は、働きぶりがぱっとしなかった。私よりも長く勤続している天野《あまの》という女は、能力は私と同程度だが、年齢が三十を超えているから却下だ。私は契約社員のみならず、正規採用の社員とくらべられても、すべての面で負けない自信はあった。むしろ正社員よりも働いている。正社員は待遇に胡坐《あぐら》をかいているところがあるから。

『勤務先にかけあってみる!』

SNSから離れたのか、ルゥはその後レスポンスをくれなかったが、善は急げとばかりに、私は電話をかけた。自宅待機を命じてきた総務課長が、一番話が早そうだった。取った新入社員に繋いでもらう。

「すみません、お疲れさまです。木下です」

「ああ、久しぶり。どうしたの？」

「自宅待機のことなんですが。いつ解除されるんでしょう？」

「うーん、本社判断だから」課長は唸った。「緊急事態宣言が解除になれば、まあおいおい元に戻っていくんだろうけど」

「業務の具合はどうですか？」

「まあ四人いないからね。影響はあるね」

君がいなくて困ってるよ、とストレートに来るはずもない。影響があると言質《げんち》を取れただけで十分だった。

「私、出社できます。明日からでも行けます」

「え？」

「私も困っているんです、収入がなくなりましたから」折衝すると決めてかけたのだ、要点は端的に話したほうがいい。「私、戦力になれます。一人くらいなら戻せませんか。それくらいなら、感染症対策的にも大して影響ないと思いますし。私一人で二人分働けます」

課長が鈍い相槌を打った。「まあねえ……そうだろうね」

「お願いします。考慮していただけませんか」

困らせるのは承知の上だ。私は心を鬼にして押した。

「近々緊急事態宣言が解除になれば、大型連休で旅行の駆け込み需要が絶対あります。窓口、混むと思いますよ」

「まあね……わかりました。午後、こちらから連絡します」

電話はいったん切れた。私は成果を確信した。これで少し息がつける。私はソファの背もたれに体を預けて、深呼吸した。

『出勤の件、なんとかなりそう。やったー』

報告とばかりにSNSに書き込みをし、暇つぶしでトレンドを見ると『#緊急事態宣言延長』が一位になっていた。ぎょっとしてネットニュースを確認する。

速報が出ていた。事実だった。連休前に解除予定だったはずが十日間の延長。不自由な生活は継続される。青ざめた。じゃあ、私の出勤は？　給料は？　さっきの電話は徒労か？　テレビをつけた。昼のワイドショーでさっそくこの緊急事態宣言延長の話題を取り上げていた。

花田が寝室から姿を現した。テレビの画面に横目をやったが、何も言いはしなかった。彼は貯蔵棚にストックしてあるカップラーメンを勝手に作って勝手に食べ、ついでにテーブルの上に置きっぱなしだったプリンも一つ平らげた。

リビングダイニングにいた十五分くらいの間、私たちは無言だった。カップラーメンの強い匂いがリビングダイニングに籠もって、私は無頓着な花田を咎めるように換気扇をつけた。

スマホに戻ると三井からメールが届いていた。内容は、仮に同窓会が延期になったら有志で集まらないかという誘いだった。ありえない。そんな会費に回す金などない。断りの返信を打っている最中に、会社からメッセージが入った。一読してスマホを床に叩きつけたくなった。契約社員四人全員、自宅待機の延長が言い渡されていた。

これで、五月も確実に収入が減る。しかもそれはまだこの先も続くかもしれない。このまま感染者が減らなくて、ずるずると自粛を強要されれば。

私は会社や世間から見捨てられているような感覚を覚えた。

契約社員がある日突然出勤しなくていいと言われる、それがどういうことなのか、みんな事の重大さがわかっていない。わかっていたら、会社はもっと親身になってくれただろうし、融通も利かせてくれたはずだ。世間はきちんと自粛し宣言延長になどならなかった。

結局、自分さえよければいいのだ。自分が困っていないから、どうでもいいのだ。

『自宅待機延長になった。自分に一切の非がないのに給料がもらえない。同じ境遇の人、なんで声上げないの？』

数分でルゥからレスポンスが届いた。

『私も自宅待機継続です。一緒に耐えましょう』

訳知り顔の寛容が忌々しくて、私は反射的に噛みついた。

『耐えてて何か変わるの？』

ルゥの反応を待たず、私は同窓会のＳＮＳに移った。書き込みがあった。

『五月五日の同窓会は、緊急事態宣言延長を受け、延期となりました。新しい日程は決まり次第お伝えします。井ノ川』

これだけは朗報だった。収束しないと出社できないのに、宣言延長からの同窓会延期を喜ぶのは、矛盾しているとわかっている。わかっていてもほっとした。このまま無期延期になればいい。感染が収束しても開催しなくていい。私への恨み言が書かれた十年前の手紙なんて、絶対に目にしたくない。

その後、同窓会アカウントには延期を惜しむ書き込みが二、三ついていた。幹事の井ノ川は、それには何の反応もしていなかった。見てすらいないのかもしれない。

しかし翌朝、日程延期の報せをまったく無視して、それはまた書き込まれた。

『木下さんが岸本さんをいじめていた件はどうなってるの？』

こいつ！

私はとっさにかけていたソファから腰を上げた。私の名前をあげたアカウント。誰なんだ、こいつは。心当たりがない。岸本の味方？　いじめの告発者気取り？　井ノ川はなぜこいつのアカウントをブロックしていないのか。岸本も岸本だ。不服があるなら遺言墨になんて頼らず、当時その場で抵抗しておけ。井ノ川の「気にするな」、あれを受け入れていたくせに、十年後の今になって芽吹く復讐の種を仕込んでいたとか、卑劣が過ぎる。

あまりの激怒と衝撃に、床が回った。

出勤再開の見通しが立たないまま、大型連休に入ってしまった。

とはいえ、休日の実感はなかった。私はずっと休みみたいなものだからだ。花田は惰眠《だみん》をむさぼっていた。

陽が高くなった。寝室を覗くと、花田はベッドの片側で私がいた側に背を向けた体勢のままでいる。掛け布団《かぶとん》が上下しているから息はしている様子だ。このまま自堕落《じだらく》に午前を過ごすのか。二度SNSで名前を出された私は、夜めっきり眠れなくなった。眠れないから、焦りと苛立ちをごまかすためにスマホをいじる。そしてSNSを見る。悪循環だった。

井ノ川は日程の延期で気が抜けたのか、しばらく名指しの書き込みを削除しなかった。数度メールを送ったがなしのつぶてで、ようやく書き込みが消えたのは翌々日だった。私はそれで、ひどく消耗してしまった。消えた後も似たような書き込みがされていないか、確認するのをやめられない。同窓会も延期になったのだし、いったんアカウントを消してくれればいいのに。

花田はというと、ドライブの頻度は前より減った。私にガソリン代のことを言われたせいだろう。だがそのぶん、毎日狭い部屋で鼻を突き合わせなければならず、私たちは互いにうっぷんを溜めている。彼は同窓会のSNSアカウントもフォローしているから、私が窮地に立たされていることも知っているくせに、何も言わない。助けてもくれない。もういったん同棲を解消したいほどだが、帰省も遠慮しろという風潮のなか、実家へ戻るのはためらわれた。

花田がようやく起きてきて、ダイニングテーブルにつき、ラップをかけておいた朝食を食べだした。私には話しかけてこなかった。

『連休なのに、マジでつまんない』

私はSNSに逃げ場を求めている。ここなら好きに何でも言える。愚痴でも。怒鳴られもしない。何よりウイルス感染の心配がない。

『ショッピングに行きたい。イタリアンのランチ食べたい。でも、無理。我慢ばっかり』

何の気なしにテレビをつける。昼帯のワイドショーが映し出された。最近のテレビ番組は面白くなく、ネット動画を見るほうが性に合う。チャンネルを変えようか、やはり消そうかとリモコンを画面に向けたところで、話題が変わった。

『緊急事態宣言が延長となっておりますが、連休初日の今日、こちらのサービスエリアは多くの人で賑《にぎ》わっています』

私は目を疑った。海を見渡せるＳＡと評判のそこは、確かにはっきりと混雑していた。駐車場は満車で、降車した人々がドリンクやファストフード、デザートなどを片手に行き来している。展望エリアも満員電車のようだ。マスクをしていない人も多く映った。幼い子どもを連れた若い夫婦がインタビューに応じた。

『連休だし、家にいても気が滅入るだけだし、ドライブならいいんじゃないかなって』

『ちょっと遠出してお金を落とすのも必要だと思います。経済回す？　みたいな』

全国放送である。ＳＡは関東に位置していた。関係ない遠い場所の話といえばそれまでだ。しかし、子どもを連れた夫婦の姿は、スーパーで見た若い母親を想起させた。自分さえ大丈夫であれば問題ないと思い込み、自分が誰かを感染させるリスクをまるで考慮していない。経済を回すという文言を免罪符のように都合よく使って、自粛を求められている行動を欲望のままに行う。視野の狭い、公衆衛生の観点からは害悪でしかない存在。こういう人種が感染を広め、結果緊急事態宣言の期日が延長された。

カメラがスタジオに戻り、キャスターがコメントする。

『ゲームチェンジャーとなる特効薬やワクチン、そういったものが出てくるまでは、個々で感染しない努力が必要なわけです。アメリカではワクチン接種が始まりましたが日本ではまだですし』

『感染者数も、落ち着いてきたとはまだ言い難いので、自粛できる方はいっそうの我慢や注意が必要ではありますね』

あまりに思慮の浅い発言に猛烈な怒りを覚えた。こっちはできる我慢はずっとしている。北海道は全国に先駆け、二月下旬に自治体主導の緊急事態宣言が出たのだ。そこから我慢のし通しなのだ。これ以上何をすればいい？　これ以上の我慢なんてない。

今、平気で外出できるテレビの夫婦やスーパーで出会った若い母親は、我慢なんてしない。あいう連中にとっては、我慢した結果がドライブなのだ。いっそうの注意が、車の中で除菌ティッシュなのだ。きっと拭き方も適当に決まっている。

行政やマスコミは我慢しろとただ言うが、本当に我慢してほしい層にはそんな言葉などもはや届かないし、きちんとメッセージに耳を傾ける層は、とっくに極限まで我慢している。なのに馬鹿の一つ覚えのように同じ注意喚起を繰り返すばかり。こんなことでは、我慢していても事態は変わらないと、真面目に自粛している人々の心を折るだけだ。なぜ頑張っている層の存在を認めて励まさないのか。

そして、この状況で気ままに振る舞うやつらが心底理解できない。自覚の足りない連中に迷惑をかけられ、苦しめられている。働きに行けなくて生活が苦しくなってきているのも、連中のせい。日本国民全員が私だったら、こんな感染症二週間で鎮静させられるのに、馬鹿が足を引っ張る。

中継はまだ続いていた。レポーターが駐車場に移動している。

『県外ナンバーの車両も多く停まっていますね』

花田がぼそりと呟いた。

「結構移動してんだな」

不思議なことに、その呟きに不機嫌さは感じられなかった。感じられたのは無感動な諦めだった。

「こいつら、仕事何してんだろう。早く感染収まってほしいとか、思わねえのかな」

花田の顔を見つめた。彼は遠くに横たわる眩《まぶ》しい水平線を眺めるように、少し充血した目を細めた。

「思わねえんだな。困ってないんだろうな、こいつらは」

夜、疲れて帰宅したら家が全焼していて、何もかも失った——淡々を極めたような花田の口調に、そんな情景を思い浮かべた。

窓の外に目を移す。今さらのように晴れていると気づく。暖かくうららかな春の空だ。マンションの隣の住宅の庭では、エゾヤマザクラが開花していた。歩道を歩く女はライトグレーの軽やかな上着をはおり、足元に落ちる影は短かった。

「……夕食、美味しいもの食べない？」

「は？　外で食うのか？」

「イタリアンとか、回転ずしとか。去年、食べたみたいな」

花田はあまりいい顔をしなかった。それでいい、彼はまともだ。外食は不要不急の外出だ。移動や会食は感染のリスクを高める行為だ。

「冗談。カレー作るよ」

足りない材料を買いに出かけようと身支度を整えていると、花田が車を出してくれると言った。運転席の花田は、タブレットを睨んでいるときとは違い、顎や目の周りに余計な力が入っていない柔らかな顔をしていた。どうやらよほど気晴らしのドライブがしたかったようだ。

花田の運転する助手席に座るのは久しぶりだった。私は長く見ていなかった結婚情報アプリをタップした。

「同窓会さ」花田が前方を見ながら言った。「延期になったよな」

先日、正式に延期を知らせるはがきが届いていたのだった。

「うん。ほっとした」

「よかったよな。遺言墨がどうとかいう書き込みの時点で、ぶっちゃけ嫌な予感しかしてなかった」

「ヤバい臭いって言ってたもんね」花田も遺言墨の多々あるエピソードから、遺言墨の秘められたからくりに気づいているのかもしれない。「永遠にお流れになればいいいな」

「おまえ、同窓会のSNSアカウントにいじめの首謀者だって書き込まれたじゃん。ネットで実名晒しはねえよな。あれ、誰だろうな」

「知らない」

スマホを持つ右手親指のネイルが剝げかけている。塗り直さなくては。春らしい色、薄いピンクがいい。

「勝手に私の名前を出して、卑劣なやつ。あんなやつ、六組にいたんだ。死ねばいいのに」

花田は左手にハンドルを任せて、右手で無精《ぶしょう》ひげが生えた顎を撫でた。

「でもまあ、俺も正直、岸本いじめてたやつは誰かって訊かれたら、おまえって答えるわ」

耳を疑った。「なんで?」

「なんでって、やっぱおまえが岸本にあれこれ言う声が、一番残ってるからさ」

「当時も、いじめてるって思ってたの?」私は食ってかかった。「なんにも言ってなかったよね。今まで一度だって、あのクラスで私がいじめしてたなんて言ったことなかった」むしろ花田は私たち側の人間だった。「なんで今になってそんなこと言いだすの? それにあんただって。岸本から告白されて迷惑こうむっていたでしょ? わざわざ愚痴ったじゃない。愚痴ったから告白が知れ渡ることになったわけだし」

「今までいじめのことを話題にしなかったのは、俺もそれほど深刻に思っていなかったからだよ。いじめというより、カースト下位の無節操《むせっそう》なやつに上位が厳しく接してる的に受け止めてた。ただ、ここに来て一連の書き込み読んで考えたらさ、厳しくされてた方はいじめと受け取ってもしゃーないなって納得もするんだよ」花田の運転はいつもよりもゆっくりだった。「俺ももちろん軽率だった。告白されて、マジかよってなって、つい仲間に愚痴ったけどさ。今思うと、言うべきじゃなかった。こういうのもアウティングっていうのかな」

「いわない。ていうか、告白ってそういうリスクもコミでしょ。なんで花田が責任感じなきゃならないの」

「俺が黙ってたら、おまえの岸本いじめはなかったのかなと思うとさ」

「だから、いじめじゃない！」私は声を荒らげた。「いじめいじめって言わないでよ。私が悪いみたいじゃないの！」

自分の怒鳴り声の残響を、自分の耳で聞く。花田の表情筋がまた冷えたように固まっていた。彼は私を見なかった。舌打ちを飲みこむように、のどぼとけが上下した。

運転がさらにゆっくりになる。どんどん他の車が追い抜いていく。

「やっぱ、この話は止めとこう」

花田はそう言って話を切り上げ、車両の流れに乗り出した。体内の重力が変化して、背もたれに押しつけられる感覚を覚える。

今の加速とともに、私の何かが確実に後方に置いてけぼりになった。花田はもう口を開かない。話を切り上げるというのは、私の弁明も聞かないということだ。花田の中では私が岸本をいじめた首謀者だと結論づけられたままだ。さらに言えば、その結論は彼だけではない。おそらくは書き込み主も。もしかしたら、他の生徒たちも。

私は悪くないのに。

やはり私が、遺言墨のメッセージでも標的になっているのか。宛て先は私なのか？

遺言墨の効力は私に向けられているのか？

どうしてあっちもこっちもうまくいかない？

直火《じかび》であぶられるような焦燥感に、私はスマートフォンをいじった。情緒が不安定な少女が自分の髪の毛をいじるように。

もうじき、目的地のスーパーに着く。

と、横の車線を抜いていく車があった。夫婦と後部座席に小さな子ども。親子連れのそのセダンのナンバーは、室蘭《むろらん》だった。

この幹線道路と繋がっているのは——私は頭の中でナビを動かした——国道、インターチェンジ、高速。室蘭からなら二時間もかからないだろう。私と花田も休日に室蘭の地球岬に行ったことがある、かつては。

後部座席の子どもは、帽子をかぶっていた。いかにも遠出しますというように。

「おまえ？」

私はスマートフォンを構えて、前方に出たその車をナンバーが見えるように撮影した。花田が怪訝《けげん》な表情を向けてきた気配がした。私は行きかう車を注視した。そして、札幌ナンバー以外の車をすべて写真に収めた。

『今日目撃した、よそ者の車両。こういう身勝手な人間がいるせいで、いつまでも感染者は減らず、きちんとしている人たちが迷惑する。悪い人たちの浅はかな行動のせいで、悪くない人たちが不自由な生活をしているんです。許せない！』

〈いいね！〉がすぐに飛んできた。拡散もされた。好感触だとほくそ笑む。が、私は間もなく異変に気づいた。いつもとは違う。みるみるうちに反応の数が増える。反応を示す数字は動き続けて、落ち着く気配がない。私は通知を切った。とても追いきれなかった。アカウントを作って初めてのバズりだった。

その投稿にはリプライもたくさんついた。中には非難めいた書き込みもあった。フォロワーのルゥも『それは消したほうがいい』とやんわりと注意をしてきた。当然無視した。それ以上の賞賛と賛同が私を支えた。ルゥら賛同の意を示さないやつらは、バズった私に嫉妬しているのだ。

連休中、私は近所を走る地方ナンバーを探し、見つけては写真を撮ってSNSに投稿し続けた。

私は悪くない。復讐される理由なんてない。

安生と我妻が話していた遺言墨のエピソードを、私はすぐに忘れた。心に残ったのは、つまらない話で盛り上がるものだと、二人を心の中で冷笑した感情だけだ。一緒に行動しながら、私は安生と我妻を下に見ていた。

二人が話していたことを思い出したのは卒業後だった。

安生と我妻とは進路が分かれ、私は花田と同じ札幌市内の私大に進学した。その私大に、広島市出身の女子学生がいた。学生の半数が道外出身者とはいえ、広島市は珍しかった。

その子が何かの折に口にしたのだ。遺言墨のそのエピソードを。私は彼女の隣に座っていた花田ばかりを気にして、話は聞き流していた。それもそうだろう、だって既知の内容なのだから。

しかし、エピソードには続きがあった。それを新しい学友はこう語った。


――手紙を出した特攻隊の人は、結局出撃しなかった。その前に終戦になったから。ぎりぎりのところで命が助かったってわけ。

その人は終戦後、手紙を送った親友に会いに行った。手紙で真意は伝えたけれど、やっぱり会いたかったのかな。親友だしね。

でも残念、会えなかった。手紙を受け取った親友は、死んでしまっていたからね。

親友は学校を卒業した後、引っ越しをして、とある病院で働いていたの。広島市中区の島《しま》病院っていうところで。

島病院って言っても、県外の人はあんまりピンとこないみたいなんだよね。ここはね、原爆の爆心地なんだ。あの朝、島病院の上空で、原爆が炸裂したってことになってるの。

死を覚悟して手紙を書いたけど奇跡的に生き延びたから、会って話せるって思って会いに行ったのに、やっぱり遺言墨の手紙が最後になっちゃった。墨を使って伝わっちゃえば、どうしたってコンタクトは取れない。例外はなし。おいしい話には裏がある。そういう教訓を感じたね。

それを聞いて私が思ったことは一つだった。

書けば必ず相手に内容と真意を伝えることができる。しかし、それが最後のメッセージになる。告白した少女の話では書いた少女が命を失っている。安生と我妻が話していた内容でも、書いた側である特攻隊員の死がほのめかされていた。だから、対価を払うのはアクションを起こした側だと思い込む。そもそも『遺言』である。普通は最後のメッセージを伝える側が命をさし出すと取る。

だが、違うのだ。遺言墨のルールは、最後のメッセージになりさえすればいい。だったら、受け取った側が死んでも、ルールには則《のっと》る。

つまり、岸本がタイムカプセルに遺言墨を使ってメッセージを仕込んだというのが事実ならば、岸本が死ぬ可能性だけではなく、送りつけられた側が死ぬかもしれないのである。

もし、岸本がいじめられたと恨んでおり、その矛先が私だとしたら。

都市伝説だ、そんな墨などあるはずはないと理性は言うが、理性の奥に隠れた芯の部分が怯《おび》えて悲鳴を上げる。悪魔の証明だ。存在しないことを証明するなんて誰もできない。じゃあ、あるかもしれない。墨の手紙で殺されるかも。まだ二十代なのに。子どもだってまだなのに。みんなだって岸本を疎んでいたくせに、馬鹿にしていたのに。カースト外のゴミだと排除していたくせに、全部私がかぶるのか。

もっと責任を負うべき人間は他にいる。感染症と同じ構図だ。自分は関係ないとばかりに勝手な振る舞いをして悪びれない人間。そいつが一番悪い。

一番悪いのは――。

花田が先に寝室へ消えた深夜。

一人のリビングで、私は同窓会アカウントにアクセスした。カウントダウンは止まったままだが、書き込みは一つ増えていた。

『休みだから昔思い出してたけど、確かに、木下は誰かを笑いものにしてたような記憶』

今までの告発者のアカウントからではなかった。フォロワー数が四桁いるこのアカウントは、嵯峨のものだ。また叫んでスマホを手放しそうになったが、堪《こら》えた。私はいったん自分のアカウントに戻り、地方ナンバーを告発する投稿についた〈いいね！〉の数を今一度見た。8・1万。

勇気が湧いてくる。もう逃げない。今までは反論しなかったが、それも今日で終わりだ。

私が本気を出したらあんたたちなんて相手にならない。なにしろ私には8・1万人もの味方がついたのだ。

8・1万の〈いいね！〉がついた投稿をトップに設定したMARICAのアカウントから、私は書き込んだ。

『私はいじめていません。仮にそう見えたとしても、私は井ノ川のために言ってた。井ノ川だってそれをわかってたはず。井ノ川はわかってて一度も止めなかった』

『私は井ノ川の代わりになっていただけ。代わりになれるのは、私だけだった』

『井ノ川ができないから、できる私がやってただけ』

『一番悪いのは井ノ川』

投稿のアイコンをタップする。なぜか肩で息をしていた。反応なんて知らない。私は事実を書き込んだ。

冷蔵庫を開けて、炭酸水のペットボトルに口をつけて直飲みする。小さな無数の空気爆弾が私の口の中で炸裂する。それを喉、食道、胃に落とす。五百ミリリットルのペットボトルがほぼ空になった。

濡れた口を右手の甲で拭う。スマートフォンに触りたくてたまらない。手に取る。誰かが私に同意してくれていたらいい。

DMのアイコンに青の印がついている。バズった投稿画像を利用させてもらえないか、というようなワイドショーからの依頼だろうか。しかしメッセージ画面を見れば、差出人はテレビ局名ではなかった。会社名ですらない。知らない相手からだ。

プレビューされる冒頭部分に瞠目《どうもく》する。

告訴という文字があった。

DMが開封された。タップするつもりはなかったのに、震える指が勝手をした。さっき飲んだ炭酸水が、胃液をせり上げる。酸っぱい味が喉を焼く。

DMは私が写真を撮って晒した車の運転手からだった。文面はひどく冷静で、彼の静かな激怒がはっきり伝わってきた。

仮にこれから投稿を削除しても必ず訴えると、彼は告げていた。

口を押さえてシンクに走る。飲んだ炭酸水と胃液を嘔吐《おうと》する。
三年六組の支配者井ノ川。
岸本の告白を言いふらした花田。
遺言墨を使って復讐の手紙を仕込んだ岸本。
いじめたのは私だとＳＮＳで名指しした誰か。
感染症など大したことはないと、勝手な行動を取る人たち。
悪い人はいっぱいいるのに、私だけが罰せられようとしている。
どうして？

磯部

夜空低くに漂う花火の名残を生徒たちが見上げている。消えゆく煙の最後の一片も見逃すまいとしているようだ。打ち上げ花火はそう派手なものではなかった。高さもなく、広がる火花の密度も薄かった。だがそれでも夢中になってしまうほど、学校祭は特別なのだ——多くの高校生にとっては。

「いい写真、撮れたか？　磯部」

銀色の球体を両腕で抱えた担任の南が、俺の隣にいた。俺は一枚だけ撮影した花火の写真を見返した。手ブレのせいか、いささかぼけていた。でもそのぼけがある種の効果に見えなくもない。

俺は携帯を畳んでポケットにしまった。「まあまあです」

「みんなも楽しんだみたいだな」

南は声高に喋ったり、なおも仲間で自撮りをしたりしている生徒らに目を細めた。銀縁《ぎんぶち》の老眼鏡も相まって、この担任は優しい表情をするとなおのこと老けて見える。五十代前半のようだから老けていてもおかしくはないが、それにしても覇気《はき》がなさすぎだ。彼は何の変哲もない英語の授業をして当たり障りなく生徒に接する、味がなくなったガムのような教師だった。そして、若いころに何か大きな夢を諦めたようなにおいがした。

「じゃあ、先生はあっちで待機しているから」

南は事前に穴を掘ってある白樺のエリアに移動していった。

クラスメイトらはまだ俺を見ようとしない。

ここで声を張れば余韻をかき消してしまうに違いない。いささか気が引けたが、人にはやらなければならないことがある。

「三年六組の生徒は、この辺に集まってください。俺の顔が見えるところに来てください。これからタイムカプセルに『トラベラー』を入れます」

『トラベラー』というのは、学校祭実行委員長が提唱した、タイムカプセルに仕込むものの愛称だ。そんなものなくてもいいんじゃないかと思ったが、委員長の気持ちもわかる。もしかしたら今後、白麗高校がタイムカプセルを埋める際には、『トラベラー』という単語が使われ続けるかもしれない。白麗高校がある限りずっと。それは、未来に己の影という楔《くさび》を打ち込むのと同義だ。

忘れられたくない、自分が存在した証を残したい、そんなありふれた願いに通じるものがある。

最初、俺の声に対する反応は鈍かった。でも、校庭の照明が灯されると、生徒たちは花火の終わりを受け入れて、軍隊蟻のように動きはじめた。同じクラスの見知った顔が集まってくる。

俺は一瞬、顔をしかめた。

男子の花田のグループと、女子の井ノ川のグループがいなかった。

そんなような気はしていた。あのカースト上位陣が、タイムカプセルなんか楽しみにするわけがない。彼らはクラス全体を愛してはいない。自分のレベルに合う者同士だけで楽しめたらいいのだ。実行委員の俺の呼びかけなんか聞く気もなく、その他大勢のクラスメイトたちと足並みを揃える理由もなく、もっと言えば十年後に催される予定の開封式にだって爪の先ほども興味がないのだろう。

彼らのような振る舞いが許される人種に、以前は憧れめいた感情を抱いた。

いつごろだったか。それが馬鹿げた夢だと気づいたのは。

憧れは手に届く高さのものに注ぐべきだ。どんなに努力したところで、人は空を飛べないのだから。

俺は視線を一つ所へと向けた。

紺色のブレザーにグレーチェックのスカート。彼女は学校祭の間、一度も着替えなかった。彼女以外の六組の生徒は、クラスTシャツを着ている時間が多かったと思う。初日の行灯《あんどん》行列の際も、女子はほとんどが浴衣《ゆかた》を着ていた。浴衣じゃない子はクラTだった。そんな中、彼女が制服で通したのは、クラTを買わなかったからだ。

母一人娘《こ》一人の母子家庭だと知っていたから、経済的な理由かと思った。にしても絶対に悪目立ちする彼女の選択を、俺はいくらか心配したが、学校祭の雰囲気を損ねるような事態にはならなかった。考えてみれば、元から彼女は悪目立ちしていたのだ。ああやっぱりね、ということである。

その彼女が手にしているのは何だろう？　小さな白いカード。いや、封筒か。十年後の自分宛のメッセージか。

「六組のみんなは整列してください。ビニール袋を配ります」

言いながら右手を上げ、担任の所在を確かめる。白樺の下に立つ南は、俺と目が合うと頷き、腕の中の銀色を少し持ち上げた。あのタイムカプセルは今夜を最後に地中に潜り、十年後の未来へ飛ぶ。

「自分のトラベラーがわかるように、事前に配った名札も入れてください。入れたらしっかり口を縛って。酸化や湿気で状態が悪くなったら、開封式のとき残念だから」

集まった六組の生徒たちが、俺からビニール袋を受け取っていく。事前にビニール袋に入れて持って来ている用意周到なものもいた。

「ほら、岸本も」

差し出すと彼女は大人しくビニール袋を受け取った。その彼女に念を押す。

「手紙だよね。湿気《しけ》やすいからしっかり縛って」

「磯部」岸本は小さなひじきみたいな目で、俺を見つめた。「シリカゲルはないの？」

「乾燥剤？」

「困るんだ。この手紙が駄目になるのは」

「乾燥剤や脱酸化剤はもちろん使うけど、一人ひとりにはないな」俺は一度、南の方を振り向いた。「みんなのトラベラーをまとめてでかい袋に入れるんだけど、乾燥剤なんかは、その中に一緒に入れる予定なんだ」

「小さいのでいい。ない？」

ないからそう言っているのだが、岸本は俺が隠していると決め込んでいるように迫る。俺はしだいにうっとうしくなってきた。こうして作業せずに話している間にも、時間は過ぎるのに。一方で、実行委員として折衷案《せっちゅうあん》を出すのも務めだと思った。

俺はビニール袋をもう一枚渡した。用意周到なクラスメイトのおかげで、ビニール袋ならいくらか予備はあったのだ。

「二重にするといい。一つガードが増える。なんなら」さらにもう一枚、彼女の手に押しつけた。

「三重にすればもっと安心だろ」

二枚のビニール袋を追加で受け取った岸本が、じっと見上げてきた。これ以上は何も出ないぞと顎を引いて構えると、彼女は思いがけず唇の両端を横に引いた。笑ったのだ、顔の下半分だけでだが。

「ありがとう」

「どういたしまして」

「このご恩、生涯忘れない」

俺は脱力した。脱力した結果、力ない苦笑が漏れた。いやいや、忘れてくれ。こんなことでおまえに生涯忘れられずにいても嬉しくないんだ。しかもこの大仰《おおぎょう》な物言い。はっきり言ってウザい。本人が自分の言い回しに悦に入っていそうなところが、さらにウザい。

　こいつが孤独な理由がわかる。こいつに友達がいない理由がわかる。誰にも相手にされない理由がわかる。木下の態度も、井ノ川がそれを看過しているのも納得だ。

　そうは言っても、嫌われるにせよ、男ならもっとさっぱりした嫌われ方をしたのではないかと思う。こういった思考はフェミニズム的観点からは褒められないだろうが。なんでこう思うのかと言えば、おそらく木下の声が『いかにもな女の子』っぽいからだ。

　岸本は俺の目の前で、封筒をビニール袋に入れた。俺はあまり彼女にばかり関わりたくなかったので、意図して他の生徒に注意を向けた。大体が言われたことをやり終えているようだ。岸本の頭上を薙《な》ぐように視線を動かす。封筒の表面が視界の底部をちらっとよぎった。宛名の後の『へ』が、はっとするほど黒々と、かつ太い字で書かれていたが、肝心の宛名には彼女自身の右手の指がかかって見えなかった。

　封筒の幅いっぱいを使って横書きされた宛名。短い文字列ではなさそうだった。

「……磯部はなんで実行委員やったの？」

「えっ」

　急に問われて、俺はいっとき固まった。彼女のひじきみたいな目は、俺ではなく、手元のビニール袋に注がれていた。彼女は親の仇《かたき》のようにきつくビニール袋の口を縛り、それをまたもう一つの袋へと投入した。

「準備から当日まで大変でしょ。友達と自由に動けないし。井ノ川とか木下とか、花田とか……

ああいう人は実行委員なんてやらない。磯部はなんでやろうと思ったの？　無理してるんじゃない？　自己満足？」

岸本の言葉は小さい針だった。そいつは俺の胸奥の風船をぷつりと突いた。風船の中に溜めていた苦くて黒いコールタールみたいなものが溢《あふ》れ、毒のように体を満たしていく。

「それとも、友達と自由にやるより、実行委員のほうが楽しい、のかな？」

こいつはどうしてこんなことを言う？　高校生活最後の学校祭で、実行委員までやって汗をかいている俺に、冷や水をぶっかけるようなことを。俺は自分の頑張りがひどく滑稽《こっけい》なものだと言われたような気になった。

「だったら、その気持ち、わからなくもないけど」

「いや」

理解者みたいな顔をするのはよせ。共感という名の投げ縄で俺を同類エリアに引っ張ろうとするな。その投げ縄はおまえだけが見えている幻だ。俺はおまえとは違う。

「わかってねーよ」

三年生に進級して初めて、俺は不快をあらわにした。

「ふざけんな」

自分の何が悪いのかちっともわかりませんと訴えるひじきの目に、俺は早口で吐き捨てた。

「おまえに実行委員はできない」

おまえは嫌われ者だから。俺はおまえみたいに嫌われているわけじゃないから。

岸本は重苦しい瞼で素早く瞬きをした。目にゴミでも入ったみたいだった。俺は言い過ぎたかとすぐさま後悔した。失言への応酬だとしても、自分と同じく彼女にとっても最後の学校祭だ。嫌なことは言われたくなかっただろう。

何より俺は実行委員だ。他の生徒が楽しむために働かなければならない立場だ。岸本も、他の生徒の一人なのだ。

終わりよければすべてよしという。フィナーレに影を落とさないためにも、ここは口先だけでも謝っておいたほうがいい。俺は軽い謝罪を言葉にしかけた。

しかし岸本はそれが発声されるのを待たず、三重にした袋の口もぎゅうぎゅうに縛って、それを目の前に掲げた。

「できた。完璧だ」

そして、俺へと突き出した。

「入れといて」

「は？」

「実行委員なんでしょ」

岸本は俺の手に無理やりビニール袋を握らせた。岸本の手は生暖かく、じっとりと湿っていた。

「実行委員の奮闘、みんなの思い出に残るといいね。でも忘れられると思う。このクラスの連中、あんたのことなんて見てないからね。その点、嫌いは残るんだ。教えてあげるけど、忘れられるより嫌われるほうが上なんだよ。じゃあね」

くるりと回れ右をして、彼女は去っていった。場を離れていく彼女を、誰も引き止めなかった。ほとんど注意も払われなかった。後ろで一つに結んだ黒髪を重そうに揺らして、岸本はそのまま帰ったらしかった。

俺にビニール袋を託すだけ託して、一切の確認もせずに。

中の宛名は見えなかった。岸本はそこを隠すように名札を入れていた。

岸本に言われたとおり、俺はタイムカプセルに岸本のトラベラーを入れた。託された人間として責務を果たしたというよりは、不要で厄介な廃棄物を一刻も早く手放したかったという気持ちが強かった。

学校祭の翌日は休校日にあてられていた。次にクラスで岸本と顔を合わせたときは、ちゃんと頼まれたとおりにしたという報告と、捨《す》て台詞《ぜりふ》及び押しつけたことへの文句を言いたかった。一方で、異端児の彼女とは一切関わり合いになりたくないという気持ちもあった。結局どちらの行動をとるか決めかねたまま、俺は登校した。

岸本はいなかった。それから彼女はずっと登校しなかった。

気に留めた生徒がどれだけいたかは知らない。クラスは落ち着いていた。学校祭が終わり、いよいよ残るは受験しかないといった空気が、岸本の不在を簡単にどうでもいいことにしてしまった。

岸本は転校したらしいと小耳に挟んだのは、それから半月ほど後だった。

＊

水に滲んだような花火の画像をぼんやり眺めていたら、事務室の固定電話が鳴った。午前零時七分。夜が深い時間に来る電話は、おおむね他店からだ。

「リーダー、すすきの店の金丸《かなまる》さんからです」

バイトの大学生が、保留にした電話の子機を軽く掲げた。やっぱりだ。

今日のシフトでは店長の榊原《さかきばら》が責任者だが、今はレジで売上集計をやっている。俺はスマートフォンをユニフォームのポケットに落として、狭い事務室内を移動した。

すすきの店に前回抜き打ちが来たのは、去年の十一月と聞いていた。なら、もしかしたら。

「はい、北口店の磯部です」

用件に当たりをつけて応対すると、案の定であった。

「今日、五人で抜き打ち来たわ。予約者名は山本で五名。七時から二時間で、初夏の北海尽くしコース。別にアスパラ焼き、海鮮鍋も追加した。鍋は雑炊《ぞうすい》じゃなくてうどんでしめたいって言われる。あとラーサラに味噌《みそ》ドレ追加できるかってのもあった」

「情報ありがとうございます。その人の予約って、いつ入りました？」

「えーと、ちょうど一週間前。てことだから店長に伝えといて」

居酒屋チェーン『北海の大将』各店舗には、本社からの抜き打ちチェックが定期的に入る。チェック内容は接客、メニュー、店舗の雰囲気等々。偽名で予約を入れることもあれば、いきなり五人程度の小グループで訪れたりもする。顔が割れていない社員を使うのはもちろん、このためにバイトまで雇うというから本社も本気だ。

カスタマー目線はいいのだが、現場からすれば迷惑なときも多い。チェッカーは必ずメニューにない料理や通常外のサービスを要求する。多忙な日にチェッカーが入ってあれこれ振り回されたあげく、他の客の対応が遅くなるなど、いいことはないのだ。

ゆえに、チェックが入ったと気づいた店舗は、他店舗に情報を渡すのである。

抜き打ちはシーズンに一度の頻度だったが、年度末から連休明けまでは、感染症の影響などで客足自体が遠のいていたためか、音沙汰がなかった。客足の鈍りは新型ウイルスの蔓延ももちろんあるが、本社広報がSNSで『感染症に負けない！』というタグをつけて来店を呼び掛けたのも無関係ではないだろう。あれで居酒屋北海の大将は、ネット警察にひどく叩かれた。『#北海の大将には行かない』というタグまで誕生したくらいなのだ。感染症を過度に恐れるネット警察らの振る舞いは、一部の業種の人間は死んでもいいと言わんばかりだったが、広報ももっと世間の空気にアンテナを張り巡らせていてほしかった。SNSへの苦情電話は本社のカスタマー担当宛だけではなく、各店舗の回線にまでかかってきたからだ。

榊原がフロアから戻ってきた。マスクを顎まで下げた彼の鼻の下には、早くも無精髭が見える。四十手前の彼は、取り立てて特徴のない顔立ちなのだが、髭だけはやたらと伸びるのが早い。髭が疲労感を割り増しさせ、榊原はもはや病人みたいだった。ゴールデンウィークが終わって約半月、首都圏の感染状況は最近劇的に改善した。北海道はそれにくらべれば後れを取っているが、日々発表される感染者数は着実に減少している。日照時間や気温など気候がよくなってきた説と、連休中の行動制限が功を奏してきた説があるが、どんな理由でもいい。とにかく一日も早く元どおりになってほしいというのが、居酒屋北海の大将に関わる人間の総意だった。

「店長、すすきの店から電話がありました。チェッカー情報の」

抜き打ちチェックの件を報告すると、榊原は眉間に皺を寄せた。

「そうか。磯部、一週間先までの予約、見といてくれるか」

「見ときました。土曜日に一件それっぽいのがあります」

チェッカーはおそらく偽名を使うだろうが、人数、常連以外、メニュー指定までしているならそれも含めて、事前に怪しい予約に当たりをつけておく。自慢じゃないが、俺はこれが誰より上手かった。なぜかピンとくる。

今回は、明明後日《しあさって》午後七時半からのグループが怪しかった。人数、予約しているコースが一致している。小林《こばやし》という代表者名もありきたりだ。すすきの店と同じく一週間前に入った予約でもある。

予約者検索画面に出した情報を見せると、店長も納得の顔で頷いた。

「さすがだな、磯部は」

「当日のバイトは慣れたスタッフがいいかもしれません。土曜ですし」

「緊急事態宣言は二十五日までだったか？」

「ここにきて北海道の感染者数もぐっと減ってますからね。先延ばしにしてた新年会なんかをやりたいって向きはありますよ」

「小見《おみ》はいつから出てこれるんだ？」

「連絡してみます。もう試験は終わってますんで」

俺はバイトリーダーだが、一番の古株はこの小見という男だった。三十六歳の弁護士志望で小説も書いている変わり種だ。ちょうど今は、予備試験受験を理由にシフトを入れていない。今年も不合格だろう。だが俺は、小見が嫌いではなかった。正社員や大学生バイトから裏で馬鹿にされているが、人生の目的があるのはいいと思うし、本人だって報われなかったときのリスクを承知の上でチャレンジし続けているはずだ。

小見が陰で嗤われているのを見聞きするたびに、自分も同じことをされているだろうなと思う。俺が小見よりましなのは年齢だけだ。それも並べてくらべればであって、二十八歳という年齢は、若者だと胸を張るにはそろそろ微妙になってきた。

高校を卒業して十年も経つ。

同窓会SNSのあれこれを思うと、溜め息が出た。井ノ川に担当幹事になってもらったあのアカウントは、当初は思いもよらなかった告発会場となってしまった。連休明け以降はなぜか鳴りを潜めているが、遺言墨、そして岸本李矢を覚えているか、から始まったジャブは、誰が岸本をいじめた首謀者かという犯人捜しにまで発展した。実名を挙げられたのは木下と、担当幹事の井ノ川だ。

そのせいで井ノ川は、高校時代のいじめ疑惑を検証するまとめ記事ができてしまっている。井ノ川を告発したMARICA――名前からおそらく木下まりかだろう――のSNSアカウントのトップを見ると、彼女は彼女で困ったことになってしまったようだが。

井ノ川にSNSの管理を依頼した理由は、メディアに顔と名前が出ている有名人だからだ。神輿《みこし》は派手で目立つに限る。名前だけでも彼女が幹事になってくれたら、同窓会は半分成功したようなものだった。だが彼女の多忙さとクラスメイトとの格差が、SNSの運営管理の熱量の低さに繋がったのかもしれない。俺の依頼の仕方にも、もちろん反省点はある。

いや、全部言い訳だ。俺が悪いのだ。

後悔している。

――すみません、覚えてないです。岸本さんって、いましたっけ？　忘れました。

たとえ本当でも、本人が見ていないとしても、あんなことは書くべきではなかった。

しかも、もっと悪いことに、あれは嘘だった。

「磯部、そろそろ上がっていいぞ」

考え事をしてしまっていた。

俺は目立たぬように頭を振って思考を切り替えると、店長に挨拶をし店を出た。近くの駐輪場に止めていた自転車にまたがり、大学時代から住んでいるアパートへ帰る。車は持っていないが、自転車で不自由していない。雪道でもこの自転車で通勤している。途中でいつものコンビニに立ち寄った。割引の弁当を買うためだ。居酒屋バイトは賄いが充実しているかと思いきや、実はそうでもない。北海の大将では、衛生管理徹底のため、社員バイト問わず店の残り物を口にすることが禁じられていた。

食い終わったら寝る。明日のために。夜に何かを考えても、ろくなことはない。


朝の目覚めはよいほうだ。シフトが入る日は深夜一時近くまでバイトをしているが、どんなに遅くなっても翌朝午前七時には起きて、朝食をきちんととる。休日も寝坊はしない。そういう生真面目な家庭に育ったし、そういう育てられ方をしたのは俺の誇りだ。

金や人は自分の力の及ばぬ理由で離れていくかもしれない。だが健康は、規則正しい生活で自分に繋ぎとめられる。健康な体があれば、バイトでも日雇いでも生きていける。

俺はテレビの横に置いてある家族の遺影に手を合わせてから、トーストを焼きコーヒーを淹れた。今日は所属する宗教法人『光の真《まこと》』の青年集会の日だ。宗教というと構えられるのが常だが、光の真は宗教というよりは慈善団体やボランティアのNPO法人に分類したほうが近いのではないかと思う。強引な勧誘や強欲な金集めとは無縁の光の真は『誰かの利のために動く』ことを第一信条としている。

集会では『友志《ゆうし》』と呼ばれる団員らが連れて来た新規の人たちに、自らの日常や友志としてどう生きているかを話す。十時からの集会の前に、札幌支部の前庭や玄関廊下など、人目に触れるところを掃除しておきたいから、八時過ぎにはアパートを出なくては。

俺の語りは自分でも上手いと思う。十三歳にして事故で家族全員を失った経験のインパクト、自分一人だけが生き残った事実、友志家庭に下宿させてもらって通った高校生活。奨学金はバイト代の中から今も返済し続けている。重い内容かもしれないが、そうであればあるほど、話しぶりは明るく軽いほうがいい。適度に肩の力を抜く喋り方が、誰に教わらなくてもできた。

たまにバイトだけでは大変でしょうと同情の目を向けられるが、俺は自分自身が楽になるためだけに正社員で働こうとは思っていない。正規雇用で得られるメリットと、曜日や時間帯を問わず教団の活動に注力できるというメリットを秤《はかり》にかけ、自信を持って後者を選んだ。

利他的な行動を取る。誰かのために動く。

俺の行動の燃料となっているこの考え方は、光の真の団員だった両親から受け継いだ。そう導いてくれたのだ。事故の痛手から救ってくれたのも、光の真の友志たちのおかげだ。

ごくたまに、夜が深い時間などに、違う生き方があったかもしれないと思うことはある。思いかけたことに気づくと、俺は考えるのを止める。離陸決心速度という言葉が航空用語にある。滑走を始めてその速度に達した飛行機は、たとえトラブルが発生したとしても離陸を中止することはできない。どうしたって飛ばねばならない。天涯孤独《てんがいこどく》になったとき、俺はその離陸決心速度を超えたのだと思っている。

とにかく学校祭実行委員をやったのは、思い出作りでもなければ、友達がいないからでもない。

岸本の見立ては外れていた。

だからといって、「おまえのことなど忘れた」と突き放すような書き込みをした言い訳にはならない。

後悔を噛みしめながら身支度を整え、出がけに鏡の前で表情筋のストレッチをして内省モードから切り替える。

『光の真』札幌支部までは、地下鉄駅にして五つほどの距離があるが、自転車で余裕だ。札幌駅周辺の交通量の多いところさえ抜けてしまえば、ある程度スピードも出せる。俺は左車線の端で自分のハムストリングスを鍛えるようにペダルを踏みながら、頭の中ですっかり話し慣れたトークの冒頭をさらった。

反射的にブレーキを握りしめそうになった。黒ずくめの服装で悄然《しょうぜん》とバス乗り場に並んでいるのが、井ノ川その人のように見えたのだ。

東京在住の井ノ川が札幌にいるはずがないが、俺はバス乗り場の列を過ぎたところで自転車を止め、振り向いた。若い女性は、曇り空の下で人目を避けるようにパーカーのフードを被《かぶ》っていた。ズボンには土汚れが付き、重そうなリュックを背負って視線を下げている彼女は、新千歳空港行きのバスを待っている。

卒業以来井ノ川には会ったことがないが、最近の顔を一番よく知るクラスメイトもまた井ノ川なのだった。ローカルアナウンサーの彼女が担当する番組のいくつかは、局の動画コンテンツで見ることができるからだ。俺は井ノ川にSNSを任せる際、当然彼女の近況を調べた。華やかだった彼女はいっそう磨かれて、まるで真っ赤な大輪の花が満を持して貴石の宝飾を手に入れたかのようで、さすがきらびやかな人種は違うなと変に感心したものだ。

黒ずくめの女は、井ノ川と同じきらびやかなオーラを発している。だが、ひどくみすぼらしく疲れ切っている様子だった。マスクもしている。

気にはなったが時間がなかった。人違いであれば謝って終わりだが、本当に当人だったとき、話をする時間がない。

俺は再びサドルにまたがり、立ち漕《こ》ぎでペダルを深く踏み込んだ。


「……目が覚めてしばらくして、一般病棟へ移った俺に、札幌支部長の梅沢《うめざわ》さんが両親と妹の死を教えてくれたんです。そのとき梅沢さんは泣いていました。でも俺は泣かなかった。意味がわからなかったからです。ついこの間までは家族で楽しく過ごして、定例集会にも家族の会にもみんなで参加して充実していたのに、なんで俺一人ってずっと思って、考え込みました。皆さんは自分がなぜ生きているのか、意味はあるのか、真剣に考えたことがありますか？　ここに足を運ぶような皆さんですから、普通の若い人たちよりは考えているでしょうね。でも、あのときの俺にはきっとかなわない。あ、もちろん自慢じゃないです。俺は腰の骨を折っていてベッドから動けなかったから、考えることしかできなかった。動けるようになったら、自殺しようっていう選択肢も含めてね」

人前で話すのが好きだ。言葉が届いているとわかる瞬間が好きだ。十六のパイプ椅子。男が二人、女が四人。三人の友志が一人ずつ連れてきてくれた。大学生もいた。講義がリモートになった影響で、人との触れ合いに飢えている彼らは、俺の話にも熱心に耳を傾けてくれる。だから俺は一生懸命に話す。彼らの役に立ちたい。

「でもあるとき梅沢さんがこう言ってくれました。君の試練はこれからの人生に必要な苦痛なんだって。社会生活には痛みを伴う役回りがありますが、みんな苦しくて痛いのなんて嫌だから、そういうのは避ける。必要不可欠なのにそこのポジションが空白になってしまう。でも役回りの痛みよりももっと強い痛みを知っていたら、あれにくらべたら大したことないってトライできる。言われて俺は、目からうろこが落ちた。あ、だとしたら、俺はそういう役目を担うために生き残ったんじゃないかって」

持ち時間は十五分だ。慣れもあって、聞き手の反応を窺いながらアレンジを加えても、ちょうどいい時間に収められるようになった。

「正直、友志の中にはこうやって話すのを面倒くさがる人もいます。聞いてもらえなかったり、何言ってんだって顔をされたりすることだってある。それって、やっぱり心が痛い。でも俺はもっとひどい苦痛を知ってるから、毎週やれるんです。もちろん、光の真の活動だけに限りません。日常生活でも。たとえば学校祭の実行委員なんて、みんなが楽しんでいるときにあくせく働かなきゃいけませんよね。でも俺、高校三年間毎年手を挙げました。体育祭の実行委員や修学旅行の委員も。学内推薦で進学したいだけなんでしょ、っていう人もいたけど違います。俺は一般入試で受験しました。推薦枠に入れたと思うけど、俺が一般入試を選べば推薦枠でしか合格できない誰かがきっと助かる。あとは同窓会の幹事。できれば誰かにやってほしいでしょ。俺、これもやってます。要は、人が嫌がることができるようになったんですよね。だから、人生には無意味なことなんて何一つないと、今は心から思います」

ここで終わってもよいのだが、友志が連れて来た女性の一人が目を潤ませているのに気づいたので、興が乗った俺はちょっとだけ付け加えた。

「痛みを伴う役回りだとしても、そこが自分の居場所だと覚悟すると、かなり楽になります。居場所というのは本当に重要です。これが自分の居場所だと胸を張れるところがない人は脆《もろ》いです。帰還する空母がない戦闘機で戦っているようなものだから。逆にここが自分の居場所だと思うところを見つけられたら、他人《ひと》になんて思われようが気にならない。年収とか社会的地位とかモテるモテないとかどうでもよくなる。人とくらべて承認欲求を満たそうとする必要がなくなるんです。皆さん。ここ、光の真に無理に入る必要は全然ないです。ただ、この話が皆さんの居場所づくりの手助けになったら嬉しいです」

話し終わって頭を下げると、室内にいた全員が精一杯の拍手をくれた。マスクをしていようが向けられる眼差《まなざ》しで受け入れられたとわかる。充足感がかすかな疲労も心地よさに変えてゆく。

三々五々参加者は退室していった。次は隣の部屋で光の真が制作したミニムービーの上映なのだった。主演は近年よく見る若手お笑い芸人で、彼らも東京本部に所属する友志であった。

「磯部さん」

人と人との間隔を開けるために、間引きしたパイプ椅子を元どおりの位置に戻している俺に声をかけてきたのは、光の真青年部の小山内《おさない》だった。傍らには目を潤ませていた女性が、ハンカチを握りしめて立っている。

「映画の前に、直接磯部さんと少し話をしたいんだって」

「あの……」

女性の声におや、となった。ちまたではちょっと耳にしないタイプの声質だったためだ。アニメに登場するツインテールの女の子ならしっくりくる、過剰に甘く幼い声。この甘さには覚えがあった。

「私、木田《きだ》と言います。小山内さんは同じ職場で知り合って……最近すごく親しくなったんです。あの……いろいろあって」

「木田……さん？」

木下の声とそっくりだが、木田と彼女は名乗った。だったら人違いなのだろう。木田の振る舞いも初対面の相手に対するそれだった。

小山内がにっこりした。「年が明けてから、感染症関連で世の中わやになっちゃったでしょ。彼女も職を失って」

「今回の感染症で、私追い詰められちゃった感じになって……一時期不安定になってしまったんです。で、よかれと思ってマスクをしていない人をＳＮＳに晒し上げて……。でも、小山内さんがたしなめてくれたんです。違うよ、それは自分のためにやってるよって」

「ほっとけなかっただけなのよ」小山内は木田の母親みたいな態度だ。「社会の粗や矛盾が見え過ぎちゃうのは、賢い証拠よね」

本当にこの人は木下じゃないのか。それとも三年六組のアニメ声の女は木田という名前だったか。自分の記憶が信じられなくなる。それほどそっくりな声だ。

「気晴らしでいいからって言われて、今日はここに来ました。正直、何の期待もしていなかったんですけど、今の話を聞いているうちになんだか感動しちゃって。中学生で天涯孤独になったのに、すごいです。しかも、人のためにっていう行動を十代から始めていて……頭が下がります」

俺は彼女をじっと見た。化粧のせいか顔の印象は違う。声を聞かなかったら、スルー案件だった。だとしたらやはり、人違いかもしれない。世の中には三人同じ顔の人間がいるらしいが、声もそうなのか。にしても似すぎだ。木下の声で木下かどうかわからない女が喋っている。腹話術を見ている気分だった。

「私、もし結婚して子どもができてもPTAとか絶対嫌だって思ってたんですけど、恥ずかしくなりました。自分のことしか考えてなくて……上手く言えないです、ごめんなさい」

「いえ、そうおっしゃっていただけて嬉しいです」

相槌を打ちながら、俺は頭をフル回転させた。

俺は高校時代そのまま磯部と名乗っている。学校祭実行委員も同窓会幹事も、クラス内での役目だ。にもかかわらず、目の前の人は他人の顔でいる。そういえば、私のクラスの実行委員や幹事も磯部という名前だったな、という気づきに至っていないのが、ありありとわかる。

じゃあ、やはり別人だ。

「今日ここに来てお話を聞けてよかったって思ったのを、どうしてもお伝えしたかったんです」

俺のことはきれいさっぱり覚えておらず、目を潤ませるまでした話の内容と合致するクラスメイトがいたことを、思い出しもしない。そんなことはきっとない。

――でも忘れられると思う。

腹の底にコールタールが広がる。口の中が乾く。忘れられていないと思う。思いたい。そんなことがもしあったら、滑稽すぎる。俺が馬鹿みたいじゃないか。別人だ。彼女は木田だ。木下じゃない。

「じゃ、上映会に行くね。今度はこっち」

小山内がにこやかに木田を促した。二人は会釈して去っていった。ドアが閉まった。小会議室は俺一人になった。

しばらくして、隣室からミニムービーの音声が漏れ聞こえてきた。俺はすべてのパイプ椅子を元あった位置に戻し、小会議室の体裁を整えて退室した。

――その点、嫌いは残るんだ。教えてあげるけど、忘れられるより嫌われるほうが上なんだよ。

岸本李矢を覚えているか、というSNSへの書き込みを見たとき、俺の中で捨て台詞への怒りが蘇《よみがえ》った。だから、あのときの怒りを晴らすために、忘れたと書き込んだ。あの言葉は、俺の献身の全否定だったから。

本当は忘れてなんていなかった。俺の中には確かに、あの夜の岸本が嫌悪感とともに残っていた。

家に帰ってテレビをつけた。北海道に出されていた緊急事態宣言が、明日をもって前倒しで解除されることが決まったと、ニュースが報じていた。

男三人女二人のグループが、小上がり付きの区画に通される。昨日からシフトに復帰した小見が、テーブル担当となっていた。さっそくおしぼりを渡しに行く。

「やっぱそれっぽいですね、磯部さん。背の高いほうの女性、前も来た気がします」

バイトの一人が耳打ちした。俺は「そうだな。でも過剰に気を遣うな。他にも客はいる」と釘《くぎ》を刺した。二十時スタートの当日予約も入っている。しかも二十人という団体だ。チェッカーは小見に任せる分、こちらは俺が手を挙げた。店内の客が増える時間帯は、トイレのチェックも普段よりまめにしなくてはならない。

「過去のチェッカーが来るとは、本社も人材不足かな」

戻ってくるなり言った小見も、件《くだん》の女性に気づいたようだ。

「バイトが一人急に休んだのかもしれないですね。土曜ですし」

俺の担当のテーブルブザーが鳴る。注文を入力するハンディターミナルを手に、該当テーブルに向かった。

追加オーダーのビールジョッキを運び終え、今のうちにトイレを一度見ておこうと思ったとき、「いらっしゃいませ」と大きな声が入り口で響いた。と同時に、大勢の人間の気配がどっと押し寄せる。とっさにそちらを見ると、案の定、大人数での来店だった。店で待ち合わせではなく、どこかで一度集まってから来たようだ。俺と同じ年代の男女たちだった。

先頭の女がにこやかに言った。

「一時間ほど前にお電話した三井です。急ですみません」

女はプチプラブランドのモデルのようなアイメイクに、ペールブルーの布マスクをつけていた。目元だけでも美人とわかるほどの迫力はないが、醸し出される善の気とでも言うのだろうか、それが彼女をはっと目を引く存在に底上げしていた。ワンピースの上にネイビーのノーカラージャケットをはおり、小さなペンダントトップのネックレスを胸に飾った姿は、オフィスとお出かけの中間みたいな雰囲気である。ただ、そのほかの連中はラフなスタイルが多い。

彼ら一群を、セッティング済みの宴会室に通す。俺は担当として、グループの代表らしい三井に予約内容の確認をし、飲み放題のドリンクメニューを渡した。

「じゃあ、みんなが決まったらこのブザー押しますね」マスクを下にずらした三井は愛想よく笑い、一拍置いて軽く首を傾けた。「私の顔、なんか変ですか?」

それぞれも好きなところに座り、話しだしていた。マスクはほとんどが外していた。

「ここ初めて来るかも」

「思ったより広いね」

既に暖まっている一同の空気は、結婚式の二次会を思わせた。仲が良いものだけで飲み直す感じ。忘年会や新年会の二次会もそうだ。とにかく二次会だ。集団で来店するのも、前のイベントから流れてくる客の特徴だ。当日予約だったのは、最初の会が思いのほか盛り上がったからか。

「ここに決めたの室田?」

俺は発言者を見た。大きくいかつい面相の男だった。ラグビー部員を思わせた。そいつの隣にいるのもデカかった。白麗高校にはラグビー部があり、クラスにも部員が二人いた。確か名前は富岡と足立。

「ううん、決めたのは私。室田がここに勤めてるから、安くしてもらえるかなって思っただけだけどね。ね、室田」

代表の三井が隣の女の顔を覗き込む。室田と呼ばれた女は、顔立ちは整っているが化粧が薄く、そのぶん薄幸そうに見えた。眉間にはほくろ。ビンディーみたいな。

どこからか放たれた銛《もり》が胸の奥深くに突き刺さった。鋭い痛みを大きな動作でごまかす。それっぽい連中なだけだ。木田だって声だけは似ていた。俺はいつもより激しく引き戸を開閉した。

背後で誰かが振り向いた気配がした。

「どうかしたのか、磯部」厨房前に戻ると小見が怪訝《けげん》そうな顔を向けた。「目が怖いぞ」

接客業で怖いと言われるのは、失格の烙印《らくいん》を押されるのと同義だ。俺は目を閉じ、さらに上下の瞼に力を込めた。ブザーが鳴る。小見がテーブル番号を確認し、ハンディターミナルを操作しながら向かった。

三井たちの宴会室から呼び出しがあった。ドリンクの注文だと思われた。店内は混みあってきた。緊急事態宣言は解除され、しかも土曜日。店が賑わうのは嬉しい。でもそんなことより彼らが気になる。二十名の男女。何かで彼らは集まった。どういう集まりなのか。光の真の青年部でも、もう少し年齢層に開きが出る。職場関係でもなさそうだ。店とのコネクションを期待されていたのは室田だけだ。

まるで――かつての級友同士のような。

引き戸を開けて座敷の中に入る。三井が軽く手を上げた。彼女は全員のドリンクと追加の一品料理をいくつかオーダーした。

「てか、集まれてほんとよかった。懐かしいな、やっぱ」

離れた席で女が言った。その近くで、次々と同意の声が生まれた。

「迷ったけど、来て正解だった。うちらは桜庭たちとは十年ぶりだしね」

「連休のは流れたけど、仲がいい奴《やつ》とだけ会えれば事足りるよな。正直南先生にもいい思い出ない」

「なんかこれだけでいいじゃんって感じだよ。延期後どうなるか決まってなさそう。カウントダウンも止まったままだし。遺言墨がどうとかいじめがどうとか変な書き込みもあったしさ」

「井ノ川、もともとやる気なさそうだったから。同窓会やれてても絶対来なかったろ」

「実際SNSに自分も出席するって一度も書き込まなかったもんな。欠席するもなかったけど」

「忙しいんだろ、しゃーない」

「富岡、かばうねー」

富岡と呼ばれたのは、あのガタイのいいラグビー部員みたいな男だった。

「それよりまとめ記事で叩かれたのがショックだったんじゃない？」

「え、何？　スキャンダル？」

「高校時代のいじめ首謀者っていう記事。記者が同窓会のSNSアカウント見てたんじゃね？」

「それ情報古い。最新は感染疑いの出社停止だろ」

「マジ？　今テレビ出てないの？」

「いや、それも古いわ。井ノ川の……」

「どうかしましたか？」

三井に声をかけられ、我に返る。離れた席での雑談に気を取られていた。三井の眉がかすかに動いた。俺は思い切って訊いた。

「こちら、同窓会の二次会とかですか？」

「そうなんです。高校の」

声をかけたら意外に集まっちゃってと、三井は昔の面影が残る人懐こい笑顔を見せた。


その夜の俺は散々だった。

「磯部。ちょっといいか」

営業時間が終わり、片付けと翌日の準備に入るや、俺は店長からバックヤードに呼ばれた。マスクで顔の下半分を隠しながら、それでもはっきりと渋い表情だった。

「どうしたんだ。おまえ、今日いくつミスした？　チェッカーが入ってたってのに」

店長は理由を訊かなかった。そりゃそうだろう。理由があろうと起こしたミスが消えてなくなりはしない。オーダー入力を間違えたり、料理を運ぶテーブルを間違えたり、予約電話の応対をしくじったり、トイレの定時チェックも一つ飛ばしてしまった。新人のころでさえしなかったミスの一部は、おそらく本社へのクレームに繋がっている。チェッカーグループからも報告は行くだろう。

　俺はただ頭を垂れて謝るしかなかった。店長は溜め息大会があれば優勝できそうなでかい溜め息をついて、今日はさっさと上がれと突き放した。

　宴会の間、俺は「もしかして白麗高校三年六組の集まりですか？」と尋ねはしなかった。だが、彼らが店を出る際、三井のほうから話しかけてきた。俺の胸のネームプレートを見ながら。違っていたらすまないが、もしかして同級生の磯部ではないか、と。

　もしかして童貞ですか？　と尋ねられたほうがマシだった。

　それでも俺は頷いて認めた。認めなければ事実が変わるなら意地も張るが、そうではないのだから。

　答えを受け取った三井ははっきりと申し訳なさそうな顔で、「同窓会でまた会おうね」と言った。「私に手伝えることがあったら連絡して」とも。

「どうも」そのときなんとか絞り出した言葉は、俺の信条とは真逆のものだった。「でも、幹事の仕事なんてやっても、別にいいことないよ。三井も今日でわかったと思うけど。めんどくさいだけだったろ？」

　ペダルを漕ぐ帰途のさなかも、三井らの顔がちらついた。

　彼らはいつ気がついたのだろう。テーブル担当のバイトがかつての同級生だと。

――なあ、あいつ磯部じゃね？　同窓会幹事の。

――やべー、あいつ無視して集まったってバレたじゃん。俺ならいたたまれねえ。自分ハブられての同窓会とか。

——いいよ、仕方ないよ。気にしないで楽しもう？　せっかく集まったんだし。

——まあクラス全員が集まれば楽しいってもんでもないしな。

こんな会話が繰り広げられたのだろう。そして、うわの空でミスを重ねた俺を嗤い、呆れ、同情したのだ。俺は彼らのテーブルでもミスをしてしまった。

きっかり二時間で店を出た彼らが、その後三次会をしたかどうかは知らない。

赤信号を無視してペダルを踏み込む。走行車両は少ない。空車のタクシーが西から迫っているだけだった。

クラスメイトのために、みんながやりたがらないことをやってきた。見返りを求めたつもりはない。自分の信条に従っただけだからだ。

だが、自分の働きにそっぽを向かれたあげく、秘密裏に代替のイベントを開かれ、そちらのほうがいいと思われるのは、苦しい。

俺はコンビニに寄らずにアパートの部屋に戻った。

座卓の上に輪ゴムでまとめてある返信用はがきの数を数える。お流れになった同窓会へのものだ。二十六枚。うち出席に印をつけていたのは、十四枚だった。

あの場にいなかった井ノ川と花田のグループから三名。それ以外から十一名。俺が幹事をする同窓会へイエスと言った面子だ。

この中でも井ノ川がＳＮＳ担当幹事でなかったら、欠席に丸をした人がいるに違いない。カースト上位層だった連中は、タイムカプセルには興味などなかったのだから。

三井の呼びかけには二十名が集まった。彼女はおそらく俺よりは利他的行動を意識していない。

俺はその場に寝ころんだ。薄いカーペットを敷いた床は埃とカビが混じりあったようなにおいがした。天井から吊《つ》り下げられた四角い笠《かさ》の電灯が、白い光で眼球を刺した。俺は目をつぶった。光の真に来た女性も木下だったように思えてくる。

――でも忘れられると思う。このクラスの連中、あんたのことなんて見てないからね。

ふっと笑いが漏れた。

どうして笑ったのか、自分でも意味不明だった。楽しいことなんて今日は一つもなかった。でも、笑ってしまう。

「そうか」

人は滑稽な何かに遭遇すれば笑うものなのだ。それがたとえ自分自身だとしても。

滑稽に生きてきた集大成が今日だ。

――その点、嫌いは残るんだ。教えてあげるけど、忘れられるより嫌われるほうが上なんだよ。

違う生き方なんて、俺にあったのか。

なぜだか無性に岸本に会いたかった。

井ノ川ふたたび

校庭を後にしてバス停へ向かう道すがら、背後では花火が打ち上がる音がしていた。そのたびに生徒たちの歓声は大きくなった。

「やっぱ、ちょっと見ていく？」

木下が惜しむようにそちらを振り返る。

「パッチーニのほうがいいじゃん」

そう返した花田も、音の方角へ視線をやった。

振り向くのは二人だけではなかった。嵯峨も中山も安生も我妻も、一緒に別の場所へ行こうとしている私以外の全員が、何度も立ち止まって後ろを向き、貧弱でいびつな花火を眺めやった。

私だけが前を見ていた。

卒業したら、今一緒にいる彼らとは会わない。いや、彼らに限ったことではない。私は全員と会わない。今はたまたま人生の糸が交差しているだけ。

吹奏楽部も頑張ったが、同じように受験勉強も入学時から準備している。そんなこと、誰も知らないだろう。ロードマップの全容などわざわざ話すことでもない。

「うちら抜けて怒られるかなあ?」

「別に自由だろ、そんなの」

「岸本もいたよ。何入れるんだろう?」

「花田へのラブレターだったりしてな」

「だからやめろ、その話題は」

「学校祭終わったら受験か」

「富岡がW大の学内推薦もらえるらしい」

「マジかよ、上手くやったな」

彼らの無駄話もきっと忘れる。

空に瞬く星々がはっきりとしだした。あの赤く輝くのはきっとアンタレスだ。

私はみんなとは見ている空が違う。見えている星が違う。

＊

地べたに座り込み、プレハブ小屋に背を預けて夜空を見上げる。

十年前にはなかった街路照明や、住宅から漏れる光が邪魔をして、一等星ですらよく見えない。

もちろん、あの学校祭の日に見つけたアンタレスなんか、どこにもない。

その夜空もゆらゆらと滲む。

私は頬を流れ落ちる涙を、軍手をはめた手で拭った。こんなことになるなんて、夢にも思っていなかった。どうすればよかったんだろう。何か間違えたのか。こうするしかないと思ってここに来たのに、何一つ上手くいかないまま、途方に暮れている。

何もかも諦めてここで眠ろうか。諦めたら楽になれるのはわかっている。もうずっと不眠だった。ベッドに入ればたちまち心臓がどきどきと打ち、脳が張り詰めて覚醒する。

スマートフォンに何かの通知が入った。私は確認せず、空を見上げ続けた。

眠りたい。いつからこんなことになった？

もう一度目の下を拭う。タイムカプセル、岸本、遺言墨、感染症。

感染症――出社停止になってから、すべてがおかしくなった。いや、今までもボタンは掛け違えていたのかもしれないが。明るみに出たのは、あの日からだ。

今から十日ほど前。大型連休も終わった翌週の月曜。

素晴らしく晴れた日だった。


素晴らしい晴天を、一本の電話が台無しにした。

午前十時過ぎ、私はまるで犯罪者のような気分で、保健所から手配された車に乗り込んだ。少なからず動揺もしていた。おそらく、同乗のディレクターとカメラマンも同じだったと思う。私たちは新型ウイルス感染の疑いをかけられたのだ。

乗った車はワゴンだった。私たちは後部座席に座った。前方の席とはアクリル板で分断されていた。迎えに来た職員は白い防護服を身に着けていて、完全に病原体に接する構えだった。そもそも私たちが局内にいるとわかると、そこから一歩も動くなと厳命されたのだ。私たちが座ったり触れたりした場所は、徹底的に消毒されるのだろう。

もうあと五分連絡が遅ければ、私は地元球団のルーキーたちにインタビューしていた。新型ウイルスのせいで遅れに遅れたプロ野球の開幕が、五月末に決まったからだ。

ワゴン車の中では誰一人として喋らなかった。私を含めて症状は誰も出ていない。だから出社したわけだが、ゆえに私たちは互いを疑った。この車内で感染させられるのではないかと。

連休明けに取材した寿司屋の店主が、発症し入院した。芋づる式に私たちは濃厚接触者となり、PCR検査を受けに行かなければならなくなったのだ。上からは二週間出勤停止と言い渡された。ディレクターやカメラマンは裏方だからまだいい。でも私は映される側だ。朝番組のレギュラーを持っている。出演しない理由は、必ず公にされる。

そして、口さがない噂話の種になるのだ。誰と濃厚接触したとか、そういう類の。

木下のせいで、ただでさえ面倒なことになっているというのにと、私は密かに歯噛みした。

ユーザーネームMARICAが同窓会SNSにとんでもない書き込みをしたのは、連休中だった。MARICAが木下の表アカウントだと推察するのは、小学生の足し算の問題くらい簡単だった。当然削除したが、削除する前に確認した書き込みのインプレッションは、四桁に及ぼうとしていた。それだけ誰かの目に触れたということだ。

誰かの目に触れた事実を証明するように、ほどなくまとめブログの記事にもなった。

『美人ローカルアナウンサー井ノ川東子は性格最悪？　高校時代にいじめをしていたという噂も！』

この手のまとめブログ記事は、大体適当な内容だ。書いている人間もサイトの運営者も、アクセス数さえ稼げればいいというスタンスで、致命的なダメージではなかった。いじめの証拠もない。無視すればいい。芸能人がどこを整形したとかいう記事と同列なのだ。

だが――私の胸に生まれた暗雲は消えない。

おろしたての白いブラウスに泥を撥ねられたような。その些細な染みを落としたくても落とせないような。逆にますます広がるような。

私は車窓に貼られたスモークフィルム越しに外界を見た。日差しに眩しく照らされたアスファルト。暖かくなった。車両も歩道を歩く人の数も、一時期にくらべて増えた。

新型ウイルスに感染した際の初期症状は、風邪によく似ている。だとしたら、冬に感染が拡大し、暖かくなれば自然と下火になるのもわかる気がする。

首都圏の感染者数は連休明けから急激に減少していた。

検査を終えて、私は自宅待機となった。検査結果はおおむね二日後には出るという。しかし、仮に陰性となったとしても念のために二週間の出社停止はそのままという通達を受けた。

　陰性結果の後に症状が出て、再検査で陽性になる人がいる、万が一があってはいけない、リスクは完全に潰しておく、他業種はこれほど厳しくないのにと思うだろうが、マスコミというのは、それだけ責任が重い職種なのだと、スマホの向こうのアナウンス部長から言い含められ、私は従うしかなかった。本当に万が一、たとえば検査を受ける直前に感染していたとして、その後二次三次の感染を生んでしまったとき、私は責任の取り様がない。私が濃厚接触者になったということは、局のサイトで小さく発表されてしまっていた。他の二人が表に出ないぶん、下手を打ったときに叩かれるのは私だ。

　無罪放免《むざいほうめん》のお墨付《すみつ》きが出るまで、一歩も外へ出ないのが賢明だろう。私は食料や生活用品を確認した。心もとないものは、通販を利用するしかない。

　体温計で平熱であることを確認して体調管理アプリに入力し、とりあえずリビングのソファに座った。自社のチャンネルを見る気にはなれず、スマートフォンをいじる。

　先日の木下の書き込み以来、スマホを手にしたときは、必ずと言っていいほど木下のSNSアカウントを覗いてしまう。フォローはしていないが、リストに突っ込んでいる。鍵をかけられてしまえばどうしようもないが、木下は自分の投稿を非公開にすることはないだろうと私は見ていた。

　私を貶めた書き込みをする数日前、木下はいわゆるバズりを経験していた。エリア外のナンバーの車両を晒し上げるもので、私は投稿した木下にも、それを好意的に受け入れ拡散した大多数にも不愉快さと恐怖を覚えたが、当の木下は大いに承認欲求を満たしたに違いない。削除した木下の書き込みが四桁近いインプレッションだったのも、バズりで一時的に増えた彼女のフォロワーが追いかけてきたせいだろう。

ただ、バズった投稿はトラブルを招いた。それはいつの間にか削除され、新しい書き込みもない。アカウントを生かしているのは、トップの謝罪文を残すためだろう。ゆえに鍵をかけられないのだ。

いい気味だ。粗悪な糖分を煮詰めたような声で、誰よりも言葉の刃《やいば》を向けていたのは木下だった。あの声は耳に残る。あれを聞けば、誰だって主犯は木下だと思う。岸本に恨んでいる相手がいるとしたら木下のはずだ。

同窓会SNSに遺言墨についての書き込みが初めてあったときに、木下が送って来たメールを、あらためて読み返す。

『大変だね』

『花田はヤバい臭いがするとか言ってるし、一応知っているこのアドレスにメールしました』

このメールは、伏線を張る狙いだったのだ。木下は遺言墨の話題がいじめについて移行していくと読み、ヤバい臭いという言葉を使って、私に揺さぶりをかけた。動揺したあげくに下手な反論レスポンスをつけて、炎上すればいいとでも思っていたのだろう。しかし、最初に捨て垢から放たれた火矢に狙われていたのは、木下のほうだった。

私は木下の心理を推察し、首をゆるく振った。さぞ慌てたに違いない。書き込みを削除しろと訴えてきた文面からも、それが窺えた。責任転嫁《てんか》の反撃に出たのは、きっとあのバズりがきっかけだ。あれで自分に理と力があると勘違いした。

SNSのこういうところが嫌いだ。誰でも言葉を発信できるから、自分が世間に物申せる立場に立ったと愚か者を勘違いさせる。何者かになれたような思い上がりを招く。有象無象が必死に自分を見ろ認めろと、貧弱な武器をさも大層なもののように掲げて必死に叫んでいる。それがSNSの世界だ。

滝本がメッセージをよこした。

『井ノ川さん、お元気ですか？　緊急事態宣言、東京は明日にも解除だそうですよ。速報出ました。復帰を待っています』

私は無意識に顎に手を当てて考え込んだ。緊急事態宣言が解除され日常が戻ってくるこのタイミングで濃厚接触者になってしまったのは、つくづくついていない。マスコミを志してから今まで順調にキャリアを積んでいたのに、こんなことで躓《つまず》くのは心外だが、相手は感染症だ。

誰もこんな事態を予測していなかった。未来が本当にわかるというなら、占い師の誰か一人くらいは未曽有《みぞう》の感染症禍に見舞われると予言していたっていい。つまりは誰もわからないアクシデントだった。

少女時代に作り上げた私のロードマップと現在が、どうにもならない力によって乖離《かいり》していく。

小学校五年生の社会の授業中に、教諭が教科書から逸れて産業の分類を話し始めた。なぜそんな脱線をしたのか細かくは覚えていない。ただ、四時間目だったこと、味噌ラーメンの匂いが漂ってきていたこと、朝からの秋雨が上がりかけていた空は頭に残っている。

教諭は「世の中にはいろいろな仕事があり、それらは内容によって第一次産業などと分類される」と大まかに話したのち、「たとえば、井ノ川」と私の名を呼んで質問した。

「おまえのお父さんは何の仕事をしている？」

これは冷静に考えれば、プライバシー、個人情報といったものを侵害していて、問題になっていてもおかしくなかった。実際は問題にはならなかった。

「新聞社に勤めています」

子どもでも知っている大手新聞社の名前を口にすると、クラスのそこここから「おおー」というような声が上がり、教諭は満足そうに頷いた。

「井ノ川のお父さんの記名記事はたまに見るからな」

だからこそ、私が当てられたのかもしれない。父の勤務先は公に開示されているみたいなものだったから。それだけ特別で重要な仕事なのだと、私は子ども心に思った。

自分も将来マスコミ業界に行きたいと意識したのは、あのときだ。すぐに自分のロードマップを作成した。父と同じ新聞社ではなくテレビ局のアナウンサーを目指したのは、自分の容姿を加味して適性がそちらにあると判断したためだ。父に頼んで、関連局のスタジオも見学させてもらった。参考になるかもしれないと、当時マスコミ業界を舞台にしていた連続ドラマも見た。

自分とその他。個と大衆。より高いところへ行くには自分自身を高めなくてはいけない。努力はその日から始めた。勉強は言うまでもない、それは普通の努力だ。姿勢、歩きかた、表情。私は両親にすらパジャマ姿を見せなくなった。気を抜いている様は美しくない。アナウンサーになってメディアに出るのであれば、見た目に気を遣うのは当然だった。

「家庭教師じゃ駄目なの？」進学塾に行きたいとねだると、母はいい顔をしなかった。「みんなと一緒にやるよりも、あなたには個人レッスンが向いているんじゃない？　フルートもそうでしょう？」

私はあくまでその他と席を並べる進学塾を望んだ。人の上に立つために人を知りたいと思ったのだ。平均に近ければなおいい。人数が多いからだ。マスコミ業界に入れば自然と自分の周囲は変わる。リアルな『その他大勢』を知るには、学生時代にあえてそういう環境に飛び込む必要がある。環境に染まらず努力する自信はあった。

キー局に合格できなかったのは唯一残念だったが、私の人生はおおむねプランどおりに進んでいた。

今年の一月までは。

日がな家にいれば、さほど空腹感も覚えないものだ。掃除も必要最小限に済ませた。私はゲームや映画鑑賞など、家の中で没頭できるような趣味を持ち合わせていなかった。フルートとも上京を機に遠ざかった。防音室でもなければ、とても一人暮らしの部屋では吹き鳴らせないからだ。

こんなときこそ、好きに奏でられる音楽があれば気晴らしになっただろう。私はただの濃厚接触からの感染疑いであり、循環器には何ら症状がないのだ。私は銀色に輝く適度な重みの相棒を、懐かしく思い返した。私の真の友人はフルートだけだった。初めて手に取った八歳の誕生日から。

自宅待機を始めてから三日、私は生産的なことはほとんどしなかった。ただそこらに座り、ときどきスマホをいじってSNSでエゴサーチをし、体温を測り、アナウンス部に体調を報告し、たまにテレビを眺める、そんな時間を過ごした。退屈で仕方がなく、そのうち退屈である現状がかすかな焦りを呼び込んだ。焦りのせいか、それとも閉じこもって動かないせいか、夜が深くなっても眠気は来ない。無理やりベッドに入っては、長い時間いろんなことを考えながら寝返りを打ち続ける。私は自分のことを、巣穴に潜ったはいいが冬眠できなかった動物みたいだと思った。

就職してから、私はこれほど長い休暇を得たことがなかった。

自宅でできる筋トレを番組内で紹介したことがあったなと、とりとめもなく思いながらトイレを済ませたあと、私はふと鏡を見た。

ノーメイクで髪の毛も整えられていない無防備な己の顔と出くわし、思わずたじろいだ。鏡を見る際は少なからず意識するものだが、そのときは何の心構えもなかった。鏡の中には、ありのままの自分がいた。アナウンサーという肩書きのない、二十八歳の一般人女性。

一瞬動揺したが、次にはつくづくと自分自身を観察してしまった。私は中学生のときから、美しく見えるためには絶対必要な部分に、薄く化粧をしていた。そのため、少し作った顔が自分自身だと錯覚しかけていたようだ。頰の高いところに染みの予備軍がある。右の下まつげが薄いのが気になる。頰の毛穴が少々開いているのではないか。十年前にくらべると肌の張りはさすがに失われ、輪郭もぼやけつつあるかもしれない。表情によっては目元にうっすらと皺が寄る。あと何年テレビに出られる？　新人は毎年入社してくる。今の番組のメインキャスターは先輩だが、滝本は後輩だ。アナウンス部にいる女性は、ある一定の年齢を過ぎたらほとんどがカメラの前には立たなくなる。適当な役職とともに、ラジオやナレーションメインになるか退職していく。多少技術が拙くても、若くてルックスのいい女子アナが席を得ていく。新陳代謝だ。

肩を叩かれる前に実績を積み、フリーになりたい。年齢を重ねても最前線で活躍したい。だからこそ──私は吐息でわずかに曇った鏡に、指先で触れた──とっくに縁を切ったはずの高校時代に足を引っ張られたくない。私は今、彼らとは違う世界にいる。持って生まれたギフトに運ばれたのではなく、自力で来た。私は努力したねとねぎらわれれば迷わず頷けるほどには努力したのだ。

木下は気晴らしのつもりの中傷だったのかもしれない。感染症のせいでみんなストレスを溜めている。でも、同じ中傷でも木下と私では失うものが違い過ぎる。

その日も眠気を待ち続けて日付が変わった。私はサイドボードにしまってあった貰《もら》い物《もの》のウイスキーの封を切り、グラスに一センチほど注いだ。酒は滝本の瞳と同じ色をしていた。強いスタジオライトを浴びたとき、滝本の瞳はきれいなライトブラウンに透けるのだ。

滝本からは毎日メッセージが来た。

『井ノ川さんがいないスタジオは輝きが足りない！』

『インタビューに行ってきます』

『ネット記事とかああいうの、気にしないでいいですよ！』

どんなことを言っても好感度を下げなかった滝本だが、そのメッセージを見たときだけは別だった。私は適当なスタンプを返した。高校時代にいじめをしていたとまとめられたあの記事を、滝本も読んだのだと思いながら。

＊

懐かしい匂いが鼻先を過ぎゆく。三年六組の教室は、ほのかな土と緑の匂いがした。白麗高校の周囲に広がる畑の匂いだ。窓際の私の席は、廊下側より強くそれが嗅ぎ取れた。

腰かけると、席の座面は日光で温められていた。机の面もだ。その面が翳《かげ》る。すぐ前に木下が立ったのだ。

私の周りには必ず三人が近づいてくる。木下、それから安生と我妻。

「ていうかさあ、普通する？　告白」

木下は私の机の縁に軽く尻を乗せた。木下はいつもこうだ。ときどきひどく馴れ馴れしいと感じる。私の近くにいるだけで、自分も女王になれると思っているみたいだ。単に輝きのおこぼれを受け取っているだけなのに。反射は自分の輝きじゃないのに。

あるいは私に近づくことで、近づくことを許された地位なのだとアピールしているのかもしれなかった。木下の承認欲求の強さは、安生と我妻の比ではない。

まあいい。ただ、私のおこぼれをもらう以上、相応の仕事はしてもらいたい。

席に戻ってくる前まで、私たちはトイレにいた。鏡を前に髪を整え、教師に睨まれない程度に施したナチュラルメイクを直すのは、休み時間のルーティンだ。そのとき、流した前髪にスプレーを吹きかける木下の隣で、こう呟いた。

「相応のランクじゃないと花田には釣り合わないのにね」

私は木下にどうすればいいのかを教えたのだ。

教室へ戻ったとたん、木下があの子を狙い撃ちしだした。木下は役目を心得たのだ。だから不遜にも私の机に乗せた尻には何も言わない。かと言って加勢もしない。あとはまかせた。私は手の中の携帯でグーグルを出し、検索窓に『四大卒　女子アナ』と入れた。何度も検索しているワードだ。

「花田もさあ、迷惑じゃん」

木下の言っていることは正しい。私は自分の気持ちを相手に押しつける行為が嫌いだ。規律からの逸脱も嫌いだ。下位がつけあがることは許されない。

あの子の告白は、両方に該当している。

私にはあの子が理解できなかった。もしも私が彼女レベルの容姿に生まれ、才能や学力においても突出するものがなければ、もっと謙虚に悪目立ちしないように過ごす。もちろん、無害な人物であると主張するためにも、真摯《しんし》な努力は怠らない。吹奏楽部におけるあの子の練習態度は不真面目で、なおかつそれを悪びれることもなかった。「笑顔は最高の化粧」などとうそぶき、へらへらしているだけ。笑えば許されると思っている。

違う。笑えば許されるのは美しい人だけだ。不細工が同じことをしても駄目なのだ。もっと言うならば、己の失態を正当に償わない人間など、美醜に拘《かか》わらず浅ましい。

あの子はカースト最下層だ。もはやカースト外といってもいい。同じ基準内で語るのすら憚られる存在。だがあの子はそのカーストを受け入れない。自分は他の誰とも同等だという顔で振舞う。彼女以外は序列を受け入れて生きているのに、最下層が「そんなの受け入れません」と上位と同じように振る舞えば、総スカンを食らって当然なのだ。

クラスのためにもならない。クラスというか、集団か。とにかく逸脱している――。

逸脱という言葉に引きずられて脳裏に現れたのは、岸本じゃなかった。ほどよく日焼けした肌に並びのいい白い歯。際立った容姿ではないのに、妙に気になる。実際あの子は様々な場面にいる。彼女はカーストに縛られず、好きに話しかけ交流する。ときには岸本にさえ。さらには、この私にも。

要《い》らないものを未来に持って行くつもりはないが、おそらく彼女のことは忘れない。

三井。彼女こそが岸本よりも逸脱している、真のカーストエラーだ。

――井ノ川！　ファイト！

他のクラスメイトは三井のことをカーストエラーではなく、私たちのグループよりは下の二番手クラスと見ていると思う。誰もに働きかけられるのは明るく気さくな性格ゆえだと。でも私は、三井をカースト制度の縛りを受けない治外法権を有した存在と見なしている。カーストの縛りを受けないということは、彼女の中で全員が同列、つまりは岸本も私も同じだ。

本来それは許し難い思想だ。だが私は三井を処罰せず看過してしまっている。

なぜ見過ごす？

痺《しび》れを伴う苦さが胸に広がる。

三井の姿は教室になかった。いれば岸本に助け舟を出しただろうか。

検索画面の中に、局アナからフリーに転身したアナウンサーのブログを見つけた。最近できたもののようだ。あまり有名ではない人だったが、迷わずアクセスする。木下の岸本に対する蔑みは続く。

「告白ってことはさ、もしかしたら付き合えるかもって思ってた、ってことでしょ？　だよね、普通そうだよね。告白すれば、もしかしたら花田も私のことを、って」

木下も岸本のわきまえない告白に対して、腹に据えかねているのがわかる。しかしそれは、私の苛立ちとは違う要素もある。木下は花田に対して好意を抱いているが、花田の目は木下よりも上位の私に向けられている。私が相手では表立って不満を漏らせない。ゆえに下位の岸本に対して、なおのことときつくなるのだ。

花田に好意を持つ女子は多い。岸本へのヘイトは加速する。

それにしても、なぜ誰もかれも恋愛に興味を持つのか？　以前木下が仕入れてきた遺言墨のエピソードも、岸本のような立場の女子が花田みたいな男子に告白するものだった。つまらない話だと思ったが、あれを面白いと受け取る生徒が多かったからこそ、校内に広まったのだとも言える。情報の伝達に民衆の興味が強く関わる好例だ。

「何それ？」

安生が私の携帯を覗き込もうとした。私は咎めず、無言で携帯を折り畳んだ。安生はすぐに黒板に目を移した。私が将来マスコミ業界への就職を考えていることは、進路指導の先生にも言っていない。私が望む未来は私が自力で摑《つか》み取る。

「立ち位置が違うのに、付き合えるってなんで思うかな？　すごくない？　その勘違いが」

私はもう一度携帯を広げた。画面を見るふりをしながら、反射を利用して背後を窺う。あの子は後方の席で一人ぼんやりと口元をいじっている。だが、木下の声が聞こえていないとは思えなかった。あんな特徴的な声、一歩間違えれば騒音公害だ。

何を言われてもあの子は泣きださない。表情はほとんど変わらない。

本当はふらふらなのに、効いていないアピールをするボクサーみたいだ。誰と戦っていて、誰に対してのアピールなのか。

それまで口を挟まずにいた我妻と、私に塩対応された安生も、岸本が花田を呼び出し告白したことに対して、言い立て始めた。素直に呼び出された花田の自己責任が問われそうな流れで、木下は口調を鋭くした。

「ないない。それはないよ。なんで花田が責められるの」

これについても木下が正しい。花田が呼び出しに応じなくても岸本は諦めず、必ず告白するまで付きまとったはずだ。

「出しゃばって告白する方が悪いよ。大体さあ……」

あの子に目をつけられた時点で、これは避けられなかったことなのだ。ならば、花田にとってこれは。

「もらい事故」

思いついた単語を、そのまま口に出した。教室内にいた全員の注意が自分へ向けられたのを感じる。私は彼らの注目を受け流し、携帯の画面を眺め続けながら言った。

「花田にとっては、もらい事故みたいなもの。全責任は相手方にある」

カーストという規律を無視したあの子の過失だ。彼女はルールをわかっていない。クラスでも部活でも、あの子の振る舞いに対しては、誰もがそれとなく不快を表明していたのに、当人は私がそうするのだからいい、私が主人公なのだと胸を張り続ける。

それを是とする価値観を、否定はしない。誰もがオンリーワンだと高らかに歌う曲も昔あった。自分の人生の中で自分が主役なのは当たり前だ。でも、集団の中でも私が主人公だと他者相手に振る舞うのは、間違いなく非だ。集団の主役は自分一人で決めるものではない。集団が決めるのだ。あの子はいわばコミュニティの決まりごとなどどうでもいいと開き直り、自分の価値観がすべてだとばかりに勝手をし続けるテロリストで、花田への告白は、価値観を押しつけにかかったテロリズムだ。

のさばらせるほうがどうかしている。

私は携帯の角度を整え、また画面に映るあの子を見た。あの子は相も変わらず効いていないという顔をしている――。

と、ぼんやり前方斜め下の虚空《こくう》に落とされていた一重の目が、唐突に上がった。灰色の液晶の中、あの子の白い顔と細い目が私を見た。

目が合った。

視線が合ったということは、あの子はこの携帯を見たのだ。反射が眩しかった？　それなら黙って虚空を見つめ続けていればいい。わざと眩しいこちらを向いた理由は一つだ。あの子はわかっていた。私が携帯を見るふりをして、あの子を見ていたことを。

木下の嫌味には何も返さず、あの子は私を見てきた。

なるほど。ひどく効いてはいるのか。私を見ずにいられないほどには。

私は携帯のバックボタンを押して、ホーム画面に戻った。

「でも、後悔したって、過去はどうしようもないわけだから」

液晶の中のあの子をぺしゃんこにするように、音を立てて携帯を折り畳む。

「だから気にしないで」

あの子の名前は……出席番号が木下の前だから……ああ、そうだ。

「岸本さん」

これから先、木下たちからいっそうあれこれ言われるだろう。もらい事故の一言で、責任の所在がはっきりしたから。でも、過去はどうしようもないから、言われ続けるしかない。規範を乱した異端児が悪い。木下たちの行動を変えようとしても無駄だ。

幸いにも、身体には誰も危害を加えない。こちら側が不利になるような処罰はしない。あくまで心だ。心に攻撃されているのなら、自分で効いていないことにすればいい。

私は席を立ち、振り向いた。反射を使わず、この目で岸本を見た。

岸本も私を見ていた。不覚にもたじろいだ。仇を見る目だったからだ。

ささやかな怒りを私は心の底でひねりつぶした。勝つのは私に決まっている。私は上に立つ人間。あの子は気にしないと自分をごまかし続けるしか、この先もなす術《すべ》はない——。

*

かっと目を開くと、部屋はまだ暗かった。デジタル時計の蛍光表示は午前一時をわずかに回ったばかりで、一時間も眠っていない。私は首筋に手をやった。滑るほど寝汗をかいている。悪夢のせいに違いなかったが、実際のところあれは悪夢ではなく、取るに足らぬとあえて沈めていた記憶そのままなのだった。

部屋の暗がりの中に、憎々しげにこちらを見る目が浮かび上がる。カーテンの向こうで外が白んできても、私はまんじりともできなかった。


気にしないで。

言葉だけならば、励ましに聞こえる。あの教室にいた生徒たちは、厄介者に情けをかけたと思ったただろう。私もそれを計算して言った。

でも、本当の意味は違う。気にするな、を言い換えれば、あなたの問題だ、である。どんなに辛かろうが、それを解決するのはあなたの気の持ちようだ、ということ。

私なら木下の舌鋒《ぜっぽう》を止めることができたし、あの子だってそれを期待していたかもしれない。気にしないで――あれは、私はあなたを助けないという宣言だった。

あの子がそれに気づくとは思わなかった。

だが目が合った。岸本はあのときからすでに私をロックオンしていたのだ。先頭に立っていじめていた木下ではなく、私を。


その日の朝、つい合わせてしまった自局の朝番組で、滝本が私のポジションにいるのを見てしまった。滝本は朝番組らしく明るい笑顔で滞りなくスポーツコーナーを進行し、何の問題もなかった。私がいないのに、不自然さはなかった。

番組のハッシュタグで検索してみた。

『滝本アナ可愛いな』

『もうずっと滝本ちゃんでいい』

『いじめ井ノ川いらない』

『井ノ川ＢＢＡのあの噂マジだと思う。イジメしそうな顔してる』

『そもそも井ノ川は技術が駄目。ラ行の発音悪すぎ』

滝本が好意的に受け止められているのに対し、私は真逆だった。素人にはわからない程度のはずだが、克服しようと密かに鍛錬している不得手まで突かれてしまった。

まとめ記事のことまで知っている滝本だ。こういう視聴者の反応も承知しているだろう。私の復帰を待ち焦がれるようなトークの内容も、とたんに嘘臭く感じられる。

露出が増えた滝本を紹介するネットのエンタメ記事も、さっそく出ていた。

陰性の検査結果が出たという連絡をもらっても、私の気分は晴れなかった。待機期間はまだ明けない。

世間が私を置き去りに健全化しつつあるのが、もどかしさを募らせた。連休までは感染を極端に恐れ、木下みたいに自粛警察めいた行動に走る者も全国各地に多くいたが、発表される感染者数が日ごとに減るにつれて、首都圏は目に見えて落ち着きを取り戻している。

緊急事態宣言もようやく解除された。まだ陽性率や病床の逼迫《ひっぱく》状況などの基準を満たしていない一部地域――北海道が含まれている――を除いて。だがその一部地域も順を追って解除される予定だ。

私は一日も早く仕事に復帰したかった。好きなことを言われ、決めつけられこき下ろされるのはもう嫌だ。誠実な仕事ぶりを見せることで名誉挽回したいのに、社命のせいで手も足も出ない。

スマホを手放して、私はソファの上に立てた膝頭の間に額を埋めた。窓からの五月の日差しが苛立たしくなるほど眩しく、十九階なのに地上の車の走行音が耳についた。

もし岸本がさっきの『いじめ井ノ川』の書き込みを見たら、きっと私のことを馬鹿にしていい気味だと嗤う。

私は十年前の自分を見つめる。花田への告白というカースト逸脱行為で、クラスの雰囲気がとげとげしくなったとき、私は上に立つものとして秩序を守るための処罰が必要だと思った。だが、執行人になるのもごめんだった。汚れ仕事は私には似合わない。私はほんの一言で木下らを動かせたし、実際木下らは動いたのだ。

だがあの子の目を思い返して戦慄《せんりつ》した。あの子は私からのトップダウンだとわかっていた。だから木下ではなく励ましと取れる言葉をかけた私を睨んだ。

あの子にあんなポテンシャルがあったとは。三年六組の中で私に対抗できる者がいるとしたら、三井だけだった。ゆえに私は三井のことが苦手だった。あの陽気さでもってその他大勢に革命を持ちかけたら、敗れるのは私のほうかもしれないという無意識の恐れが、三井に対してはあった。ただ、恐れながらもあり得ないと踏んでいた。三井の精神はカーストに従属していない。だからこそカーストに歯向かいもしない。

私は誰にも負けずに卒業し、ここまで来た。

なのに十年後の今になって、岸本に足を掬《すく》われかけている。岸本ごときに負けるかもしれないとビクついている。

もし岸本がＳＮＳをやっていて、同窓会や木下のアカウントを見ていたら。書き込みも全部読んでいたら。自分でも書き込んでいたら、発端の遺言墨のことも、あの子自身が書き込んだのだとしたら。

間違いなくタイムカプセル開封イベントは、復讐イベントになる。

遺言墨だろうとなんだろうと、いじめに関する断罪と告発を仕込んだのなら——恨み節の標的は私だ。木下ら複数に宛てているとしても、私の名は必ずある。

開封式は十年越しの弾劾の場だ。延期の日程は未定だが、木下は同窓会に来るのか？　開封式で私たちへの怨嗟《えんさ》をつづった手紙が出てきたら、必ず木下は自分を棚に上げてその顚末を……いや、木下じゃなくても誰かは必ずＳＮＳに上げる。今どき何かしらのＳＮＳはやっているだろうし、多かれ少なかれ承認欲求はある。みんな注目を浴びたい。私をネタにすれば閲覧数を稼げる。現にいじめ疑惑の記事は現在進行形で読まれている。

『女子アナになったクラスカーストトップのクラスメイトが、十年越しにいじめっ子に嚙みつかれた話』

こんなの絶好の着地点だ。情報の力は私が一番よく知っている。仮に井ノ川東子の名前をぼかしたとしても、まとめ記事と絡めて私だということはすぐばれる。もし本当に遺言墨を使っていて、それが効力を発揮したら、代償で岸本は死ぬかもしれない。でも死んだほうが注目を集められる。墨が効いた風に装い、自殺してみせる手だってある。命をかけての復讐劇。その標的が私だと知れたら、とんだスキャンダルだ。人殺し扱いされる。

嫌だ、嫌だ、嫌だ。

どうすればいい？

滝本からは頻繁にメッセージが来た。もともと私に懐いているし、勤務中でもたまに一言よこす子だ。出勤停止の憂き目にあっている私を純粋に心配し、体調の変化を案じてくれている――とは思えなくなっている。

『お変わりないですか?』

『コールセンターにすごく問い合わせが来ているそうです。井ノ川アナの復帰はいつですか?って』

『今日インタビューしたルーキーの渋川《しぶかわ》選手も、井ノ川さん最近見ませんねって言ってましたよ!』

それらに苛ついてしまう自分が嫌になる。

自宅待機に入って十日目の朝は、ひどく体が重かった。かすかな吐き気をなだめながら顔を洗い、のろのろと身支度を整える。朝食はとらずに、コーヒーだけを舐《な》めるように飲んだ。夜、ほとんど眠れなかったからだ。

このところ、毎晩入眠に苦労する。寝付けぬまま二、三時間経過するのは当たり前になった。眠りも浅く、一時間も経たずに目覚めることを繰り返す。朝番組用の極端な睡眠サイクルを変えたせいかと思ったが、そうは言っても今までだって数日の休暇はあり、そのとき不眠を感じたことなどなかった。

ただ眠れないのではないのだ。眠気を覚えてベッドに入ったとしても、目を瞑《つむ》ったとたんに脳が覚醒するのがわかる。単純に眠れない夜なら、二十八年の人生でいくらもあったが、覚醒感はなかった。試しに鎮静作用のある酔い止め薬を飲んで寝てみたが、変わりなかった。

覚醒感とともに思考を支配するのは、不安と焦燥だった。

仕事はどうなるのかという不安と焦燥。それから同窓会。

メイン幹事の磯部からは、何の連絡もない。延期することが決まっただけの、代替の日取りも定まらない状態である。

感染症の患者数減少のニュースは、毎日流れる。延期されていた各種イベントの再開もどんどん決まる。遅れた開幕を前に、今朝は地元球団のドラ一ルーキー渋川投手へのインタビューがコーナーで流れた。マスクをして聞き手になっていたのは滝本だった。私がやるはずだったインタビューだ。好感度の塊のような滝本の輝きを前に、私の背後には黒々とした影が伸びる。報道に関わる人間として、時事ニュースから目を逸らせられないのが辛い。

人が戻りつつある新幹線や航空便。つい一ヶ月前まで自粛警察のあれこれを伝えていたワイドショーは、トップでボストンテリアの愛くるしく愉快な動画を流した。

息苦しくなった。今は音沙汰がなくとも、日常が戻ってくればいずれ同窓会の日程だって決め直されてしまう。どうしよう、永遠にお流れにする方法はないのか。同窓会など止めようと提言してみるとか？　馬鹿な、それこそ笑い者だ。私は言えない。

北海道の緊急事態宣言解除は五月二十五日の予定だ。だが早まるかもしれない。一部業界からは今すぐにも解除しろという声が上がっている――。

無意識に頭を抱え、流れで髪の毛を指で梳《す》く。抜け毛の本数に目を見張った。ストレスで脱毛しているのではないか。それとも感染症の症状か。洗面所へ駆け込み、こわごわブラシを入れる。ブラシに絡んで抜けた毛は、普段より圧倒的に多かった。泣きそうになりながら、合わせ鏡で頭皮を確認した。

床に落ちた髪を掃除してからリビングへ戻る。メッセージが来ていた。滝本からだった。

『今朝、ルーキーインタビュー放映されました。見てくれましたか？』

『ところで、遺言墨についてなんですけど、前に話した特攻隊のエピソードの本当のオチ知っていますか？　広島要素をあまり感じなかったのは、このオチじゃなかったからかなって。企画の参考になれば幸いです』

「短い特集だったら案外通ったりして」を本気に受け取ったのか、滝本はあれから遺言墨についてリサーチをし、私に情報をくれている。我妻と安生から聞いた覚えのあるそのエピソードの追加情報を、私は一読した。

『――島病院というのは爆心地なんです。受け取ったほうが死んでしまって、やっぱり最後になっちゃった、というオチでした。以上です！』

読み終わって私は激しく後悔し、滝本を呪った。どうしてこんなことを教えてきた。立ち返れば最初に遺言墨のことを口にした私がうかつだったのだが、とにかく呪わずにはいられないほど混乱し、動揺した。恐怖からだ。

この続きが――墨を使った特攻隊員が命を拾い、手紙の受取人の友人が原爆で亡くなった、これが真のオチだとしたら、私が漠然と受け止めていた遺言墨の性質がいっそう凶悪なものに変わる。

使った人間が対価として命を差し出すのではない。送りつけられた側が対価まで払わねばならないかもしれないのだ。

岸本もそれに気づいていたのでは。遺言墨を使って、私をいじめの首謀者として告発するのみならず、あわよくば死ねばいいと昏《くら》く画策していたのだ。ギャンブルに負ければ自分も死ぬかもしれないが、もともと白麗高校で有名だったのは告白少女の話だ。復讐を果たせるなら死んでもいいくらいに思っていたのだろう。

復讐を果たせて私に汚名を着せたうえ、命も奪える。直接手を下さずに。あの子にとっては最上の結末だ。

かつて私が教室で木下らにまかせたように、岸本は遺言墨に託したのだ。きっとそこまで皮肉を効かせてプランニングした。これが十年スケールで作成した岸本のロードマップだ。

死ぬのか？　私が？

あんな子に、私の人生は奪われてしまうのか？　私がここまで来た努力が全部無駄になるのか。未来は。フリーアナウンサー、キャスターは。向上心、努力。水の泡。やっぱりいじめをしていたんだ、遺言墨に殺された女子アナの変死体。スポーツ新聞、ワイドショー、ＳＮＳ、ブログ記事、ネット掲示板。都市伝説。汚名を着せられたまま、永遠にネットを漂う私。死んでも殺され続ける私。

「あああああああっ！　あああああもう、もうもう！」

私は絶叫した。

叫び声が隣室まで聞こえてしまったらしい。管理事務所からの安否確認の電話になんとか応対し終えると、私は暴れ馬のように制御できない脳で、必死に今後を考えた。

実際のところ、岸本がタイムカプセルに何を入れたのかはわからない。学校祭のあの夜、私たちはタイムカプセルの行事に参加せず、木下や花田らと学外へ遊びに出たからだ。行事に参加した生徒らの中には見た者もいるかもしれないが、実行委員の磯部からして岸本は記憶の外だったし、尋ねても結果はたかが知れているだろう。

結局『岸本李矢が遺言墨を使ってメッセージを仕込んだ』という同窓会SNSへの書き込みが、唯一の情報なのだ。

信じないと捨て置くには、今の私は不安定過ぎる。夜は眠れない。いつでも速いリズムで打つ心臓の音が聞こえる。食欲をはじめとするすべての欲求が低下し、同窓会とタイムカプセル、岸本の視線のことを、気づけばいつも考えている。心療内科を調べながら、顔や保険証で身元がばれてしまうのが怖くて予約できない。局にも知られたくないため、会社で繋がりがあるクリニックを利用するのも嫌だった。

感染疑いの末に自宅待機を強要され、後輩に抜かされるかもしれない焦りだけならまだ耐えられた。有り余る時間を前向きにとらえ、二週間でいくつかの特集企画を練り上げることだってしただろう。

「とにかく、タイムカプセル」私は耳の奥で鳴り響く血流音に顔をしかめつつ、一人呟いた。「あれがすべての元凶」

自分以外に聞くものがいなくとも、心情を言語化し発声すると、いくらか違う気がした。耳鳴りよりも注意を引く音は貴重だ。自分の思いを実際に言葉で聞く行為も、ことのほか効果があるようだ。盛大に暴走している脳とメンタルが、少し鎮まる。

「自宅待機は二週間で終わるけど、タイムカプセルは違う」

落ち着きは涼しい風のように動揺の砂塵《さじん》を払っていく。

「カプセルの中身をどうにかしないと」

私を告発するメッセージが、この世に存在するかもしれない。なまじ一般人とは違う世界に足を踏み入れた以上、その情報はウイルスのように私をむしばみ続けるだろう。すべてがブラフだったとしても、ブラフだったとはっきりさせない限りは、この一件は楔となって心に深く打ち込まれ、その痛みに支配される。支配されるというのはイコール弱者で敗者だ。私はずっと強者のカーストにいた。受け入れがたい。

私は意識して腹から息を吐きだした。そして、スマートフォンで航空会社のサイトにアクセスした。

新千歳空港は、今までのどの記憶よりも閑散としていた。カーペットが敷かれたボーディングブリッジから空港内へ入ると、ヒールの靴音が高く鳴る。しかしそれは、私の靴音ではない。すぐ前を歩く女のものだ。私は普段は履かないスニーカーを履いている。服装もブラックのスキニーにダークグレーのパーカーだ。

夕方五時前に到着したその便の搭乗客は多くなく、また皆おしなべて周囲と目を合わせようとはしない。マスクで口元を覆った私たちは、一様に出口へと足を速めた。

マスク着用が当たり前になった情勢は、このときの私にとって追い風と言えた。羽田でも機内でも、誰一人として「どこかで見た顔だ」という目を向けるものはいなかった。物心ついたころから人に見られるのが当たり前だった私にとって、平凡に埋没するのは新鮮だった。店員などの愛想はいささか悪くなったが、こういうのもたまには悪くない。

私は空港快速で札幌まで行くと、そのまま駅直結のショッピングモールに入っているワンコインショップで、折り畳み式のスコップと軍手、小型の懐中電灯を買った。スコップは雪かき用にくらべればさすがに小さいが、それでもずしりと手に重みが来る。専用の収納袋に入ったそれを、背負って来たリュックに詰め、私は実家には行かず、白麗高校へと向かった。

北海道は感染症のピークアウトが遅れたため、緊急事態宣言の解除も首都圏にくらべてずれこんだ。公立の小中高校は五月末日まで休校になっており、当然課外活動も禁止である。つまり、白麗高校も一部の教職員を除いて人がいないはずなのだ。タイムカプセルをどうにかするなら、今しかなかった。

日が暮れるのを待ち、開封式の前に掘り返してしまえば、すべては終わる。

私は路線バスに乗り込み、二人掛けの席に一人で座って車窓から外を眺めた。時刻は午後七時を回り、空の橙《だいだい》は薄墨がかかったようになってきていた。勤務帰りでバス内は混みあうのではと思ったが、覚悟していたほどでないのは、札幌もテレワークが浸透しているということだろうか。白麗高校前の停留所までは、三十分ほどかかる。おそらくそのころには、残照も消えている。

バスに揺られながら私は、後夜祭を途中で抜け出したことを初めて悔いた。タイムカプセルを埋めた場所をしっかり見ていないからだ。学校祭の後、体育の授業で校庭に出た折に、白樺の下に立てられた目印の木札と土を掘り返した跡を視界の隅に入れた、そんな記憶しかない。あの木札が頼りだ。

どれほどうまく事が運んだとしても、最終バスに間に合うとは思えない。それでもいい。一晩かかるとしても、掘り起こして見つける。

私は羽田のコンビニで買ったカロリー補給用のゼリードリンクを、マスクを顎にずらして飲んだ。目的を果たしたら徒歩で適当な距離を稼ぎ、そこからタクシーを呼んで市内中心部へ戻る。駅近くのシティホテルが取れるようなら泊まり、無理ならネットカフェにでも行けばいい。

バス車内での予想どおり、高校前の停留所に着いたときには、黄昏《たそがれ》は西の果てに飲み込まれていた。しかし、記憶の景色ほどは暗くなかった。街路灯のせいだった。白麗高校周辺は十年で都市化が進み、田畑だった土地には道路が張り巡らされ、街路灯が整備され、戸建てやマンションが並ぶ新興住宅地と化していた。コンビニは違うチェーンに変わっていた。私はしばしあっけにとられた。違う町の違う学校に行き着いたかのような違和感。しかし、停留所名は間違いなく『白麗高校前』である。ストリートビューで予習して来るべきだったが、メンタルがやられていたせいか思い至らなかった。

停留所で降りたもう一人の女性は、高校とは逆方向へと歩いていった。

私はリュックを背負い直し、月を一睨みして方角を確認して、白麗高校の校門へと踏み出した。

校舎には人気がない。教室はどこも暗かった。教員玄関横の事務室にだけ電灯がついているが、事務室の窓からは校庭が見えないはずだ。

職員室にも誰かいるだろうが、東側校舎だ。ロの字型の校舎で校庭が見えるのは、西側校舎だけだった。

大丈夫、誰にも見つからない。むしろ見咎められるなら、昔は畑だった場所に立てられた民家の窓や、そばを歩く通行人からだ。作業は、校庭をとりまくように植えられていた白樺に身を隠しながらやらなければ。意識して黒っぽい服を身につけては来たが、懐中電灯の扱いにも気をつけたほうがいい——。

私は正門の手前で足を止めた。

停留所に降り立ってから、違和感を覚えていた。都市化されたせいかと思っていたが、それだけではない。暗闇におぼろに見える校舎は、明らかに増改築されていた。

校庭側に目を凝らす。ライトが落ちた暗闇の校庭は、見える範囲では変わりないようだ。増築部分は、校庭には及んでいない。いや、狭くなっているのか。元は駐車場、駐輪場だった部分に増築された体育館らしき建物があり、そのぶん校庭が少々削られた形に見えた。

私は乾いた唇を舐め、校庭へと向かった。正門は閉じられていたが、刑務所のように塀や柵が巡っているわけではない。いくらでも敷地内へ入り込めるポイントはあった。移動の疲労と連夜の寝不足で、すぐさま音を上げかけた身体を突き動かしたのは、過去の亡霊だった。切り捨てたはずの高校時代が、努力の末に摑み取った今の自分を脅かす。必死に前へ進む。タイムカプセルさえなんとかすれば。どこだ、埋めたところは。

校庭をとり巻くように境界線に植えられていた白樺は、すべて伐採されている。すぐそばに道路と住宅ができた影響なのか、野球部が使うダイヤモンドの位置が変わっていた。

ひどく雰囲気が違う。

目印の木札が立てられていたであろうエリアには、プレハブ小屋があった。部活動の用具入れだ。もっと校舎寄りの場所に並んでいたはずだが、移動させたようだった。胸騒ぎがした。十年という時間の中で白麗高校に起こった出来事を、私は何一つ知らない。私は弾んだ息を整えながら、リュックから懐中電灯を出し、片手で覆いを作って光の拡散を抑えながらスイッチを入れた――。


星が見えない。あの日見たアンタレスも見えない。

遠くでサイレンが鳴りだし、私は我に返った。救急車のサイレンだった。それはしばらく近づいてから方角を変え、遠ざかっていった。

ポケットの中のスマートフォンを見た。ナイトモードになった液晶が、じきに日付が変わることを教える。メッセージが来ていた。局からだった。明日から出社しろという命令だったら無理だ。私は札幌にいる。それを伝えるわけにもいかない。

背につけたプレハブの壁が、安っぽい冷感を伝えてくる。饐《す》えた汗の臭いと澱《よど》んだ湿気の臭いが、アルミサッシの窓の隙間から漏れ出て、私の鼻腔《びこう》を刺激した。野球部だろうか。プレハブの中にはボールやバット、キャッチャーの防具、グラウンドを整備するトンボ、新入部員用のグローブ。見えるようだ。洗濯物も干されているのかもしれない。

この用具入れの床を剝がせば――私は抱えた膝の間に吐息した。タイムカプセルが埋まっていることを、移動させる前に教職員の誰一人指摘しなかったとは思えない。木札だってあったのだ。移動が校舎の増改築でやむを得なかったとはいえ、実際にそうするまでには時間があったはずだ。ならば、善後策を考えるのが普通だ。

いったん掘り起こして、別の場所に埋め直す。もしくは保管する。そのままプレハブを建ててしまいました、は大人の仕事としてあり得ない。

途方に暮れた。別の場所に埋め直されたのだとしても、それがどこかはわからないのだ。ここに座り込む前、何度か構内でタイムカプセルが埋められそうな場所を、人目を気にしながらうろついたが、それらしい木札は見つからなかった。

中庭かもしれない。しかしあそこだとしたら、出入り口は生徒ロビーだ。いったん学校内に忍び込む必要があった。さすがに不法侵入する踏ん切りはつかなかった。今どきの校舎なら、不法侵入への備えは万全なはずだからだ。

ここまできたのに。わざわざ飛行機を使って自宅待機の厳命を無視して、ただタイムカプセルをなんとかするためだけにスコップと懐中電灯まで買って。

膝頭に顔を埋める。丸まった背がプレハブから離れ、今度は土の上に下ろした尻がひんやりと冷えていく。さっきから軽い吐き気がしている。ゆるいめまいも。明日、いやもう今日か。東京に帰らなければ。私の居場所はここではないのだ。

なのに、ここから離れられない。帰ったとしても、私の一部はここに縛り付けられる。

遺言墨のいわれが本当だとして、命を落とすのが私でもいい。こんなに惨めな気分から解放されるならそれでも。ただ、いじめた子に復讐されたのだと、死んだ後も後ろ指を差されるのは耐えがたい。いじめの汚名を着せられたまま、自己弁護の機会すら与えられないのだ。だから、死んでもいいけど死にたくない。

私は嗚咽《おえつ》しながらどうしようもなくスマートフォンをタップした。誰かに助けを求めたくても相手が思い浮かばない。ふと三井を思い出す。彼女ならどうするだろうか。絶対に上手く対応するが、そもそもこんな状況にも陥らない。局からメッセージがまた来ていた。滝本からじゃなかった。何だろう。何かあったのか。事件か。それとも出たのか。私の記事が週刊誌に。まさか。まさか。いじめ。こっそり母校に。早すぎる。でも、じゃあ何。見ない。見たくない。負け犬、負けた、屈した、そんな屈辱的な罵倒を己の声で聞く。でも耐えられない。逃げたい。同窓会SNSから磯部にDMを送ろう。もう管理できない、引き継いでほしいと言おう。なんて汚点だ。頼まれた仕事を途中で放り出すなんて私の美学に反する。悔しい。でも、駄目。それもこれも岸本のせいだ。

遺言墨が本当にあるなら、私も書いて伝えたい。

こんなことをするあんただから、いじめられたのだと。

花田

『女々しくて』を振り付きで熱唱し終える。我ながら会心の歌唱だった。嵯峨と中山も一緒に踊って盛り上げてくれた。九十点にはわずかに届かなかったが、場を温めるにはこれくらいが適当だ。トップバッターがいきなり高得点を出すと、次が歌いづらくなる。

次の木下はマイクをまだ持っていなかった。部屋にあるもう一つのマイクはどこへ行ったのか。手を出してきた木下に俺は自分のマイクを渡した。彼女は首を傾《かし》げるようにして笑った。

「ありがとう、花田」

俺に顔を向けるとき、木下は必ずやや斜めの角度を作る。イントロが始まった。アイドルグループの曲だ。予約は既に四件入っていた。

井ノ川はL字型のソファの短い側に座っていた。両隣には空きがある。メニューとクッションが置かれてあるせいだ。俺はメニューをテーブルに放って隣に腰を下ろした。

「何入れんの？」

　井ノ川は電子目次本を膝に、タッチペンで何やらパネルをつついている。彼女はカラオケでもあまり積極的には歌わないほうだった。でも、けっして下手ではない。今歌っている木下よりは、よほど聞かせる。マイクを両手で持つ木下は、普段よりもさらにトーンの高い声だ。可愛い声と言えばそうなのだが、その可愛さはもはや鋭角的である。

　みんなの前で気持ちよさそうに歌う木下に、井ノ川は目もくれなかった。俺はもう一度訊いた。

「入れる曲何？」

「今探してる」

「俺が探そうか」俺が操作したほうが早い。「誰の曲？　タイトルは？」

　井ノ川はタッチペンをデンモクに収めてしまった。それを俺に押しやる。

「先に入れていいよ」

「いや、入れろよ」井ノ川が入れないと座は盛り下がる。「みんな入れてんだし」

「歌いたい人が歌うのでいいじゃん。みんな上手いし。私、フルート専門だから」

「そんなことねーよ。おまえ結構上手いよ。アイドルになれんじゃねって言ってるやつとかいるしさ」

「アイドル？」

　そのとき井ノ川はふっと口元を和らげた。ごくごく僅かな笑みだった。鈍感を極めてるやつなら見逃すくらいの。でも俺は気づく。長い付き合いだ。中学のときから知っている。進学塾が一緒だったのだ。当時から彼女はたまにこういう表情を浮かべる瞬間があった。

この笑みを浮かべるとき、井ノ川はひどく年上に見える。彼女は笑み一つで俺たちを突き放す。

「やっぱアイドルって感じじゃねーか」アイドルになれると言われて喜ぶのは、木下みたいなタイプだ。「おまえの家族も、そういう浮ついたの許さなそうだしな」井ノ川の父親はマスコミ関係だった。新聞社でそこそこ上のポストにいるらしい。「井ノ川はさ、どこ受験すんの？」

今日で学校祭は終わる。これからは受験一色だ。俺は市内私大の推薦枠に滑り込めそうだからまあまあ気楽だが、井ノ川たちは一般受験組だった。俺と同じ三年六組にいるのだから私立文系が第一志望なのだろうが、もちろん国公立を目指すやつだって中にはいる。

「東京のどこか」

井ノ川は白状しなかった。俺はみんなで盛り上がれそうな曲を探しながら「別に隠すことなくね」と冗談めかした口調で責めた。

上京するというのは、なんとなくわかっていた。彼女がそう宣言したことはないが、醸し出される雰囲気というものがある。井ノ川の場合、こいつは上京したそうだな、ではなく、こいつは地方の器に収まらないな、という感じだ。井ノ川が札幌に留まる理由は何もないように思われた。

「花田、次何入れるの？」

歌い終わった木下が近づいてきて、俺の右横に無理やりケツを割り込ませた。そして俺の左隣にいる井ノ川に「井ノ川は予約した？」と訊いた。

「入れてない」

「なんで？　歌いなよ。パッチーニで食べ過ぎた？　あ、そうだ。一緒に歌う？　いいよ、私なら井ノ川と合わせられると思う。何歌う？」

　井ノ川が何を歌うとも、そもそも一緒に歌うとも了承していないのに、木下は俺の手からデンモクを取り上げて曲を探し始めた。さっき歌ったアイドルグループの曲から探しているようだ。国民的という枕詞が使われるほどの人気グループだから、マイクを渡されれば井ノ川だって彼女たちのヒットソングを歌えるだろう。俺は背もたれに体重を預けた。木下からはほのかにコロンが香る。ピンクの花を思わせる匂い。男子たちはたいていこの香りを可愛いとにやける。木下によく似合うコロンだ。

　井ノ川は吹奏楽部のせいか存在を主張するような香水はつけない。ブレスをする空間で強い香水は公害だろう。

　我妻が歌っている切ない系のラブソングが、イントロに入った。曲調に拘わらず拍手をするのは当然のノリだ。一分近くある間奏を持て余したのか、マイクを持つ我妻が井ノ川に声をかけた。

「ねえ、予約した？」

　井ノ川が何を歌うかを、みんな気にする。俺たちのカラオケは、井ノ川が一曲歌ってからが本番という空気がある。

「よしっ、これでいけ」

　木下がデンモクのパネルをペンでつついた。アイドルグループが去年の紅白で歌った大ヒット曲だ。一仕事終えた顔の木下は、テーブルのグレープジュースを手に取り、すぼめた唇でストローを咥えた。長い間奏が終わり、我妻がバラードの二番を歌い始める。安生がゆったりしたリズムに合わせて体をゆらゆら動かし出す。

「もう学校祭の花火も終わったころだよな」

哀愁漂うメロディに促されたのか、嵯峨がふいにそんなことを口にした。即座に中山が「当たり前だろ」と突っ込んだ。

「そんなのとっくに終わってるわ。なんなら俺らがパッチーニで最初のピザ食う前に終わってるわ」

「バスに乗ってる間に終わってるって」木下が口を挟んだ。「バス停に向かってるときにもう始まってたじゃん。あんなのすぐ終わるよ」

「タイムカプセル埋めんのは、どれくらいかかったのかな」

「三十分くらいはかかるんじゃねーの」

「穴は掘ってあったっけ？」

我妻の歌が終わりそうだ。タイムカプセルの話題にみんなの注意が向いた中、彼女の歌をちゃんと聞いているのは安生くらいだ。

「同窓会とタイムカプセルの開封ってセットなんだよな。十年後とか言ってたっけ」

「なんだよ、嵯峨。もしかしてやっぱ参加しとけばよかったって思ってんの？」中山がザンギを一つ口に入れた。「どうせたりぃぞ。あーギター持ってくりゃよかった」

「いや、たりぃのはわかってるわ。ただ同窓会に行くときに、開封式だけ行かないとかありなのかなって」

「普通にできるでしょ」歌が終わった我妻が会話に参加してきた。「同窓会ってホテルのちゃんとした会場を使うんじゃない？　開封式は当然学校だから移動のときに帰れば」

入れ替わりにステージに立った中山が、切れのいい動作で我妻に親指を立ててみせる。「さっすが、我妻。そうだよなー。開封式だけ行かないってやつ絶対いるよな」

「ていうか、同窓会は行く気なんだ？」

「そりゃな。同窓会行かねーってのは、なんていうか負け組臭くね？」

負け組というわかりやすい言葉が嵯峨の口から出て、カラオケルームには同意を示す笑い声が湧く。そのとおりだと思う。十年後に何をやっているかはさっぱりわからないが、旧友に会えない、会いたくないと気後れを覚えるような状態にあるのは負け組だ。同窓会に出席するというのは、堂々と現状を晒せるという証明でもある。ニートは行きづらく、逆に社長になっていたら行きたいと思うものだろう。

マウントだ。誰だって自分を軽んじられたくはない。これはもう生物としての本能なのだ。大人はあれこれ分析するが、クラスカーストだって本能と考えれば上下関係ができるのは当然なのだ。

それにしても十年後は遠い。中山が今歌っているヒットソングが、懐メロになっている世界。十年前、俺が八歳のときに流行っていた曲はなんだ？　覚えていない。

俺たちはどうなっているんだろう？　こうして今と同じ面子で集まって、カラオケに興じることもあるのか。結婚して子どもだっているかもしれない。でも、今は別に結婚したくもないし子どもなんていらない。自分がそうありたいと強く思う姿がまだ浮かばない。

「想像つかねえ」

中山のシャウトに紛れるように、思わず呟いていた。木下の視線がこちらに向けられる気配がした。井ノ川はそのままだった。

「え、何が何が？」

尋ねてくる木下の肩が二の腕に当たった。

「いや、普通に十年先。すげー先だよなーって」

「わかる、想像できないよね。アラサーだよ？　無理無理、普通に考えられない。ていうかさ、今うちらはまず大学でしょ？　将来のことなんて大学生になって見つければいいじゃん。なんでいきなりその先なの？」

確かに。俺は大きく頷いた。

「だよな、まずは大学だよな」

「視力と同じだよ。遠くなんて見ようとしても見えないでしょ」

「おー、木下にしては的確なこと言うじゃん」

「何それー」

木下は軽く頬を膨らませて口を尖らせた。やはり顔は斜め向きだ。あざといという単語がまず思い浮かび、次にやっぱり可愛いがそれを上書きする。こんなにわかりやすく可愛いかったら、中学時代も彼氏の一人や二人はいたに違いない。今は誰とも付き合っていないらしいが。

処女じゃないんだろうな――木下に対して何度となく思ったことを、また思う。

いずれにせよ、やりたいことや未来像というのは、大学生活の四年間で見つければいいと言う木下は正しい。先着順に枠が埋まるわけではないのだ。ゆっくり定めていけばいい。途中で変更したっていい。小学生が答える将来なりたい職業が絶対のものとして就活時まで引きずるなら、世の中プロスポーツ選手や芸能人、医者だらけだ。

ふと、また井ノ川の気配が変わった。

空間にクレバスが生じたかのような断絶感。

井ノ川は先ほどと同じ笑みを浮かべて、カラオケルームのスピーカーあたりを眺めていた。

先ほどから何度となく繰り返されてきた質問を、我妻が投げかけた。首を横に振った井ノ川に俺は小声で「早く入れろよ」と囁《ささや》いた。

「井ノ川、入れた？」

「気を遣わせるな。おまえが歌わなきゃ始まらねーんだから」

井ノ川が俺を横目で見た。気分を悪くさせたかと冷や汗をかいたのもつかの間、彼女は「ごめんね」と微笑んで謝った。我妻は「夏休みにカラオケ行ったときのあれ、もう一回聴きたいな。なんか昔のドラマのやつ」とせがんだ。

井ノ川はそれを予約した。

＊

賃貸マンションのポストを開けてみると、往復はがきが二枚届いていた。それぞれ俺と木下宛だった。仕切り直しの同窓会の出欠を問うものだ。八月に設定された新しい日時を、俺は既にSNSの告知で知っていた。ちょうどお盆の帰省時期だ。俺も休みを取ろうと思えば取れるはずだった。

はがきを手に思わず唇を歪《ゆが》めてしまう。一時期、人類はこのまま新型ウイルスに駆逐されるのでは——とまでは思わなかったものの、不便な生活は長く続くだろうと覚悟した。しかし、存外人間はしぶとくたくましい。既存の喘息《ぜんそく》治療薬に大きな治療効果が認められ、死亡率は激減した。ワクチンも日本の製薬会社を含め世界各国で治験が始まっている。

ゲームチェンジャーは存在したのだ。

そうそう人は死なないのだと思わされる。むしろ明確に殺意を持つことができるぶん、人間のほうがウイルスより恐ろしいかもしれない。

はがきの差出人は『第二十七期北海道立白麗高等学校三年六組同窓会幹事　磯部健《たける》』だった。井ノ川ではない。

井ノ川といえば、なんだかんだでSNS担当幹事を続けているのは感心する。おそらく今、彼女がいるテレビ局には雑誌記者やワイドショー取材班が張り付いているはずで、気が休まらないだろうに。

俺は眼鏡のブリッジの位置を正した。日が長くなった。七時半過ぎの帰宅だが、夏至《げし》に向かう今の時期はまだ西に夕日の残滓《ざんし》がある。たいして明るくもない残光が、最近目に染みる。

木下の帰りはめっきり遅くなった。郵便物がそのままということは、今日もまだなのだ。大方天野とボランティア活動の話でもしているのだろう。

木下は変わった。特に最近の変容には唖然《あぜん》とするほどだ。きっかけはＳＮＳトラブルだった。高校生だったころのわかりやすい可愛らしさは、気化したように消えた。

こうした変貌ぶりへの不満は、向こうにしてみればお互い様ということなんだろう。例えば木下は、去年の免許更新を機に眼鏡をかけるようになった俺にあまりいい顔をしない。高校時代の面影がない、コンタクトにしてくれと何度となく言われた。俺自身は眼鏡をかけてもそこそこだと思っているが、木下の評価は辛い。

エントランスの自動ドアが開く音がした。ヒールの足音に聞き覚えがあると思ったら、案の定木下だった。木下は俺に気づくと、緩く波打ったミディアムボブの毛先を弄《いじ》りながら「おかえりなさい」と言った。

「はがき、来てるぞ」

往復はがきを受け取った木下は、中を一瞥《いちべつ》して表情を翳らせた。

「やるんだね、同窓会……花田は行く？」

俺は少し卑怯《ひきょう》な返しをしてしまった。答えず訊き返したのだった。

「おまえは？」

「私は……どうしようかな。また感染爆発したら嫌だし、井ノ川だってきっと行かないし。大変でしょ、あの人。スキャンダルで」

俺たちは階段を三階まで登った。喋らなかった。木下の足取りはゆっくりだった。

部屋に入ってすぐ、木下ははがきをドレッサーデスクの引き出しに突っ込んだ。ドラッグストアのはがきＤＭですらいったんは冷蔵庫にマグネットで留めるのに、彼女はまるでひとときだってそれを見たくないと言いたげだった。

俺はマガジンラックに唯一突っ込まれていた道内メインのグルメ雑誌の中ほどに、はがきを挟んだ。


車の流れが若干の滞りをみせた。片側三車線の幹線道路は、どうやら前方で路面工事をしているようだ。二センチ程度開けた窓からは、アスファルトを補修する工事の音が聞こえてくる。雪解けの季節、アスファルトには穴が開きやすくなる。アスファルトのひび割れに染み込んだ雪解け水が、夜凍って膨張することを繰り返して亀裂を広げ、昼間その上を通行する車両の重みがとどめを刺す。だからこの音は、雪で覆われた冬場は聞かない。

工事の音を聞きながら、冬は遠くへ去ったと改めて実感する。暦の上ではもう夏なのだ。冬の終わりからは気が塞ぐことばかりでまるでいいことがなかったが、これからは違ってくるのか。緊急事態宣言が解除されたおかげで、百パーセント元どおりとまではいかないが、このように外回りも許されるようにはなった。今日はこれからピヨガーデンで営業を担当する富岡と会う。いや、気が塞ぐことばかりではなかったと思い直す。ピヨガーデンと契約を結べたのは、例の感染症があってこそだった。

カーステレオの曲が切り替わった。静かなイントロ、淡々としつつも切々と訴えかけるような女の声。昔のドラマの主題歌だ。俺たちが小学生だったころの。これを十八番《おはこ》にしていたのは井ノ川だった。

思い出に引きずられるように、井ノ川の今が気になった。滝本とかいう後輩アナの下世話なスキャンダルは、第一報が出てから半月経つというのにまだ世間を賑わせている。俺もベッドの上であられもなく大股開きをしているその女のハメ撮り写真を、週刊誌で見た。男に裏切られたのは同情しないでもないが、記事の内容が真実なら女も相当なタマだ。男を使って自分を持ち上げ他のアナウンサーをこき下ろすネット工作まで扇動していたというのだから。

記事には同僚アナとして井ノ川の名前も出ていた。

携帯に富岡から着信が入った。俺は目についたコンビニに車を停め、すぐさま折り返した。今日の予定が終わった後に一杯やらないかという誘いだった。断る理由もないので了承する。ついでに井ノ川が所属するテレビ局のサイトを見た。アナウンサー紹介ページには、滝本の名前がまだあった。スキャンダル記事が出てなお勤務を続けている。ネット検索するとさすがにレギュラー番組は休んでいるようだが、どんな顔で出社しているのか興味は尽きない。俺なら失踪する。それとも表には出ないだけで周囲にはしっかり謝罪しているのか。謝罪は大事だ、とてつもなく。

心の中でついつい呼びかける、木下聞いているかと。

店内に入り、エナジードリンクと無糖のコーヒーを買った。朝食は食ってこなかった。ダイニングテーブルにトーストが一つあったが、手をつけなかったのだ。木下は既に部屋を出ていた。緊急事態宣言が解除され、勤務再開となって以降、彼女の出社時刻は以前にくらべて早くなった。天野という同僚と会うためだ。

自身のSNS表アカウントで、自粛警察よろしく他地域ナンバーの車両写真を投稿していた木下は、晒された運転手とトラブルになったのだった。身から出た錆《さび》だと思った。しかも、運転手からのDMを受け取った彼女がまずしたのは、動揺して泣いて俺を叩き起こすことで、先方への謝罪を後回しにしていた。

まず謝れと言えば、彼女はいっそう泣いた。自分は悪くない、謝りたくないという気持ちが根幹にあったからだろう。

いずれにせよ、その件について俺は木下が望むような助力はできなかった。彼女に救いの手を差し伸べたのは天野だった。木下の口からでしか天野の情報を持たないが、同じ契約社員の年上の同僚だそうで、弁護士事務所での勤務経験もあるとのことだから、法的措置に出ると宣言している相手との間に立つには俺より適任だ。実際天野はつてのある弁護士から助言をもらったらしかった。

自分に非があるとわかっても謝れないのはプライドのせいか。井ノ川ならともかく、一般人の俺たちのプライドなんてクソみたいなものなのに。クソみたいなプライドを取って、より大きなものを失うことを、木下は想定できていなかった。天野がいなければ本当にどうなっていたことか。

コンビニを出てすぐのゴミ箱があるところで、俺はエナジードリンクを一気飲みした。口中から喉、食道、胃と、小爆発を起こしながら駆け下りていく炭酸は、俺の体に内側から喝を入れてくれる。

天野の登場で感じたが、木下は他者から庇護《ひご》されるタイプだ。そして本人も守られることを当然と受け入れ、そうされる自分には価値があるとプライドを満足させる。木下は助け守られ、味方だよと寄り添われることで承認欲求を満たす人種だ。

だとすると、木下が天野に誘われるがままボランティア活動に参加し始めたのも、承認欲求を満たしてくれる味方をそれだけ欲していたからだろう。なんでもフェイスシールドや布マスクなどを手作りしているとのことだが、このご時世どこかには需要があるだろうから、木下の本心や思惑はどうあれ、何もしないよりは社会貢献と言える。偽善だろうが善は善ってやつだ。

ただ俺は、最近自分の部屋が息苦しい。同棲を始めたころは本気で披露宴には誰を呼ぼうかとか、嵯峨や中山はどんな顔をするだろうとか考えていたのに、今は木下のスマホに結婚情報アプリが入っていると思っただけでうんざりだ。

例の感染症さえ流行らなければ順調だったのかと、あり得ないイフを想像することもある。たいていは車に乗っているときに。一人で車を走らせているときは息がつける。

みんな、どうしている。同窓会へは行くのか。何の予感も感じていないのか。

カーステレオの曲が進んだ。『女々しくて』だ。このプレイリストはテレワーク中に作った。特に意識したわけじゃないのに、リストに入った曲は全部、あの夜カラオケで仲間が歌った曲だ。作成してからずっと、このプレイリストばかりを流している。

曲はルアーだ。深いところに沈んで息を潜めていたような思い出も、ひっかけて捕らえる。

＊

嵯峨がグラウンドを駆ける。足が速い。ボールをドリブルする相手選手に唯一追いつき、スライディングタックル。カウンターを食らいそうになったピンチを救った。土埃が立ち、ギャラリーはどよめく。

帰りがけ、気まぐれにグラウンドに立ち寄ったらサッカー部が紅白戦をやっていたので、一緒にいた中山と見物を始めたのだった。気づけば木下と我妻の姿もあった。彼女らはサッカー部マネージャーの安生から応援に来ないかとでも言われたのだろう。雪に覆われていたグラウンドがようやく乾き、校庭の白樺が凶悪な花粉を飛ばし出した五月上旬の放課後。俺たちのみならず、他クラス他学年の見物客もいた。白麗高校のサッカー部はそこそこ強く、全道大会の常連になりつつあった。

「嵯峨って受験どうすんだ？」中山がぼそりと言った。「まさか冬の国立目指してんのかな」

「三年で冬目指せるのってスポーツ推薦取れるやつだけじゃね」俺は現実的な反応をする。「公立高校じゃ無理っぽくね。嵯峨もそこまで人生賭けてないだろ」

「花田は嵯峨の志望校聞いてる？」

「知らねー。まだ決まってないんじゃね？　最終的には模試の偏差値で決めんだろ」

そう答えながら、俺は自分の評定を計算していた。前後期制の白麗高校で指定校推薦を取るには、三年前期の結果が出るまで気を抜けない。俺は入学時から市内の有名私大経済学部を狙っていた。東京の大学と比較すればそりゃあ落ちるが、道内では名が通っている。起業家や政治家も輩出しており、ローカルから人気に火がついたタレントも卒業生だ。もとより俺自身、道外志向は強くなかった。梅雨《つゆ》とかごめんだ。

幸い、子どものころから教師受けはよい方だった。よって評定も実力より高くもらえている。俺よりもランクが高いのは、六組の中では井ノ川と磯部くらいか。井ノ川はなんで白麗に進学したのか。もっと上も余裕だったろうに。

そういえば、磯部は推薦を狙うのか？　あいつとブッキングはしたくない。磯部も評定はいいはずだ。委員をよくやっているから。

「ねえ、花田」いきなり木下が話しかけてきた。「今日はバンドの練習ないの？」

「え、木下知らなかったっけ」中山が代わりに答えてくれる。「俺ら、解散したんだわ」

木下は大きな目をさらに見開いた。黒目の上下に白目がくっきり見えるほどに。

「えー、なんで？　今年も学祭のステージに立つと思ってたのに」

俺はボーカル、中山はギターでバンドを組んでいた。嵯峨は滅多に練習に参加しなかったが、小学生の時分ピアノを習っていたとかで、いざというときはキーボード担当だ。ベースとドラムは適当に他クラスからサポートを入れて、去年の学祭は十分間ステージに立った。こういうイベント参加も俺にとっては教師へのアピールで、実際はリズム体がサポートという時点で察せられるとおり本腰は入れていなかった。受験生になってからも続けるメリットはない。前期の成績は学校祭の後に出るのだから、去年もやったように課外活動のプラスアルファを狙えばよさそうなものだが、そちらのメリットよりも定期試験に時間を割けないデメリットを避けた。

グラウンドでは他にも野球部や陸上部、ラグビー部、そしてソフトボール部が練習している。たまにトラックを走る陸上部員に各部のボールが当たったりはしないものかと心配になる。

校舎の北側からは小気味のいい打音が響く。五月の青空にぴったりの音は、硬式テニス部のコートから聞こえてくる。

「しっかしさっきの三井の声、でかかったなあ」

中山が思い出し笑いをした。ランニングをしていた吹奏楽部の面々、井ノ川にまで檄《げき》を飛ばしていた声は、ここまで届いていた。

前半戦がアディショナルタイムに入ったところで、俺は地面に置いていたスポーツバッグを肩にかけた。

「帰るか」

「え、帰っちゃうの？」

木下が不服と甘えを上手にミックスさせた目つきで見上げてきた。

と、校舎から楽器の音が降り注いだ。アルトサックスだろうか。他の楽器も続く。トランペット、ホルン、トロンボーン。クラリネット、オーボエ、フルート。ランニングを終えた吹奏楽部が音出しを始めたのだった。この音の聞こえ方なら、確実に音楽室の窓は開いている。音楽室はグラウンドとは真逆の東側にあるのだ。

「井ノ川ってなんだったっけ」

中山が音を見上げた。我妻が即座に言う。「フルートのパートリーダーだよ。難しい曲はピッコロもやる」

あの音の中に井ノ川がいるのか。美しい音は雑多なその他大勢の練習音に紛れてしまっている。

「吹奏楽部って井ノ川に合ってるようで合ってないよな」

合うようで合わないという中山の見立ては、わかる気がした。トレーニングで他の部員と校内をランニングしている井ノ川を見かけるたび、子どもの中に大人が混じっているかのようなちぐはぐさを覚えたものだ。もっと言えば吹奏楽が似合わないというより、部活そのものがしっくりこない。だがこうして三年になっても続けているのだから、これはもう本人の意思だろう。

安生からドリンクを受け取っている嵯峨に軽く手を振り、中山と校庭を後にする。木下と我妻も小走りでついてきた。そこらにいた生徒らが俺たちの動きに視線を合わせているのがわかる。

校庭を出て駐車場スペースに足を踏み入れたときだった。

駐車場を突っ切った先、生徒玄関の真正面で吹奏楽部の練習音を見上げている生徒がいた。締まりなくむっちりとした上半身、膝丈のスカートから覗く浮腫《むく》んだようなふくらはぎ。野暮ったいソックス。硬そうな髪の毛。低い鼻に貧弱な顎のライン。じっとりと湿度の高い視線が三階の音楽室を睨みあげている。

俺が思わず足を止めたのと、岸本がこちらを振り返ったのは、ほぼ同時だった。

岸本はすぐに顔を背けて正門を出ていった。

「岸本ってブラバン辞めたんじゃなかった？」

我妻の言葉に木下は頷いた。「うん、退部したはず。何やってんの、不気味」

「ちょっとびびったわ」中山が胸に手を当てて言った。「なんつーか、ホラー映画かと思った」

木下が笑った。「あはは、ひどーい」

本当にひどい言い様だった。でも実は俺も同じことを思ったのだった。岸本は確実になんらかの呪詛《じゅそ》を音楽室にいる人物に向けて発していて、その姿を見た俺にも呪いの印が刻まれてしまった。

――私、花田が好き。端的に言えば付き合ってもらいたい。

――釣り合う釣り合わないは考えない主義。気持ちを伝えることに意義があると思ってる。

あのときからモンスターだったのか。

それとも俺がモンスターにしたのか。

「ねえ、時間ある？　あるなら四人で街に出ない？　ちょっとカラオケしたい」

四人でと言いつつ、木下は俺を見上げて誘った。顔はやっぱり左側をこちらへ向けた斜めの角度を保っている。

「やらない方がいいと思うんだよな、同窓会」

言うと、富岡の太い眉が上に動き、額に横皺が生まれた。

「なんでだ？」

「ヤバい感じがする」

富岡は俺の危惧を笑い飛ばした。「花田ってそんな神経質だったか。知らなかったな」

並んで座るカウンター席は、椅子の間隔がやや広い。感染者数が下火になったとはいえ、対策は継続的に続けられている。そして俺と富岡のこの微妙な距離は、そのまま俺と富岡の距離感とも言えた。お互い高校時代はつるんでいない。大学も別。感染症禍がなければ接点はまったくないまま、同窓会に至っていたかもしれない。

「ともあれ、声かけてくれて本当に助かったよ。事業縮小せずに済んだ。社員一同感謝している」

若干太ったみたいだが、それでもまだ十二分に筋肉質の体軀《たいく》を几帳面に前方へ折り曲げ、富岡は俺に頭を下げた。

「よせよ。俺にだってメリットはあったんだ。ピヨガーデンのスイーツは客を呼べるからな」

富岡が同窓会SNSに投稿したエッグタルトとプリンの通信販売は、俺のバイヤーのアンテナに引っかかった。

ピヨガーデンは地元企業を親会社に持つ農業法人だ。札幌市郊外に平飼いの養鶏場を所有していて、有精卵を使ったスイーツは、北海道物産展に出品すれば即完売の人気ブランドである。養鶏場のそばには洒落《しゃれ》たカフェと直営店もあるのだが、まれにヒグマ出没のニュースも聞くほどの郊外なので、頻繁に足を運ぶのも難しい。感染症が蔓延する前、ピヨガーデンはその『滅多に食べられない希少性』をブランドの売りにしていて、直営店及び物産展といったイベント以外での販売を極端に制限し、街中への出店の話は頑《かたく》なに断ってきた。今回はそれが裏目に出た。

俺は催事場の一角を幻の物産展スイーツフェアとして確保し、そこにピヨガーデンをメインで呼ぶ企画を出した。もちろん通った。感染症蔓延の影響でイベントが軒並み潰れ、在庫をだぶつかせていたピヨガーデン側も、通販以上に在庫が捌《さば》けるこの提案に乗ってくれた。閑古鳥が鳴いていた催事場は嘘のように賑わい、他フロアの売り上げも同時に上がった。俺はさらにピヨガーデンを口説き落とし、そのまま出店契約に漕ぎ着けたのだった。無論ブランドイメージはそのままに、あえて人気スイーツも数量限定である。

「同窓会アカウントで営業もどうかと思ったんだが、やってみるもんだなあ」ジョッキを傾けた富岡は、そこで表情を改めた。「さっきのヤバい感じってなんだ?」

「逆に富岡はあれをどう思っていたんだ?」

「遺言墨がどうとかいうやつからの一連の書き込みか?」

頷くと、富岡はいかにもラガーマンらしい爽《さわ》やかな笑顔を見せた。

「そりゃあ当初は何事かと思ったが、今はそうでもないな。一度みんなの顔を見ているからかな」

五月に、一部の旧友らは同窓会を先取りしてやってしまったのだった。俺も営業を通して再会した富岡から誘いを受けたが、仕事を優先して行かなかった。嵯峨や中山も欠席だったから、それに関して思うところは何もない。

「ということは、和《なご》やかに盛り上がったんだな」

「ああ。平和なもんだったし、久々で楽しかった。ちょっと気まずいこともあったが……とにかくヤバいコトなんてないさ。ＳＮＳの書き込みなんて多かれ少なかれ怪しいもんだろ。何を心配しているんだ？」

「富岡は岸本のことを覚えているか？」

「いやあ」富岡は笑って誤魔化す顔になった。「実はさっぱりでさ。三井のバス通母娘二人暮らしっていう書き込み読んでも、そんな奴もいたかなくらいで。先日集まった連中も半数以上は覚えてなかったな。ただ、二年から同じクラスだった室田と桜庭から少し話を聞けたよ」

どんな話を聞いたのか知らないが、俺に向けられる富岡の目は深刻そうでもなければ好奇を含んでもいない。本当に当たり障りのないお喋りを少ししただけなのだろう。俺は溜め息をついた。

「女ってなんか怖いよな」

「おいおい、花田の口から出る言葉とは思えないな。一番モテてたくせに。ああでも、井ノ川も大変そうだよな」

「滝本とかいうアナウンサーな。業界のこととか知らんけど、女の争い絡んでるだろ。じゃなきゃ、ああいうことしねーわ」

「そういや例の岸本も、花田に告ったことがあるとかなんとか。こないだ桜庭が言ってた」

「ああそうか。おまえは二年のとき違うクラスだったか」

告白のことを、あくまで高校生活のよくある一コマと捉えていそうな富岡が羨ましくなる。とはいえ、SNSへの書き込みを見るまでは俺自身岸本なんて記憶の外だったのだから、よくある一コマ以前の認識とも言えた。もちろん、積極的に忘れたかったというのもある。好意の表明は時に不快のもとになる。無条件で嬉しいものではないのだ。さらには告白のときに見せた彼女の態度――。

＊

七月初めの空気には色を感じる。空と深緑がとけて混ざって広がったような色。夏のはしりの色だ。二年前期の定期試験が昨日終わり、俺は晴天も相まっていつもよりも清々《すがすが》しい気分でバス停から生徒玄関に向かっていた。両脇には嵯峨と中山がいた。運悪く二年のクラス替えで嵯峨とは組が別れたものの、登校時には変わらずつるんで楽しくやれている。似通ったレベル同士でいると、会話のテンポから歩く速さまでノンストレスだからいい。

「おまえらも志望は私立文系だろ？」嵯峨は定期試験が上手くいかなかったらしい。「三年時のクラス替えって志望に加えて成績も加味されんのかな」

「今度は推薦狙いの花田だけぼっちになりそうだな」

俺は中山の軽い挑発を笑い飛ばした。「一人だけ浪人よりはマシだわ」

「言えてる」

「あんまり大きなシャッフルはしないって聞いたな」

二年のクラス替えで、すでに理系と文系に分かれているからだ。

玄関ポーチの段差を一飛びし、下駄箱で靴を履き替えたときだった。

通りすがりの誰かがぶつかった。明らかにわざとだとわかるぶつかり方だった。かすかなムカつきのまま相手を睨んだ。

岸本だった。

岸本は悪びれもせず、目が合うと笑った。それから俺の手に紙切れを握らせた。

「読んで」

一言残して、太った女子は去っていった。半袖から覗く岸本の二の腕は奇妙に柔らかそうだった。俺は握らされた紙切れを見た。便箋《びんせん》だった。薄いピンク色でサンリオのキャラクターが描かれている。小学生女児が好んで使いそうだと思ったのも束の間、俺は固まった。

『今日の昼休み、中庭の噴水に来てください。話があります。ずっと待っています。』

こんなの、行かなくても用件はわかる。告られるのは今までも何度だってあった。肩を落とした。仕方がない、いつものことだ。しかしよりにもよって岸本かよ、という気分でもあった。岸本は癖の強い女子だ。二年へ進級した新学期初日、クラス替え直後の自己紹介は忘れられない。岸本は自分のことを「中学のときから異端児って呼ばれてます。変わり者ですがそういう人間なんで。よろしくです！」と敬礼して見せたのだった。俺を含めてクラスメイトはドン引きだったが、本人はいたって満足げで、むしろ変わり者と目される自分は特別なのだという過大な自己評価が透けていた。一年生でも同級だった数名は口を揃えて「あいつは浮いていた」と言った。木下もその一人だった。

「痛いんだよね、岸本って」

当然二年のクラスにも異端児の評価は引き継がれ、七月の今も岸本は女子のいくつかあるグループのどこにも所属できていなかった。擦り寄って行っても疎ましがられている気配がある。岸本と誰かが話すのは岸本が話しかけるからだ。例外は誰彼構わずちょっかいを出す三井だけで、他は基本的に遠巻きにしている。いじめられてはいないと思うが、この距離感はやはり扱いづらい異端児だからか。俺も話しかけられて何度か喋ったことはあるが、いちいち反応が大袈裟《おおげさ》で、言い回しが大仰なのが気になった。「そんなことはござりませぬぞ？」というような。その言い回しを本人が気に入ってそうなのがさらに疲れさせられる。そんな異端児がどんなふうに告白してくるのか未知の世界だ。

どうせ告白されるなら、可愛い子からされたいとも思う。我ながらひどい言い草だが、岸本だって俺と大して話をしたことがないのに、つまりは情報不足なのに告白してくるのだから、俺の外面要素を無視しているとは思えない。だとしたら、俺にだって彼女の容姿を値踏みする権利はあるだろう。

何にせよその手紙一つで、晴れやかな気分は霧消したのだった。

俺は呼び出されたことを嵯峨と中山以外には言わなかった。二人も吹聴《ふいちょう》はしなかった。だが、昼休みを一緒に過ごす連中は薄々何かあると気づいていただろう。花田またか、モテるやつだな、という視線。すっぽかすことは考えなかった。それが誰であれ、待ちぼうけを食わされた姿というのは痛々しい。俺は税金を払いに行くような心持ちで、昼休みに中庭の噴水に足を運んだ。

岸本はまだいなかった。水色のペンキで塗られた円形の噴水は、中央のシャンパングラスのような形状の口からちょろちょろと水を溢れさせている。壊れた蛇口のようだといつも思う。周囲の水は汚くはないがきれいでもなく、草の葉や虫の死骸が浮いていた。中庭には他に生徒が一人二人いたが、手持ち無沙汰な顔を下げて突っ立っている俺を避けるようにいつの間にかいなくなった。ピンとくるものがあったのだろう。

昼休み特有の生徒たちのざわめきが聞こえた。廊下の窓から中庭を見下ろしている生徒もいる。

俺よりも七分遅れて岸本が姿を見せた。首元に軽く右手を上げて、岸本は言った。

俺は足元の土を爪先でほじくった。

「早いね。待った？」

「待ったよ」

時間指定がなかったので、俺は弁当を大急ぎでかっこんだのだった。なのに当の本人は悠々と重役出勤で、待たせてごめんねでもない。ズレてんなと呆れる一方、俺の方が早く着いて待っていたのは、告白イベントを積極的に受け入れる姿に映っただろうと思い至った。図に乗らせたら癪《しゃく》だと小さく舌を打つ。

　案に違《たが》わず、岸本は俺が先に中庭に来ていたことをプラスに取ったようだった。あまり躊躇《ためら》いもなく本題に入った。

「ここに告白します。私、花田が好き。端的に言えば付き合ってもらいたい」

　わかっていたとはいえ、俺はついつい岸本の顔を凝視してしまった。岸本はにきびで赤らむ顔をさらに赤くしつつ、猪首をすくめて笑った。小さく「んふ」と聞こえた気がした。まったく魅力的ではなく、むしろ逆効果だった。俺自身の気分もさらにがくりと下がった。ロールプレイングゲームなどで言うところの『デバフ』。全身鏡があれば迷わず彼女に向けた。対メデューサ的対応ではない、現実を見ろということだ。

「正直、初めて見たときから好きだった。運命っていうの？　花田明るいし、声を聞くだけで元気になれる」

　愛想笑いくらいはしたほうがいいかもと思いながら、俺は「ああ……どうも」と呟いた。

「遺言墨って聞いたことあるでしょ？」

「墨で手紙書くやつだろ」

「私、あの話好きなんだ。女の子が花田みたいな相手に告白するやつ」

　岸本はエピソードの主人公をただ「女の子」と言った。「冴えない女の子」とは言わなかった。

「釣り合う釣り合わないは考えない主義。気持ちを伝えることに意義があると思ってる。伝えずに後悔するより伝えて後悔したい」岸本は熱弁を振るった。「恋するだけなら誰でもできる。でも私は伝える勇気を持たない人と同じにされたくない。だって本当にすごく好きなんだよ。この気持ちを可視化できるものなら見せたいくらい」

熱弁の理由はなんとなくわかった。岸本も怖いのだ。こう見えて緊張している。だから言葉という武器で身を守ろうとしている。

「最初は試しでいい。ちょっとだけ、一ヶ月とか、なんなら一週間とかでも」

試着ＯＫの通販みたいなことまで言い出した。

「今すぐ返事が欲しいわけじゃない。だからお願い。すぐには断らないでほしい。真剣に考えて欲しいんだ。私は真剣に告白したんだから。では。ご清聴ありがとうございました」

岸本は姿を見せたときとは一転、礼儀正しく頭を下げ、身を翻そうとした。

「待て」

とっさに止めた。岸本が走り去ろうとしたのがわかったからだ。岸本は素直に止まった。

「おまえの言うことにも一理ある」

告白には勇気がいる。やらずに後悔よりやって後悔という金言だってある。岸本は確かに頑張った。だから俺は余計にもやもやした。今の岸本の論理の中に俺はいない。そりゃあ告白できて彼女は満足だろう。だが俺は？　通りすがりの他人からゲロを吐きかけられたみたいだ。向こうはさっぱりするが、俺はたまったもんじゃない。

初めて告白されたのは小学校五年生のバレンタインデーだった。あれからこういう瞬間を何度重ねたかしれない。断ったことも多かったし、そのまま付き合ったことも中学のときに二度ある。でも、今日ほどもやもやしたのは初めてだった。間違いなく理由は岸本にあった。岸本だけがゲロを吐いた自分をことさらに肯定し、しかもそれをすぐに拭くなと命じてきた。真剣に嘔吐したからと言って、なぜこちらもその吐物と真剣に向き合うことを要求されねばならないのか。

「一理あるけどさ、やっぱ無理だわ」

このもやもやした気持ちを引きずるなんてごめんだ。俺はこの場でゲロをぬぐう。

「おまえと付き合う気はない」

「考えてって言ったよね？」

「考えても変わんねーから言ってる」

事実だ。残酷だったかもしれない。とはいえ、期待を持たせるのも逆に酷だろう。

「百パー無理。世界人類が俺とおまえだけになったとしても、おまえと付き合うのは無理」

すると、岸本の赤らんだ顔が白くなっていった。俺はぎょっとした。まさか本当にゲロでも吐くのか。

「どうした、具合でも……」

「私がブスだから無理なの？」

「は？」

そんなことは一言も言っていない。だが岸本はぶるぶると震え出した。

「ブスは彼氏作っちゃ駄目なの？　好きでブスに生まれたんじゃないのに」

「いや、だから」

否定は許されなかった。岸本の口から悲鳴とも呻《うめ》きともつかない声が発せられた。同時に一度だけ、彼女は右足を踏み下ろした。直線的な地団駄《じだんだ》は杭《くい》打ちを思い起こさせた。キレたのだ。思わずたじろいだ。

次の瞬間、スカートのポケットからナイフが取り出されるのでは――俺ははっきりとそんな幻を見た。

しかし彼女はすぐさま正気に返った。

「もういい、失敬」

岸本は今度こそ中庭から走り去った。俺は呆然《ぼうぜん》とそれを見送った。ナイフなんて持っているわけがない。俺が見た幻はまるで根拠のない妄想でしかないのに、それは焼印となって俺の裡《うち》に刻まれた。岸本は異端児として振る舞いながら、奥底では恐ろしいほどの激情を持っている。

「こえー女」

俺は呟いた。声にすると、一瞬感じた恐ろしさや不気味さはやや薄まった。だから「こえーやつ」とあえて呟き続けながら中庭を後にし、体育館へ行った。中山がクラスの連中とバスケットボールで遊んでいた。やつらはすぐ俺に気づいて「入るか？」と声をかけてきた。

「で、どうだったのよ？」

中山がにやにやしながら訊いてきた。俺は大袈裟に顔をしかめた。

「いやー、それがさあ……」

悪い夢も怪談話も誰かに話せば日常になる。俺は打ち明けるのをためらわなかった。それは瞬く間にクラス中に広まった。

三十人のクラスメイトの中で、異端児の呼び名のとおりに浮いた存在だった岸本は、しだいに大人しくなった。二度目の呼び出しはなかった。そのうち、夏休みになった。

＊

「何を溜め息ついてんだ？」

「岸本に告られたときのことを思い出してた」

「溜め息つくようなことかよ」

ここで詳細を富岡に話してしまえば、さらに岸本を傷つけてしまう。俺は運ばれてきた刺身をひたすらつついた。俺も非を感じていないわけじゃない。

書き込みでいじめの事実が告発されたのを見た俺は、卒業後初めて岸本にフォーカスして当時を振り返った。思い出されたのは木下の揶揄とそれに引きずられる女子の空気感、さらにはすべて黙過していたような井ノ川だった。今でもどこか女子の集団はああいうものだ、深刻ないじめではなかったという気持ちもある。だとしても、岸本の立場が悪くなったきっかけは俺にあるのだ。俺が中山に愚痴らず沈黙を守り続けるというルートもあった。認識が甘かったのは認める。木下との溝も、その認識の違いが原因の一つとなっている。木下は自分には責任はない、岸本の件において悪いのは井ノ川というスタンスだ。

「思い出と言えば、花田はタイムカプセルに何入れたんだ？」

苦みもなく懐かしさだけで振り返れる富岡が羨ましい。

「俺らはあの場にいなかった。カラオケに行ったんだ」

「そうだ、なんか場の雰囲気が地味だと思ったんだ」

富岡はジョッキを傾け、残りをほぼ泡だけにした。俺が追加を頼もうとすると、彼はいらないと言った。あまり長居をする気はないようだった。

「遺言墨で書いた手紙を仕込んだってあったけどさ、俺は足立らとあの場にいたけど……」富岡は懐かしむように目を細めた。「誰が何を入れたかとか、あんまり覚えてないんだが、もし岸本がマジで手紙を入れたんだとしても、遺言墨で書いたものじゃないと思うんだよな。都市伝説だろ、遺言墨って。現物見たことないし」

遺言墨の存在自体が眉唾《まゆつば》だというのは、まったくもってそのとおりである。「本当にあるなら、まず政治家への陳情とかに使われそうだよな」

「恨み言を書いた手紙は入っているかもしれない、岸本本人がいじめられたと思っていたならな。だとしても、その手紙は読まれるか？　だって彼女、名簿に名前がないんだろ？　磯部がSNSにそう書いていた」

つまり、出欠はがきが届かない岸本は、そもそも出席する術がない。欠席者のトラベラーを開封するか否か？　否だと言いたいのだ。

「他の欠席者のトラベラーと一緒に、未開封で保存されるだけだろう」

俺は頷きながらビールを飲んだ。それでもジョッキに残留する泡のように、懸念は心の底にへばりついて残った。

「……そもそも発端の書き込みは誰がしたんだろう？」

富岡は素直に「普通に考えて岸本本人か、岸本を気の毒に思っていたクラスの誰かじゃないか？　捨て垢だからわからんが」と返してきた。

「俺もほぼほぼそう思うけど」

「他もあるのか？」

「転校後にできた味方の線はないかな。そいつが知恵をつけてる」

俺が示した協力者の説に、富岡は「なるほど」と顎をさすった。

「三年六組じゃない誰かの線もあるのか。そいつは気づかなかったな。義憤にかられた友人か。岸本から手紙を入れたと教えられたのか、そうでなくても入れたことにして、ブラフでビビらせられたら十分って作戦なのかもな」

「知恵をつけられてるなら、出欠はがきが来ないことだって想定内だろうからさ」

そこなのだった。だから嫌な予感が現実味を帯びてくる。本気で恨んでいるなら、最初から頭数に入っていないことなど瑣末事だ。日時はＳＮＳを見れば一発でわかる。ホテルの会場はともかく、後先を考えないなら白麗高校に直接乗り込めばいい。そしてどうするか？　複数の遺言墨のエピソードを読み解けば、場合によってはメッセージを送りつけた相手に死をも押しつけることが可能だとわかる。だが、そんなまどろっこしく不確実な手段を俺なら選ばない。遺言墨というのは、単なる餌じゃないのか。恐れて欠席するなら不戦勝。来ないというだけで「欠席者は後ろめたいから来なかった、欠席者の中に犯人がいる」と印象づけられる。そしてもしも「遺言墨など都市伝説」とターゲットがのこのこ出席するなら、そのときこそ自分でナイフを振りかざせばいい。俺は岸本がそういった激情を秘めていることを誰より知っている。もっと言うなら、やましいところがなければ来いとゆする目的の、遺言墨の書き込みだったのではないのかとすら思っている。

やはりこの同窓会、やらない方が——。

「でも俺、花田のその考えが合ってたらいいと思う」

「俺の？」

俺の考えは最悪に近い。何がいいのかと物言いをつけかけ、気がそがれた。富岡は本当ににこにこしていた。一杯のビールで酔ったわけでもなさそうなのにだ。

「だってそれが合っていたら、岸本には今友達がいるってことだろ？」

はっとする。岸本に寄り添う味方ができたことを喜ぶ、そんな発想は俺にはなかった。

＊

三年の夏休み、俺たちいつもの仲間は一度だけ会って遊んだ。推薦を狙っていた俺は他の連中よりもデッドラインが迫っていたが、高校生活最後の夏を勉強だけに費やすつもりもなかった。お盆に入っていて、部活動は休みだった。海に行きたいと木下は主張したが、井ノ川の「街中がいい」という一言で、大通公園に近いファストフードでランチを済ませてからカラオケを四時間というコースに決まった。中山はギターを持参して、俺たちを大いに楽しませた。カラオケの後またファミレスで夕食をとった。まだ遊び足りない顔の嵯峨と安生が藻岩山《もいわやま》へ夜景を見に行こうと言い出した。井ノ川は乗らなかった。すると二人も引き下がった。

解散となったとき、一部だけで続きを楽しむのか、帰るとしても誰と誰がどこまで一緒に行くのか——そんなところにもパワーバランスが表れる。井ノ川は一人を選んだ。他の誰が誰とつるもうと何とも思わないと、その横顔が言っていた。木下がこちらを見ていた。話しかけられるのを待っているのだというのはわかったが、俺は気づかない鈍感を装った。

俺は中山と地下鉄駅の改札まで並んで歩き、抜ける前に書店に寄ると言って一人引き返した。大型書店の一角に井ノ川の姿を見つけた。街中へ行ったときは必ず本屋に立ち寄ることを、俺は進学塾で一緒だった中三の秋に聞いていた。書店の中で特別なことをするでもなく、参考書や雑誌を眺め歩いているだけなのに、井ノ川は目立った。通りすがりの奴らの視線が井ノ川の移動に合わせて動く。軒並み見えないルアーに引っかかったかのようだった。かといって話しかけられることもない。数分眺めていたが、彼女に声をかける猛者《もさ》はいなかった。

井ノ川が芸能誌を一冊取った。彼女がとあるページを読み込み始めたので、俺は近づいていった。気配に気づいたのだろう、井ノ川は顔を上げた。俺を見つけても彼女は別に喜ばなかった。

迷惑そうな顔もしなかったが。

彼女が見ていたページは、大河ドラマの主役が決まった注目俳優へのインタビューだった。クールな顔立ちでいかにも和服が似合いそうなイケメン。去年有名私大の大学院に入学していたというニュースが出て、軽く驚いた覚えがある。

そうか、井ノ川もこういうわかりやすくいい男が好きなのか。俗な一面があったんだな——俺はそんなことを思い、そいつと俺を頭の中で並べくらべた。芸能人に勝てるとは無論言わないが、彼女だってまさか俳優と付き合えるなんて夢にも思っていないはずで、だったら物理的距離が近いだけ俺に分《ぶ》がある。はなから恋愛に興味がないのなら諦めざるを得ないが、男性芸能人への憧れがあるのならチャンスもあるという解釈を、俺はした。

井ノ川はその芸能誌をカウンターに持っていった。俺は一緒に帰ろうと言った。もう夜だ、送ると。俺たちは中学校は違えど進学塾は同じだった。方向が同じなのだ。彼女は断らなかった。

彼女の家は普通の家より大きい。カーポートも三台分の広さがある。庭にはヨーロピアンなデザインのガーデンライトが黄色く灯っていた。

「推薦、合格するといいね」

さよならの代わりにそう言って、井ノ川は門を入っていった。

俺は次の日に井ノ川が買った芸能誌を自分でも購入し、美容院に持参して俳優と同じ髪型にしてもらった。オーソドックスなスタイルだからそう激変はしなかった。でも休み明け、木下は「なんかめっちゃかっこよくなった」と目を輝かせた。

井ノ川はノーコメントだった。俺たちは芋虫の一歩ほども進展しなかった。俺が告白しなかったからだ。

俺は志望どおり市内の私大に推薦入学を果たした。木下も同じ大学に進んだ。木下と付き合うようになったのは二年生の夏だった。きっかけは特になかった。ただ誰と付き合っても続かなかったのに、木下とは続いた。なんだかんだでレベルが合っていたのだろう。東京の名門大学に進学した井ノ川とはコンタクトが途絶えた。木下はたまにメールを送っていてそれには返信があるようだったが、井ノ川から連絡をとってくることは一切なかった。卒業してから井ノ川とは一度も会わなかった。それでもぎりぎり繋がっている気でいた。

アナウンサーに内定したらしいと木下から聞いて、俺は彼女が読んでいた芸能誌のページを思い出した。そしてようやく思い知った。俺は井ノ川のことをまるでわかっていなかった。

あの俳優にインタビューしていたのは、ローカル局出身のフリーアナウンサーだった。彼女は最初から違う世界を見ていた。

＊

土曜日、気づけば木下はもう部屋にいなかった。ボランティアなのか仕事のシフトが入っていたのかはわからなかった。彼女のシフトはもう把握していない。なぜ同棲を続けているのかと最近自問する。木下のほうもきっとそうだ。でもまだ婚約指輪は外していない。彼女の指の細やかな輝きは、後悔と同時に忘れかけていた愛《いと》おしさも呼び覚ます。甘ったれて付きまとう木下を本気で可愛いと思っていた自分は、確実にいたのだ。

遅い朝食がてら、一時期は我慢していたドライブに出る。三十分ほど時間を潰せばランチタイムだ。いつものリストがカーステレオから流れてくる。そこで思い立った。白麗高校へ行ってみようと。卒業以来一度も足を向けたことがない母校は、様変わりしているのか。昔は畑に取り囲まれていたが、風の噂では付近も都会になったらしかった。交通機関はバスだけの不便な場所なのに、それだけ宅地需要が高まっているのか。

かつての通学路を行く。地下鉄沿線エリアを過ぎた先はやはり様変わりしていた。昔バスの車窓から目にした店舗は軒並み別の何かに変わっており、ときおり昔のままの建物があると逆に違和感を覚えるほどだった。

町名が変わる防風林のラインを過ぎてから、変化はより顕著になった。昔は空き地で広々と見晴らしのよかった区画に戸建て住居が立ち並ぶ。マンションも低層から中層までのものが点在していた。大型商業施設、ファミレスや回転寿司のチェーン店も見られた。地下鉄駅周辺エリアの賑わいがそのままかつての田舎町まで広がった、そんな感じだった。

高校の近くに適当に車を停めてしばらく眺めてみようとも思ったが、路駐は無理と判断し、スピードをやや落として高校前を過ぎた。高橋家の畑は建売住宅に取り潰されていた。十年ぶりに見た校舎は増改築され、前庭、教職員駐車場、駐輪場、校庭の配置も記憶とまったく違っていた。タイムカプセルを埋めた場所に生えていたはずの白樺も、伐採されているように見える。俺は急に歳《とし》をとった気分になった。校庭や校舎の中には今日も部活動に勤《いそ》しむ現役高校生がいるのに、俺はもうそういった世界とは縁が切れたのだ。

カーステレオは音楽を流し続ける。かつて俺や友人たちが歌い聴いた青春の音楽を。きっと今の生徒たちはおっさんおばさんの曲だと軽んじる。こんなに繰り返し聴いている俺はなんなんだ。何度聴いたところであの日に戻れるわけでもないのに。

スマホに通知が入った。ちょうどファミレスの駐車場に入ろうとしているところだった。停車して画面を見ると、富岡からだった。

『同窓会のはがき出したか？　俺は出席で出した』

『あんまり深刻に考えずに来いよ。足立や三井も花田に会いたいって言ってるぞ』

俺はカーステレオを切った。富岡は気持ちのいい大人だった。これが正しい卒業生のあり方なのだろう。十年ぶりの再会を心待ちにし、復讐劇がセッティングされているなど想像もしない。疑心暗鬼になっている旧友を軽く諭しつつ誘う。

要は俺の反応は間違っているのだ。遺言墨や岸本李矢、いじめのワードに書き込みバトルを繰り広げ出した奴らもだ。あの書き込みは見事にクラスの中の正しい人間と後ろ暗い人間を炙《あぶ》り出《だ》してみせた。

当然、後ろ暗い人間が欠席することまでお見通しだ。

「参ったな」

かつてカースト上位層だった俺たちが完璧に踊らされている。あいつはそれをどこかで見ている。右往左往する俺たちを嗤いながら。スカートのポケットに仕込んだナイフをチラつかせながら。

俺はハンドルに上体をもたせかけた。クラクションが鳴った。

部屋に戻る。木下はまだ帰っていなかった。

俺は自分宛の往復はがきを手に取ってしばらく眺めてから、返信はがきを切り離した。

「……おまえの勝ちだよ、岸本」

そして、出席に丸をつけた。

岸本

自治体にもよるが、新任で母校に着任するのは大変珍しいと聞いたことがある。私も取り立てて希望を出したわけではない。

だから、こんな時期にこんな形で白麗高校へ舞い戻ったのは、天の配剤なのだろう。

着任早々、雪解けを待っていたかのように校舎の増改築工事が再開された。開校当初から使われていた体育館は老朽化が進んだため、第二体育館が造られるのだった。限られた敷地内での増築では、新たな建物のために犠牲とならざるを得ない箇所が出てくる。その中の一つがタイムカプセルを埋めたあたりだった。

駆り出された他の教師と教職員用玄関を開け放して待っていると、現場作業員が校庭から台車を押してやってきた。台車には六つのタイムカプセルが載せられていた。

それらはまるで収穫された根菜だった。タイムカプセルを覆うビニール袋は泥だらけだった。

「外側のビニール袋を取り替えよう。汚いから」

台車を引き受けた門馬が言った。

玉ねぎの皮でも剝がすようにビニール袋は取り去られ、銀色のタイムカプセルがあらわになった。

「備品庫で保管でしたら、ビニールはいらないのでは？」

横から一人の教師が口を差し挟んだ。門馬は少し考えたが「袋で密閉したほうがいい」と断言した。

「湿気はよくないと何かで読んだ。乾燥剤と一緒に袋の口を閉じれば、裸で段ボール箱に入れるよりいいはずだ」

開封式を待たずに掘り出された六つのタイムカプセルは、それぞれ油性マジックでクラスを記された段ボール箱に入れられて、職員室の隣にある備品庫の奥に押し込まれた。

六組と書かれた段ボール箱は、最後に五組の上に積み上げられた。

「こんなことってあるんですねえ」一人の教師が言った。「開封式の前に掘り出して移動するなんて」

「いや、移動するだけまだいい方だよ。埋めたことを語り継ぐ人間がおらずに、アスファルトが敷かれた例や建物が建った例なんてのもある」

「へえ、そうなんですか」

作業を終えて、門馬らとともに備品庫を出、手洗い場に向かいながら思った。

備品庫はものがいっぱいだった。空きスペースがなくなってきたら、準備室を貸してもいいと申し出よう。おそらく歓迎される。そうして、六組の段ボール箱を自分で保管する。

開けようと思えばいつでも開けられる。

あの夜に仕込んだ手紙も、好きにできる。


『私をいじめた人たちへ。

これを開けるころ、あなたたちがどんな人生を送っているか、想像がつきません――。』


当時の私はみっともなかった。必死で恋愛をしようとしていた。周りがどう思うかなんて二の次だった。

彼氏が欲しかったのは、コンプレックスの裏返しだ。私は自分がブスだと自覚していた。ブスで彼氏がいないと「ああ、そうだよね」と納得されるのだ。「ブスだから彼氏できないのも仕方ないよね」と。でもブスにだってプライドはある。だから必死で恋愛して恋人を作ろうとしていた。

彼氏さえできれば、彼氏もできないブスじゃなくなる。序列が上がる。

花田は本気で好きだったが、そういう目論見《もくろみ》があったことも否定しない。

遺言墨で告白する少女の話を知ったとき、この子は私だと思った。この子の中にも抗《あらが》う気持ちはあるはずだ、だからこそ告白を選んだのだと。誰だって蔑まれたくはない。蔑まれるよりは下を見て安心したい。ひどく共感を覚えた。

容姿に恵まれた人にはわからない理屈だろう。たとえば、井ノ川には。

吹奏楽部での体力づくりに熱心じゃなかったことも認める。私は当時太っていた。汗っかきだった。走れば誰よりも汗びっしょりになる。それをみっともないと思ってしまった。恋愛が遠のいてしまうと恐れた。

今もあのとおりに振る舞うかと訊かれれば迷わず否と答える。

幼かったと自分でも思う。間違えていた。矛盾もある。でも、だからといっていじめられても仕方ないとは思わない。これだけは十年経っても認められない。

彼らはいじめをこの言葉で正当化する。

『カースト』

カーストに支配されていた彼らが大嫌いだった。

ゆえに私は、決行する。

再会

白麗高校の部活動は、八月十日から休みに入った。夏休み明けに全学年で実力テストが予定されているからだ。試験前に部活動が停止になるのは、多くの学校と同じだ。今、特別な許可を得て活動が許されているのは、八月末に全道大会が実施されるハンドボール部とバドミントン部だけだ。とはいえ、他の生徒の姿をまったく見ないわけではない。

廊下を歩いていると夏服姿の男子生徒に出くわした。部活動の生徒ではないようだった。彼は私に顎を前に突き出すような会釈をし、「古語辞典置いてたんで」と言った。普段机の中に入れっぱなしの重い教材を、試験前に慌てて取りに来る生徒はいつの時代にもいるものだ。私は頷いて「勉強頑張って」と声をかけた。

書道準備室の鍵を開け入室する。炎天下、男子ハンドボール部員が元気にシュートの練習をしていた。

校庭の横を走る道路のアスファルトが、ねっとりと溶けたように見える。住宅の屋根は暑熱に焼かれて、ぎらぎらと光を照り返す。

私は窓に背を向け、デスクに座った。爪先でデスク下の段ボール箱を軽く蹴る。

今日、彼らが来る。

ここへ到着するのは四時前だろうか。

私は壁にかかった丸い時計を見た。午前十一時になろうとしている。

スマホを操作する。ＳＮＳのアイコンをタップし、同窓会アカウントをチェックする。

『北海道も感染者ゼロの日が続いていますね。五月は残念でしたが、無事状況が落ち着き今日の日を迎えられたことを嬉しく思います。それでは、本日一時に会場でお会いしましょう。ついに、同窓会まであと０日！』

どんな顔でこれを書き込んだのだろう？

＊

「で、木下はどうするんだよ？」

花田が尋ねてきた。下ろしたばかりのリネンのシャツを着て、黒縁眼鏡を掛けている。彼は行くのだ。

出欠を問うはがきは、引き出しにしまったまま出さなかった。常識的に考えれば欠席扱いだろうが、欠席すると明言してはいない。

「……行けばみんなにもいろいろ教えられるんだけれど」

「毎日俺に説教していることをか？　マスクの付け方でここまでウイルスの飛散量が変わります、すべての人が一時間に一度手洗いすれば感染者数は七十パーセント減少します、とか？」

彼はふっと鼻から息を抜くように笑った。

「おまえ、ほんと変わったよな。春先はめくじら立てて自粛警察してたのに」

「人は変われるのよ。天野さんのおかげ。あなたもマスクをして。家の中でもマスクをすれば、万が一のときも家庭内感染のリスクを下げられるんだって」

「今日の同窓会、みんなマスク外すと思うぞ。料理食えないからな。それをいちいち注意して回るのか？」

今日、同窓会に出席するか否か。

もし遺言墨の書き込みから始まったいざこざがなければ、そして他の友人たちも参加するなら、私も出席したかもしれない。だが私は、同窓会ＳＮＳ上で誰かに名指しで主犯扱いされ、こちらも張り合うように井ノ川を告発した。名前を出された私が好奇の目に晒されるのは自明だし、私はユーザー名ＭＡＲＩＣＡという表アカウントから書き込んだ。多少勘の良い人間ならＭＡＲＩＣＡは木下まりかだとやすやすと見抜く。出席する理由なんて一つもなかった。

やりすぎを認めてみんなの前で頭を下げるのが、一番常識的かつ道徳的なのだろう。

でも、できればそうしたくなかった。そこまではまだ割り切れない。

——時が来たら謝れる。したくないのなら、今はその時期ではないのだと思う。

——あなたはちゃんと悔いて変わっているのだから大丈夫。もうSNSだって見ていないのよね？

天野もそう言ってくれたのだ。

あれほど依存していたSNSは止めた。アカウントは残っているが、ログインしていない。

他県ナンバーの車両をSNSに晒し上げていた私は、もう過去にしかいない。確かにあれはバズった。大勢が私の投稿を拡散し、〈いいね！〉をくれた。世間に認められた気になれた。

だが、運転手の一人が黙っていなかった。自分は道楽で動き回っていたのではない、年度替わりで転勤してきて近所に住んでいる、非常に迷惑している、今すぐ当該投稿を削除し、なおかつ謝罪投稿をトップに固定しろと言ってきた。告訴する用意もあると。

動揺する私に花田は「とにかく謝れ」以外の策を示してくれなかった。助けてくれたのは、同じ契約社員の天野だった。天野は私のフォロワー『ルゥ』だった。

自宅待機で収入がなくなる不安も、身勝手な人々の行動への憤りも、SNSで認められる喜びも、天野はすべて聞いてくれた。否定は一度もしなかった。とにかく頷き、あなたの気持ちはわかると寄り添ってくれた。SNSには職場関係の愚痴も書いていたのに、それについては何も言わずに運転手の男性との間にも入ってくれた。知らなかったが、天野は法律事務所で働いていた経歴があったのだった。契約社員の中でもっとも年齢が高いことを理由に、切られるなら自分より彼女と一瞬でも考えたことを、私は大いに恥じた。

緊急事態宣言の解除を前に、私たちは職場に近いカフェで会った。トラブルを解決してくれた礼を言いたいと私から申し出、天野が受けてくれたのだった。もちろん職場への復帰は、二人ともまだだった。

席の半分に利用禁止のシールが貼られ、客の姿もまばらな店内には、カップをソーサーに置く音、スプーンが何かに触れる音が時々響くだけだった。話し声はまるでなかった。私たちは四人がけのテーブルに対角線に座った。

それぞれの注文が運ばれてきてから、私たちはマスクを外した。

——ＳＮＳからは距離を置いているみたいね。そのほうがいい。あんなので叶う自己実現なんて、まやかしよ。

運転手との間に立ってくれたとき、天野はしばらくＳＮＳを見るなと私に忠告した。ならばアカウントを消せばいいのだろうが、怒らせた相手方の要求で、謝罪文を一年トップに残しておかなければならないのだった。

謝罪するというのは、負けを認めて土下座し、許しを請うのと同じだ。私は土下座姿を全世界に晒している。

——情けないですね。おかしいでしょう、天野さんには。

自嘲すると、天野は微笑んで首を横に振った。老けて見えると内心嗤っていた彼女のほうれい線が、若々しい笑い皺に変わった。私は目を見開いた。

——多分、あなたは変わりたいんだと思うの。もっと素敵で充実している女性に。

素敵で充実している女性。私の脳裏に像を結んだのは、井ノ川だった。

井ノ川のように一目《いちもく》置かれたかった。認められたかった。高校時代からだ。天野に言い当てられ、私は人目も憚らずに泣いた。

——自粛警察じゃなくて、もっと建設的に自己実現しない？　私、以前からボランティア活動をしているの。とはいってても今はできることが限られているけれど。布マスクやフェイスシールドを手作りして施設に寄贈したり、マスクに隙間ができちゃう人のための鼻当てを作ったり。ああ、家に閉じこもりがちのお年寄りのために、自宅でできる体操の動画配信もしているから、あなたみたいな可愛い人がいると嬉しいわ。あとは啓蒙活動の発信。感染症は油断ならないでしょう？　これから必ず来るだろう第二波に備えて、リスクを減らす行動をまとめたリーフレットを作って、市民に配布してるのよ。

「おまえみたいな女が、まさかボランティア活動するとはな。今日も集まる日なんだろ」

以前の私なら「おまえみたいな女ってどういうこと？」と眉を上げただろう。私は窓の外へ視線を移して大きく息を吸った。腹に空気を溜め、吸った時間の倍を使って吐き出す。天野が教えてくれた呼吸法だ。マスクをつけての深呼吸は楽ではないが、外さないと決めている。自分のためではなく公衆衛生と人類社会のために。

スマートフォンのカレンダーアプリで、今日の予定を出した。花田の言葉どおり、今日の予定は重複していた。一つは同窓会、もう一つはボランティアグループが作ったリーフレットのポスティングだ。街頭で配布するよりも人と人との接触が減らせる方法を、グループはしっかり選択している。

きっと花田もいつか私や天野を理解し、協力してくれる。特効薬やワクチンは万能ではない。ウイルスは変異する。人類社会が感染症に打ち勝つためには、一人一人の行動が大もとから変わらなければならない。そのためには私も訴え続けなければならない。

今日同窓会へ行けば、会場に来た旧友には啓蒙できる。だが出席者はせいぜい二十人程度だ。ポスティングなら同じ時間をかけて十倍の人々に情報を届けることができる。

そもそも大人数で集まって飲食すること自体、好ましくない。同窓会という文化は、これからの生活様式では廃《すた》れていくだろう。

私は正当な理由を見つけられたことに満足した。謝りたくないとか好奇の目が嫌だからとか会いたくないからとかいう子どもっぽさではなく、公衆衛生に気を配る大人の判断として、同窓会は適していないのだ。

「同窓会は欠席する」

言葉にすると、一気に肩の荷をおろした気分になった。

私は同窓会SNSに欠席する旨のDMを送ってからエプロンをつけた。朝食は何を作ろうか。花田は柔らかめのチーズオムレツが好きだ。それにしよう。

*

「磯部！」スマホに通知が入ったのと同時に、明るい声が飛んできた。「手伝うよ！　名札とか渡すんでしょ？　人いたほうがいいよね」

　ライトグレーの七分袖ブラウスを着た女が、笑いながらこちらへ駆け寄ってくる。三井だった。三井のすぐ後ろには室田と桜庭も。

「あれ、余裕？　スマホいじっちゃって」

「いや、今メッセージが来たっぽくて」

「そうなの？　いいよ、確認して」三井は受付の内側に入ってきて、行き過ぎようとするホテルスタッフに声をかけた。「あ、すいません。椅子《いす》三脚追加でお願いします。受付四人でやります」

　俺たちは札幌駅から少し離れたビジネスホテルにいる。二階の桔梗《ききょう》の間が三年六組同窓会の会場だ。入り口の前に長机を置いてセッティングした受付で、出席者を一人でさばくつもりだった俺は、予告なしに現れた助《すけ》っ人《と》に驚いていた。

「なんで来たんだ？」

「えー、そんな言い方あり？」頬を膨らませてから一転、三井は破顔した。「手伝えることあったら言ってってあの夜の帰り際に言ったじゃん」

「確かに聞いたけど、何も頼んでないよな」

「でも、いいことないって言ってたじゃん？」ホテルスタッフが運んできたパイプ椅子を俺の隣に置き、三井はさっさと座った。「いいことないのに一人で頑張ってるの、すごすぎでしょ。そりゃ手伝うよ。うちら三人とも暇だし。ね」

　自分たちは暇人ですと決めつけられた室田と桜庭は、苦笑いしている。

「実績ある三井が手伝ってくれるなら百人力だな」

五月に企画した有志だけの同窓会を仕切っていたのは、三井だった。三井がわずかに表情を硬くしたので、俺は謝った。「ごめん、他意はない」

「嘘ばっかり。他意あるでしょ」三井が俺の前から名簿とボールペンを取った。「磯部ってそんな嫌味言うやつだったんだ」

「呆れたか？」

「全然。人間っぽくていいじゃん。完全無欠なやつなんて地球にいらない」

「おまえらがいきなり来た日も、俺ミスばっかりした」

あの夜は忘れられない。バイトから帰った俺は自室で寝ころびながら、自分自身の滑稽さを嗤った。嗤いつくしたあとに残ったのは、まっさらの虚無だった。俺は眼前に広がる更地の無味乾燥さに絶望し、同時に美しいと思った。これでいい。自分が信じていたものが本物であれば、しっかりと俺の核に根を張り流されなかった。消え去った居場所ならば、しょせんはその程度のものだったただけなのだ。

俺はバイトを休み、光の真の集会にも行かず、日がな家に閉じこもって過ごした。腹が減れば部屋にあるものを適当に食べ、排泄《はいせつ》したくなればトイレに行き、眠たくなれば万年床で寝る。生まれて初めて自分のためだけに生きている気分になった。

五日間、そうして過ごした。

「いつだって誰かのために、誰かが避けたいと思うだろうことをやってきたつもりだった」

三井がうんうんと何度も首を縦に振った。「知ってる。学校祭の実行委員も同窓会の幹事もそうだね」

「磯部、修学旅行の委員もやってたね」

桜庭が俺の委員歴を一つ思い出してくれた。室田も続いた。「体育祭実行委員も」

「でもあの夜、そういうふうにやっていこうって思っていた自分の柱みたいなのが、ボキッて折れた」

隣の三井がすっと背を伸ばして居住まいを正した。聞くよ、という姿勢だ。でも内心は呆れているかもしれない。そうだろう、これは正当な不満じゃなく、自分勝手な愚痴だからだ。でも俺は続けた。意地も見栄も張る必要はない。俺はそんな大層な人間じゃなかった。誰かに聞いてもほしかった。

「そんなふうに生きたって、結局なんもいいことなかった」

「てことは、いいことがあってほしかったんだ、磯部は」

三井が横から俺の顔を覗き込んだ。首を傾げるような姿勢になったので、横の髪が彼女の頬にさらりとかかった。こちらを見る目に嘲《あざけ》りの色はなく、むしろ面白いものを見つけたボーダーコリーのように輝いていた。

「見返り欲しいよね、頑張ったらさ。私もそうだよ」

上昇のエスカレーターに乗って誰かがやってくる。男だ。

「残業手当なしでは働けない」

桜庭が変な同調をし、室田は眉間に皺を寄せた。三井の右手でボールペンがくるりと一回転した。

「今日だって幹事の磯部は当然として、私たちにも見返りあってほしいよね」

「三井、それは図々しい」

「お料理、ちょっと多めにいただくつもりで来てる」

エスカレーターを降りた男は俺たちと同じ年頃だ。頑健な体軀が窺える白のポロシャツにチノパン。五月の集まりでも見た顔だ。

「富岡だ」

室田がラグビー部だった男の名前を出した。彼は今日の案内が印刷されている往復はがきの半分を手に、受付テーブルの前に立った。

「あれ、おまえら手伝ってんの?」

「そうだよ、褒めてね。会費は磯部に渡して。このあとのタイムカプセル開封式には行く? こっちも人数確認必要なの」

「行くよ」

俺は裸で出された五千円を受け取った。三井がそれを確認し、てきぱきと名簿にチェックを入れる。

「一番乗りおめでとう。君がチャンプだ。これ、見えるところにつけて」

桜庭が名札を渡すと、富岡は受け取りつつもぼやいた。

「名札がいるほど俺ら変わってないだろ」

桔梗の間の入り口でホテルスタッフからグラスを受け取る富岡の背を見送る。その間も頭の中で先ほどの三井の言葉を反芻していた。

――見返り欲しいよね。

俺が五日かかって辿り着いた結論を、三井は一発で言い当ててみせた。

見返りが欲しかっただけ。それに気づいたとき、俺の頭はすっと覚めた。ずっと人のため、誰もやりたがらないことだから自分がやる、利他的行動が己の生き方だと明言してきたが、胸の裡は違っていた。だから、いいことがなく認められもせずの現実を突きつけられ、幼児のように拗《す》ねた。

それだけのことだった。

「俺、一瞬幹事辞めようと思ったんだ」

「え、マジで?」三井が目を剥いた。「やば。でも今日ちゃんとやってくれてるじゃん……踏みとどまってくれてありがとう」

「ありがとうと言われることでもないけどな」

「なんで踏みとどまったの?」

三井ら三人組は揃って興味津々といった顔で俺を見る。

「なんでかな。何もしないのも、時間持て余すからかな」

本当はよくわからない。今も違う生き方がなかったかと考える。

でも、今日はよかった。少し楽しい。

こうして誰かと一緒に役目をこなすのは初めてだった。俺はいつも一人でやっていた。

＊

「ところで磯部。さっきスマホに通知来てたの大丈夫？　確認してないよね」

私にそう言われて、磯部は通知のことを思い出したみたいだ。

「そうだった、ありがとう室田」彼の中指がスマホの画面をスワイプする。「井ノ川からだ。木下、欠席するってさ」

磯部の言葉に、とっさになんとコメントしていいかわからなくて、私は隣のパイプ椅子に座る三井の鼻を、馬鹿みたいに凝視してしまった。

「どうしたの、室田？」

三井はすぐに私の異変に気づいた。なんでもないの意味で首を横に振る。木下にも都合がある。仕方がない。ならば、用意してあるこの名札は必要ないのか。私はテーブルに並べてある名札の中から『木下まりか』を探し出し、足元の紙袋に落とした。

「すみません」若い女性のホテルスタッフが受付に声をかけてきた。「タイムテーブルの最終確認をお願いしたいんですが、どなたかよろしいですか」

こちらへ一人来てほしいと言うように、スタッフが桔梗の間へ手を向けた。磯部が素早く立ち上がった。

「わかりました。俺行ってくる」

前半はホテルスタッフに、後半は私たちへ言い残し、磯部は桔梗の間へと消えた。五月に居酒屋で目にしたバイト姿より数段できる男に見えた。

同窓会開始予定時刻三十分前。開始前に順番に化粧室を済ませておこうということになり、最初に桜庭が向かった。

桔梗の間からグラスを運ぶ音が聞こえる。長机を覆う白のクロスが眩しかった。

「……ありがとうね」

クロスに言葉を落とすように呟けば、三井は「え、何？」と返した。私の礼に本気で心当たりがない顔だ。わざととぼけているのではない。三井はそういった駆け引きを好まない。

「私を止めてくれたじゃん、木下のことを書き込んだとき」

だから私も素直に言えるのかもしれない。それにぐずぐずしてはいられない。出席者が来ても、桜庭が戻ってきても、この話はできない。

「ちゃんと顔を見て、直接お礼言いたかった」

「ああ、あのこと？」

三井は両肩をほぐすように軽く回して、Ａ４の受付名簿の角を摘んだ。

「嫌じゃなかった？　私も一応言葉選んだつもりだけどさ」

「本当を言うと、最初はショックだった。木下のことを庇《かば》うの？　って思ったし、何より私だってバレてたのが」

「室田なら、言えば絶対わかってくれると思ったから言ったんだ」

捨てアカウントから、いじめをしていたのは木下だと名指しで中傷した私に、三井は気づいて忠告してくれたのだった。最初はメッセージアプリだった。白々しい否定を返しても、三井はへこたれなかった。二度目の中傷を書き込むと、今度は直接電話をくれた。そして高校時代と変わらぬ声で語りかけてきたのだった。

――違ってたらごめんだけど、木下を名指ししてる書き込み、室田じゃない？　内容が仮に正しいとしても、誰にでも見られる場で実名出すのはやめよう？

――私が誰かからいじめの首謀者は三井だって書き込まれたら、めっちゃ腹立つし怖いし、気になって夜眠れないし、仕返し考えちゃうよ。そんなの、つまんないでしょ？　消そうよ。もっと大勢の人が見ちゃう前に。木下のためにも室田自身のためにもさ。

信頼してくれていたと言うことだ。私は改めて安堵する。三井が少しでも私の聞く耳を疑っていたら、スルーされていた。スルーされていたら、私はいじめの首謀者は木下だ、遺言墨で呪われるのは木下しかいないと書き込み続けただろう。自分が楽になるためだけに。

動転していたとはいえ、軽率で弱かったと今は反省している。高校生よりも幼い行為だった。

「遺言墨で書かれたメッセージが仕込まれてるって投稿が、まずあったでしょ？」

男性のホテルスタッフが私たちの前を過ぎ、別の広間に歩いていく。きっちりと不織布のマスクをしている。

「あれで、思い出しちゃったんだよね。高校時代の私を」

「高校時代の室田はまあまあいい子だったよ」

「三井は吹奏楽部じゃなかったでしょ。放課後三井はテニスコートにいて、私は音楽室で岸本李矢と一緒だった。私、岸本が好きじゃなかった」

「うん」

三井は短く相槌を打った。否定でも肯定でもない、先を促す「うん」だ。私は背を押されるままに話す。エスカレーターで上ってくる男が一人。中年だ。私たちの世代じゃない。

「岸本が退部するまで、部の中で一番彼女に辛く当たってたのは、私だった。わりと酷《ひど》いことしてた。楽譜捨てたり、面と向かって出て行けって言ったこともある。それを望む雰囲気は部にあったんだ。岸本に厳しくするのを一番望んでいるのが井ノ川だっていうのも、はっきりわかった。私ね」

喉がつかえた。心の中を言葉にすることの恐ろしさに、私の声が喉で竦んだのだ。私は自分の声帯に拍車をかけるように大きく咳払いした。

「井ノ川たちと仲良くなりたかった」

三井や桜庭と一緒にされたくなかった。自分はもっと上のカーストだと思っていた。だから私は、吹奏楽部では桜庭とあまり話さなかった。井ノ川だけを見ていた。

「三井が桜庭を連れて私にくっついて来るから、井ノ川のグループに近づけないって」

「そうだったんだ。あはは、ごめーん」

三井は歯を見せて笑い飛ばした。ここで笑えるなんてもう脱帽するしかない。お揃いのバッグも本当は持ちたくなかった、卒業してすぐに捨てたと打ち明けても、彼女は私を大らかに許すのだろう。

「馬鹿でしょ」

今ならわかる。三井や桜庭といなくても、私は井ノ川の隣には立てなかった。三井が話しかけてくれなかったら、教室で一人だったかもしれなかった。

「私、自分で思ってるより、つまんなくてしょうもない嫌な人間だった」

「百パーつまんなくてしょうもない嫌なやつだったら、話しかけてないんだなあ」

「吹奏楽部での岸本への仕打ちもね、井ノ川にいい顔したくて、井ノ川があの子を邪魔に思ってるなら望むとおりにしたかっただけなんだけど……これ、言い訳だよね」

三井の左肘が、ごく軽く私の腕に触れる。

「言い訳したくなるほど責任感じたからこそ、木下の名前も出しちゃったんだね」

弁明の余地もなかった。

「同窓会で元いじめられっ子が暴れたっていう話を、職場の係長がしたんだ。でも係長や他の参加者は、その子がいじめられていたこと自体覚えていなかったって。私も言われるまで岸本とのことに自覚はなかった。当時も岸本の駄目なところばかりを数えて、冷たくされて当然じゃんって思ってた。でも」係長の話を聞いて青くなったのだ。「岸本は私にいじめられたって思ってるかも、復讐されるかもって考えたら怖くなった。だからクラスではもっとひどい木下がいたでしょ、って主張した。もし岸本が私の名前を書いてタイムカプセルに入れていたとしても、木下の方が悪かったって認識にみんながなれば、私は間違えられた被害者になる。岸本も無効にしてくれるかもしれない……無効にするやり方があるかは知らないけど」

「無効化かあ。岸本もタイムカプセル開封に参加して、みんなに読まれる前に破るとか？」

「岸本は来るの？」

「この名簿見ると出席者わかるけど、名前はないね。来ないんじゃない？　そもそも論で同窓会名簿になければ出欠はがきも送れなかっただろうし」

「だよね」上昇のエスカレーターに乗って、青年が一人やってくる。「勝手だった。怖くて自分のことでいっぱいいっぱいだった。あのときって、仕事でも失敗してて」

三井も青年に気づいたようだ。「ＳＮＳの炎上？」

「うん。これも言い訳だね。とにかく、三井が私に気づいて、書き込みを止めろって言ってくれたから、冷静になれた」

「なら、よかった」

「引きずっていたら、五月の有志同窓会も楽しめなかっただろうし」

「あれ、めっちゃ楽しかったよね。桜庭もいい飲みっぷりでさ」三井は声を明るくした。「今日の出席者、あのときのメンバーとだいたい被ってる。でも磯部には悪いことしたよね。まさか北海の大将でバイトしてたとは」

「だから私と桜庭に一緒に手伝おうって誘ったの？」

受付のヘルプは三井の発案だったのだ。三井は桔梗の間の扉に視線を走らせた。

「まあね。でも来てよかった。一人でこれやるの大変だよ」

こういうことを、今までもずっと磯部はやってきたのだ。

「例外は？　磯部の他で」

三井は手元の名簿に目を落とした。「そうそう、例外ね。言おうと思ってたんだけど……あ、今こっち来るの、あれ足立じゃない？」

こちらへ小走りにやってくる足立は、黒のTシャツにジーンズという恐ろしくラフなスタイルだ。すでに桔梗の間に入っている富岡と仲がいいから、開宴まで退屈はしないだろう。

「あれ、おまえらがやってんの？　磯部は？」

「磯部はスタッフと打ち合わせてる。富岡はもう来てるよ」

「マジかよ、あいつ早いな」

足立を桔梗の間へ送り出すと、三井は話題を元に戻した。

「こないだはいなくて、今日来てくれる人は磯部以外に二人。花田と」三井はもったいぶるかのように一拍置いてその名を言った。「井ノ川」

SNS担当幹事として同窓会に関わりながら、彼女は自らの出欠について一度も書き込まなかった。いったん流れた五月のときもそうだった。それを多忙さゆえの欠席のサインと見ることもできたし、事実、そう見た者もいただろう。加えてまとめ記事から端を発した一時期のバッシング、さらには、あのスキャンダルの余波。

そうか。来るのか。

心の表層は波だったものの、全体が荒れてうねるほどではなかった。私はなんとなくだが、井ノ川の出席を予感していた。あたかもこの展開を正夢で一度見ていたかのような納得感だった。

「あんまり驚かないね、室田。私、めっちゃびっくりしたのに」三井は私の落ち着きに合点がいかないようだ。「幹事って言っても名ばかり幹事みたいなポジションだったし、タイムカプセル埋めるときにもいなかったし。ネット記事のこともあるし。てかあれ、ひどくない？　あの滝……なんだったっけ？　滝……滝川？　滝上？　たきのうえ？」

「井ノ川はたぶん」

私と同じ気持ちの変遷を辿ったのではないか。そんな気がしてならない。だとしたら、彼女が東京からわざわざ帰札して出席する理由は一つだ。

紙袋に落とした木下の名札をすくい上げる。風の噂でボランティアをやっていると聞いた。意外だ。あの声でボランティア。心機一転声優を目指し始めたと言われたほうが、驚かなかった。

木下に会いたかった。来ないと知らされて、心から残念に思う。

私が木下に会いたかったように、井ノ川にもいるのだろう。

「たぶん井ノ川は、誰かに謝りたくて来るんだと思う」

十年経って、初めて井ノ川の本心に触れた気がした。

黒縁眼鏡を掛けた青年が現れた。整った顔立ちの彼は硬い表情で受付に歩いてくる。

＊

「花田です」

名乗った途端に「わかってた」と嬉しそうに言われた。こいつの気取りのなさ、公平そうなテンション。化粧もあり高校時代の浅黒さはないが、間違いなく三井だ。じゃあ隣にいるのは室田か。こっちは眉間のほくろがそのままだ。

「なんでわかった？　眼鏡をかけたのに」

「そりゃあわかるよ。花田だもん。眼鏡も似合ってる」

木下の不評に晒されてばかりだったので、見え透いた世辞でも嬉しかった。室田が名札を渡してきた。テーブルの上に並べられた名札を一読して、もしやと察する。

「そういやおまえら、五月に一度集まってるんだよな」

「そうだよ。花田も来ればよかったのに。富岡は誘ったって言ってた」

「もしかして、俺がわかったのって消去法か？」

今日の出席者が五月の集まりと相当数重複しているのだとしたら、見慣れない顔が誰なのかという推測もたやすい。三井は適度に筋肉がついた肩を竦めた。

「鋭いね。そうなんだ、今日だけに出席するのは花田と井ノ川だけ」

「井ノ川、来るのか」

欠席するとも聞いていないが、出席すると言われればやはり意外という感想が真っ先に来る。

「花田も知らなかったの？　井ノ川に合わせて出席したわけじゃないんだ」室田は俺の言葉こそが意外だったという顔だ。「仲よかったのに」

「卒業後はほぼ音信不通みたいなもんだったよ」

恨み言を言いたいわけではない。俺たちを捨ててアナウンサーとして活躍する彼女を、恨めしく思ったことなど一度もない。彼女が違う地平にいることを、俺は痛いほど理解していた。多少は寂しいが、純粋に感心している。

だからこそ俺は、今日出席することにした。

もしもＳＮＳに火種を投げ込んだやつが井ノ川に本気で危害を加えるつもりならば――考えすぎかもしれないが、俺は唯一岸本の激情を目の当たりにした人間として、そして岸本の立場を難しくした人間として、井ノ川を守り、主謀者をなだめなければならないと腹を決めた。

「どうしたの、難しい顔」

怪訝な顔つきになった三井と室田に「いや、大丈夫。腹減ってるだけ」と誤魔化した。

「とにかく、久しぶりに会えて嬉しいよ。後でいっぱい話そうね、花田」三井は屈託のない笑顔を浮かべた。「井ノ川もまぜてさ」

「あ、花田？　久しぶり～」

化粧室に行っていたらしい女は桜庭か。ややふくよかな体つきを含めて、昔とあまり変わらず面影があった。

「代わるね〜。次顔直してくる人、どうぞ。どっち？」

「じゃあ、私行こうかな」三井が腰を上げた。「桜庭、ここお願いね」

「オッケー。パウダールームきれいだったよ」

「おまえらは卒業後も三人で集まってたのか？」

訊くと、三井は「そうだけど、なんで？」と首を傾けた。

「そういう感じするから」

長らく会っていない者同士の、たとえば俺と富岡の間にあったような距離感が希薄なのだ。三井はどこかしら得意げに胸を張った。

「いいでしょ？」

俺は「そうかもな」と言った。何から何までいいと肯定してしまうほど単細胞ではない。同時に、大人になる前の友情を、大人になってからも持ち続けることの難しさがわかるほどには年を取った。

「今年もミツムロチェリー会、やろうね」

桜庭が隣の室田と、化粧室へ行きかけた三井に言った。

振り向いた三井が頷く前に、室田が小さく「うん」と答えた。三井がすぐさま負けじとばかりに「もちろんやるよ！」と続いた。

三井の声はでかかった。変わらないなと苦笑いし、白いクロスの上に並べられた名札をざっと見た。

「井ノ川はまだなのか」

机の上には井ノ川東子の名札がまだ残っていた。

「うん、でも……」

言いかけて室田は言葉を切り、はっと俺の後方を見つめた。桜庭の目も同じところに釘付けになった。俺は確信を持って振り向いた。

彼女が履くパンプスのポインテッドトゥが、指さすようにこちらに真っ直ぐ向いている。ホテルのカーペットを叩く踵の音が心地よかった。俺たちは寸時、同窓会のことを忘れて彼女の足さばきに見とれた。日常的にテレビカメラの前に立つ人は、こうも違うのか。まるで床に引かれた見えない一本の線を足の親指で踏んでいるかのように、一足一足が規則正しい。

*

「それでは皆さん、しばしの間お食事とお喋りを楽しんでください」

スタンドマイクを前にした磯部が開始の挨拶をそう締めくくると、かつてのクラスメイトたちと担任の南先生は、めいめい近くの相手と歓談しながら和洋中の料理が並ぶ壁面へと歩きだした。ただ、彼らはそれぞれで語らいながらも、私に視線を送ってくる。見慣れない珍獣が紛れ込んでいるかのように。

人から注目を浴びるのは慣れている。その視線の中に潜む無数の棘《とげ》も含めてだ。

「井ノ川おまえ、ますます目立つようになったなあ」

隣にいた花田が言った。

私はホテルスタッフと一言二言話している磯部に近づいた。スタッフが離れたタイミングでそばに立つ。

「とりあえず、お疲れさま」

磯部は私を認めて一瞬ぽかんとなった。話しかけられるとは思わなかったと、その表情が語る。

「ほら、飲めよ。喉渇いたろ」

花田がグラスの烏龍茶を磯部に差し出した。

ねぎらいの言葉をかけに来たのは他にもいた。受付にいた三人だ。ミントグリーンのワンピースを着た室田とは対照的に、サマーニットとパンツというスタイルの桜庭からは、いかにも「これからタイムカプセルを掘り起こします」という意気込みを感じる。

「お疲れ、磯部！」

「お疲れって、まだ始まったばかりだろ」

返す磯部にも三人は動じない。二皿持っていた三井が、うち一つを磯部に渡した。

「ほら、料理取りに行こう」分け隔てのない付き合いをする三井は、私も誘った。「井ノ川もさ。はい」

おそらくは自分で使うつもりだったのだろうもう一つの皿を、三井は私に譲ってくれた。ブランドはひっくり返さないとわからないが、適度な重みのあるよい皿だ。

料理ブースから好きなものを取り、私たちは六人で一つのテーブルを囲む。同じテーブルを使う出席者は他になく、それなりの余裕を持って皿やグラスを並べられた。

花田、三井、室田、桜庭、磯部、そして私。

どうやらこの六人で一緒に行動しそうな流れだ。一人で過ごす覚悟はしてきたし、それでも構わなかったが、彼らから離れてあえて一人になる理由もない。

それに、花田はもちろんだが、おそらく三井たちも意図して私のそばにいる。一人にさせまいという気遣いだ。いじめ疑惑のまとめ記事を発端に、ここ一クールほどの期間、私自身意図しないメディア露出が増えていた。

「井ノ川、忙しくないの？」皿に寿司ばかり載せた三井があけすけに尋ねてきた。「朝番組なんてただでさえ大変そうなのに、後輩の穴埋めあるんでしょ？」

室田も案じる顔になる。「その後体調は？　感染疑いだったっけ。番組もお休みしたんだよね、陰性だったとはいえ気疲れしたでしょ」

彼らの言葉どおり、本来ならば同窓会に出席している場合ではなかった。今日は土曜日で休みとはいえ、移動はそれだけで疲労するものだ。今、私が体調を崩してまた欠勤しなければならない事態になれば、局は混乱するだろう。自意識過剰ではなく、六月に滝本が退社したからである。

それでも来たかった。

「三井、サーモン好きだよね」ビーフシチューパイとミックスサンドイッチを豪快に皿に載せた桜庭が、三井の皿を見て言った。「居酒屋のときも思った」

三井は全八種類の握りを一貫ずつ取っていたのだが、サーモンだけは三貫あるのだ。

「サーモンの握りと刺身追加注文してたな」磯部が話に加わる。「あれ、三井の好みだったからか」

すると三井は桔梗の間のクラスメイトらをいったん見やって、しばし考える顔になった。

私もかつての級友らを眺める。食べて飲む段になって、みんなマスクを外した。

南先生がいた。元より若々しい教師ではなかったが、十年の月日ではっきりと老い枯れた。先生の隣にラグビー部だった巨軀《きょく》の富岡がいるものだから、いっそう見すぼらしい。しかし富岡とともに同じテーブルの足立も、うまく先生の相手をしているようで、会話は弾んでいる様子である。

富岡と足立は、クラスの中で互いに親しかったような記憶がある。

他のテーブルも見回すと、高校生当時の交友関係をそのまま引き継ぐ形でコロニーが形成されていることに気づいた。

卒業とともに縁が切れたはずのクラスカーストが、眼前にあった。私が見ているのはまさに十年の時を経て桔梗の間に蘇った序列だ。

出席者の面々は、大半がカーストで言えば中間層だった生徒らだ。上位は私と花田以外男女ともに欠席で、下層だった生徒らも来ていない。平均のラインに近い同窓生らが集まった感じだ。それでも自然と『当時仲がよかったきっかり同じカーストの友人』で固まっている。もう少し時間が経って場の雰囲気もほぐれたら、違ってくるのかもしれないが。

四十になっても五十になっても、カーストは付《つ》き纏《まと》うのか。思えば私も一人で過ごす覚悟をしてこの場に来たのだった。

「私、寿司ネタの中でサーモンが一番好きなんだけど」

唐突な三井の言葉に、室田は困惑げだ。「うん、みんな知ってる。さっき桜庭も指摘してた」

「でもさ、もしあなたのグループは一生イカとトビッコしか食べられませんって言われたら、悲しいよね」

室田、桜庭、磯部、花田が顔を見合わせた。何を言い出すのかというように。桜庭が三井の皿の上を指さした。

「イカとトビッコへの熱いディスり？　イカ取ってるじゃん」

磯部は穏便に双方を擁護した。「俺はどっちも好きだけど……」

「もちろん、私だって好きだよ。でも他にも好きなネタいっぱいあるのに、おまえに合うのはその二つだから他には手を出しちゃ駄目っていう暗黙の了解があったら、腑に落ちないよね」

同じテーブルにいる中で、私だけが彼女の本音を察した。三井は続ける。

「それを破ってサーモンを食べたら、あいつは空気読めないって白い目で見られるの」

はっきりと思い出される。私にとってこの子はカーストエラーだった。三井だけが私を追い落とすことができた。その気になりさえすれば。

「私は自分の好きなものを食べたいな。百円の皿だろうが、五百円の皿だろうが関係なく」

「そうだね」十年前なら絶対に口にしなかった同意を、私は彼女にした。「値段だって国やニーズ、時代が違えば全部変わってくるものだしね。絶対じゃない」
同意された三井が一番びっくりしている。しかし彼女は驚きを発想の転換に使ったようだ。

「井ノ川。どうして今日、出席したの？」

とんでもなく飛躍したかのようなこの問いも、三井の中では自然な流れなのだ。だから私も、水が上から下へ落ちるように言える。

「タイムカプセル開封式に立ち会いたいから」

磯部のスニーカーの爪先がぴくりと動いた。

「でも、磯部は知っているみたいだね。幹事には学校側から連絡が来ている？」私の一言でどこか委縮したような磯部に確認する。「タイムカプセルは掘り起こせないって」

三井ら女性三人は初耳だという顔をしたが、磯部は観念したとばかりに首肯する。

「白麗高校同窓会を通じて教えられた。でも、連絡が来たのは本当に最近になってからだよ」

「そうなんだ。ずいぶんのんびりしている」

「今現在、白麗高校で同窓会関係を担当している事務職員が弁明するには、タイムカプセルイベントをやったのって俺たちの二十七期が最初で最後で、他のクラスもまだ開封式をやっていない。事情を伝える前例自体がなかったから、連絡も遅くなってしまったって。十年前にいた教職員も転勤しちゃってるだろうしね。公立だし」

「ちょっと待ってよ」三井が割って入る。「どうして掘り起こせないの？　桜庭だってやる気満々で来てるのに。見てよこの服」

「校舎が変わったんだ。卒業後、増改築工事があったんだって」

「ああ、やっぱそうなんだ」花田にも心当たりがあったようだ「俺はたまたま六月に車で学校を見に行って、あれってなった。白樺も引っこ抜かれてたし」

花田の言葉を私は引き継いだ。「白樺が植えられていた場所、タイムカプセルが埋められたところには、今はプレハブの用具入れが並んでいるの」

室田が私に尋ねた。

「SNSではそのことお知らせしてなかったけど、どうして？」

当然の質問だった。ありのままに答える。「磯部からその旨の連絡がなかったから。私から、埋められた場所はもうないけれど、どうする予定なの？　って訊けばよかったけど、こっちもごたごたしていて余裕がなかった」

「あー、ほらこれ見て」桜庭が自分のスマートフォンで古い書き込みを表示し、こちらへ向けた。

「この人なんかは察してそうじゃない？」

それは最初の遺言墨の投稿に対してつけられたレスポンスの一つだった。

『え、待って。白麗高校近所民だけど開封式やれるの？　無理くない？』

「なるほど、近所だからあの場所がもう潰されてるって知ってたわけね。そりゃ無理だと思うわ」納得しながらも三井は一つ文句を付け加えた。「無理だと思う理由も言ってくれたらね」

「どうでもよかったんじゃね？　だとしたら、こいつは欠席組かな。もしくは」花田はグラスを手にしたまま中途半端に腕を組んだ。「せっかくの同窓会に水を差したくなかったとかかな？」

室田は現実的な心配を磯部に投げかける。「実際問題、この会の後はどうするの？　スケジュールとして白麗高校へ行くってなってるんだけど……受付の段階では私たちのほかに二、三人くらいしか参加者いなかったとはいえ」

「いや、開封式はやれるんだ。タイムカプセル自体はあって、校内に保管されている。今日在校している教職員が対応してくれる手はずだ」磯部はそれから言い訳のように付け加えた。「だから、当日の説明でいいかなと思ったんだ。俺が一般参加者なら、はなから興を削《そ》ぐようなことは言ってほしくない。うすうす察している人があえて断言していない状況なら、なおさら」

どこかのテーブルでどっと笑い声が湧いた。クラスメイトらはそろそろ温まってきているようだ。料理も順調に減っている。

「ところで、井ノ川はなぜそのことを知っているの？　話聞く限りでは磯部と連携取ってたわけでもないし、白麗高校増改築の話は私だって知らなかった。高校が生活圏から離れたら、結構わかんないよ。そういう人多いと思う。室田や桜庭も知らなかったよね？　テレビ局にいるとそんな情報も手に入るの？」

私は単刀直入に問うてきた三井を見つめた。私から切り出した話題だ。すべてを打ち明ける覚悟はできていた。

「私、高校に行ったの」

「いつ？」

「五月の自主隔離中に。こっちはまだ緊急事態宣言中で休校していたから、今しかないと思って」

　そこで先が読めた顔になったのは三井だった。だが、次の質問をしたのも三井だった。言質を取りに来たのかもしれない。

「何をしに行ったの？」

「タイムカプセルを掘り出しに」私はテーブルの一人一人に目を合わせながら、告解するように言った。「遺言墨のメッセージがいじめの告発だとしたら、されるのは私だと思った」花田の溜め息を横に聞く。「呪い殺されるかもしれないとも思った。だから処分しに行った。夜を狙って」

　唖然としながらも室田が突っ込んだ。「……犯罪では？」

「私はみんなと違って失うものが大きすぎる。そのときはみすみす失うより、罪だろうがリスクを冒すほうがマシだと判断した。そういう精神状態だった」私は当時を思い返して目を伏せた。

「そう。校舎は増改築ですっかり様変わりしていた。タイムカプセルを埋めたであろうところもね。で、何もできずに翌朝東京に戻った」

「あっ」磯部が声を上げた。「帰るとき、空港行きのバス使った？　俺、おまえを見た気がする。黒ずくめの格好して……確か前倒し解除が決まった日」

　北海道が緊急事態宣言の前倒し解除を決めたニュースは、空港の出発ロビーで見た。完全犯罪の難しさを思い知る。

「それ、きっと私。こっそりやろうとして一つも上手くいかなくて、馬鹿みたいだね。いや、みたいじゃなくて普通に馬鹿か」

「こっちに来る前に、グーグルアースとかでチェックしろよ……」

花田の一言があまりにノーマルで吹き出してしまった。

「あはは、そうだね。ほんとそう。高校前の停留所に着いたときもね、ストリートビュー見て来ればよかったって思った」

久しぶりにお腹から笑い声を出した気がする。つられたのか他の五人も笑っていた。目尻から涙を滲ませて笑う私たちに、クラスメイトらが注目しているのがわかる。不思議と恥ずかしさはなかった。

ひとしきりおかしがって落ち着くと、私は指先で涙を拭った。

「確かにね。グーグルアース、なんで使わなかったかなって今なら思う。でも、当時はそういう普通の思考ができなかった。それに言い訳じゃないけど、航空写真や何かでプレハブの移動を知ったとしても、やっぱり学校には行った。別の場所に埋め直したのかもしれなかったし、それならまだ掘り出せるから」

「井ノ川はアクティブだね。私なら学校に問い合わせちゃうかなあ。すぐには返事もらえなくてめっちゃやきもきしそうだけど」

あくまで正当なことを言う三井は、曲がりを知らない若竹のようだ。

「そのやきもきする時間が、多分あのときは我慢できなかった」

私は自分を女王だと思っていた。思っているがゆえに、人頼みの発想もなかった。秘密を知られるきっかけを一つ渡してしまうより、なにもかも自分自身が動いたほうが早く正確だといううぬぼれがあった。

「あの夜、懐中電灯を頼りに敷地を一通り歩き回ったけれど、わからなかった。最初に埋めた場所には木札が立っていたから、移動させたのなら新しい場所にそれがあるはず。でもどこにもなかった。なのに、タイムカプセル開封式は中止にならない。ということは、タイムカプセルは校内のどこかに保管されたんじゃないか……」

「あれ？　わからなくなってきた」桜庭がこめかみを指で押さえた。「つまり井ノ川は、カプセルの中にあるだろう遺言墨のメッセージを処分したいんだよね？　今日立ち合いたい理由って、もしかしてイベント破壊系？　もし台無し作戦を決行するつもりなら……」

「おい」

花田が桜庭を制した。確かにわりと失敬な言葉だ。桜庭が「あっ、ごめん」と謝った。私は
「大丈夫、桜庭の思考はわかる」と理解を示す。

「もちろん、そんなことしないけれどね。もし何か企《たくら》んでるなら、一人で掘り出しに行ったなんて言わないでしょ」

「あっ、それもそうだね……ん？　んん～？」いったんは同意したものの、桜庭は再び首をひねった。「うーん。じゃあ、どうして参加するの？　遺言墨の告発が自分に向けられたものじゃないかって恐れているなら、立ち会うのは逆に辛くない？　もし悪い予感が当たったら、みんなの前でそれ読まれるわけでしょ。公開処刑だよ。私だったら弾劾《だんがい》裁判は欠席したい。その場にいても何一ついいことなさそう」

「俺らとは失うものの大きさが違うって、さっき自分で言ってたよな」磯部も続く。「それだけのダメージなら、もう開封式にいてもいなくても大差ないだろ？　井ノ川の想像どおりの内容だったら、止めろと頼んだところで事の次第をＳＮＳに書き込むやつは残念だけどいると思う」

私はテーブルに置いたグラスを取り、水に口をつけた。唇を濡らしただけで飲みはしなかった。

「私への恨み言が書いてあるなら、それでいい」

「いい、って。ていうかそもそも」三井は力説した。「遺言墨のあれって井ノ川へのメッセージだって確定してないよね？　別の誰か宛って可能性もある。ＳＮＳにも……」三井はちらりと室田を見た。「別の名前が書き込まれていたことがあったよ。名指しする行為は横に置いておくとして、目立って岸本のことをどうこう言っていたのって……」

「だから来たの」

これは敗北宣言かもしれない。だからこそ、胸を張って言いたい。私は少しだけ顎を上げた。

「万が一にも書かれている名前が私じゃないなら、ちゃんと伝えなきゃいけないから。その人は悪くない、悪かったのは私だって。誰よりも私が読むべきだって」

保身だけで行動したことを詳《つまび》らかにした舌の根も乾かぬうちに、保身をかなぐり捨てる言葉を吐いた私を、三井や磯部は信じられないようだった。桜庭は口を半開きにしてしまっている。当然だ。私は彼らの戸惑いを受け入れる。一方で花田は深刻な顔つきではあるものの、小刻みに頷いてもいた。花田に私のすべてが理解できているとは思わないし望みもしないが、思えばここにいる誰よりも付き合いが長いのは中学時代に出会った花田だ。彼なりに私という人間をわかっているのだろう。室田もなぜか納得顔だ。

「えっと……どういう急激な心変わり？　なんで自分が悪いって……」

人は驚いたとき、瞬きを止めるか逆に素早く何度もするものだ。三井は後者のようだった。その一言の間に、彼女は四度瞬きをした。

「白麗高校へ行った夜、私の後輩にスキャンダルが出たの。局から連絡が入った」

「あ、滝……なんとかさん！」

「滝本アナだよ。彼氏とのトラブルだよね」

うろ覚えの三井をフォローした室田に、私は頷いて正しいと伝える。

「いかがわしい写真付きでネタを売られた。あのころちょうど露出が増えていたのが災いしたのかも」でも男女関係の醜聞などよりも眉を顰《ひそ》めたくなる事実があった。「彼女、男を使ってネット工作をしていた。生放送中に自分を上げるようなことを投稿させたり、他を下げたり。私のいじめ疑惑記事も彼女が書かせたものだった。男女関係のスキャンダルにくらべたら全然インパクトないけれど、私にとっては違う。こっちが重要だった」

「その人、六月に辞めたよね。番組持ってるアナウンサーも改変前に辞められるんだってびっくりした」

「そのへんは労働者の彼女にも権利があった。スキャンダルが出た次の日にバックレたわけじゃないしね」

滝本はきっちり四週間自分の役割を勤めてから消えた。その間、彼女は男のでっち上げと主張し続けた。仕事以外では喋らず、よく送ってきていたメッセージもぷっつり途絶えた。人が変わったようだった。

暴露の第二段が出たのは退社の前日だった。最後に彼女は一言だけ残した。

――私だって被害者なんです。

好感度の高さはうわべだけだったということだ。私はすっかり騙されたが、彼女を落としたキー局の人事は見抜いていたのだろう。ただ、滝本も汚点だけを残したわけではない。

「彼女の逃げと責任転嫁を目の当たりにしたから、私はここに来ているの」

みっともない、ああはなりたくない。いい反面教師だった。

遺言墨のメッセージ一つで失われるくらいのキャリアなら、キャリアと呼べるほどの代物ではなかったのだ。どうせ駄目になるなら全部認めよう。私に対して怒っているなら謝る。もし矛先を間違えているなら誤解を解いてこちらに向ける。そして、全部受けとめた上で私も言いたいことを言う。こういう復讐を企てる、あなたのそういうところが大嫌いだと。

「私には、やらなければならないことがある」

開封式に出席する私たちは、駅前のビジネスホテルから三台のタクシーに分乗し、白麗高校まで行った。

磯部、花田、三井、室田、桜庭、富岡、足立。南先生。それから、東京から来た私。

「暑っつい！　マスク暑っつい」三井が額に手をやり、顔に庇《ひさし》を作る。「めっちゃ暑いね、もう四時近いのに」

　相変わらず大きな声だった。大きいだけじゃなくて、よく通る。高校時代もランニング中に何度も名を呼ばれ、エールを送られた。私はあまりその瞬間が好きではなかった。彼女はその他大勢も同じように励ましたからだ。でも、表立って止めろとは言えなかった。言えば私の弱みを晒す。私が三井に対してできるのは、三井の公平さを黙認し、女王の顔でい続けることだけだった。

　来るつもりのなかった開封式だ。その参加者一団の先頭を歩いている三井の姿に、言いようもなく納得してしまう。

　白麗高校の校舎はぎらつく夏の日差しに照らされ、白く眩しい。

　タイムカプセルを一人掘り返しに行った夜以来の母校だった。白昼の光の下で見る校門は、経年変化こそあれ昔のままの形だ。向かって右側の門柱に校名を記した横長のプレートが埋め込まれ、左右の門柱の間をレールが走っている。レールの上のゲートは開け放されていた。昔から日中は、平日休日問わずゲートが閉ざされることはなかった。

　様変わりしたのは校舎のほうだ。バス停で降りてから校門までを歩く道すがら、私たちは母校の変貌を論評し、思い思いの感想を言いあった。

「体育館が二つになったの？」

「第一と第二ができた」

「駐輪場を潰したんだね」

「駐車場の位置も変わった」

「南先生がまだいらっしゃるときに工事したんですか？」

「いや、転勤後だよ」

「ていうか、十年でこんなに変わるんだね」それを言ったのは桜庭だった。「学校よりも周辺がすごく変わった。畑があったのに立派な住宅地じゃん。高橋家は引っ越したのかな」

十年前、校庭に接した土地で畑作を営んでいた農家の消息は、その場の誰一人知らなかった。

クラスメイトらは、門を入ってすぐの前庭で自然と足を止めた。磯部が教職員玄関のポーチに上がり、来客用のインターフォンを押した。

＊

『帰り、何時ごろになりそう？』

家人からのメッセージには返事をせず、私はＳＮＳの同窓会アカウントを覗いた。

職員室には私ともう一人、保健体育の友坂《ともさか》教諭がいる。席が離れているために、友坂がデスクで何をしているかはわからなかった。同様に私がスマホを見ていることも、友坂はわからないだろう。

同窓会ＳＮＳには、和気藹々とした会場の画像が、何回かにわけられアップロードされていた。その中で高校時代の面影を残すのは半数くらいだ。化粧や体格の変化などで、あとの半数は名前がわからなかった。それはお互い様というところか。卒業後十年経っても当時の洋服がまだ着られるなんて人は、ほとんどいない。私も全部捨てた。

ただ、井ノ川だけはすぐわかる。

変化がないのではない。彼女だって変わった。より美しくなった。砂利にダイヤモンドが紛れているという構図が変わらないからわかるのだ。

加工アプリを使わなくても、こんなにきれいに写る人がいるのか。他にも室田と桜庭はわかる。三井もなんとなく。外見の変化が一番少ないのは磯部だ。

黒縁眼鏡の男性が花田だと気づいて、一瞬呼吸を止めてしまった。

ホテルでの立食パーティーは二十分ほど前に終わっていた。じきに彼らがやってくる。

私はスカートの右ポケットを布地の上から押さえた。入っているものの薄い感触が伝わる。

「藤宮先生のところは、帰省しなくてよかったの？」

お盆期間中の出勤を気遣ってくれたのか、友坂がそんな言葉をかけてきた。

「母は来るなと。まだ感染が怖いみたいです。義母も高血圧の薬を飲んでいますし」

「ああ、そういう事情か。おおむね収束したようには見えるが、気をつけるに越したことはないね」

「普段生活を共にしている人以外とは、今は会わずにいるという考えのようです。年内にワクチンを接種できればいいんですが」

「そういえば今日、同窓会のクラスが来るね。何期だったか忘れたが」

「二十七期ですね。大丈夫です。私が対応します」

答えると、友坂は安心した顔になった。

「そう。面倒をかけるが頼んだよ。五月のこともあるからさ」

五月、夜間に何者かが学校の敷地に侵入した形跡があった。校舎内には入っておらず、ただ歩き回ったような足跡だけだったので、特に警察へ通報もしなかった。

「あれは、近所の少年だと思いますよ」

心にもないことを言っておく。足跡は野球部の用具入れ付近に多く残っていて、サイズはあまり大きくなかった。女性か子どもの靴のサイズだろうと聞いて、もしやと思った。もしやの発想が突飛すぎて、意識して忘れようと思ったほどだ。

――もしや復讐を恐れた彼女が、わざわざ掘り起こしに来たのか。そこまで効いたか。

ともあれ、白麗高校は部外者を敷地内に入れることに、多少慎重になっている。

「ちょっと準備が必要なので、席を外していいですか。書道準備室にいますので、事務室から来訪の連絡が入ったら、内線で呼んでください」

「了解」

私は職員室の片隅に畳まれて置かれた小ぶりの台車を引き出し、ハンドルをセットした。それを押して、書道準備室へと戻る。耳の奥からいつもよりも少し早い鼓動が聞こえる。ハンドルを握る手がぬるりと滑る。脇の下の湿りを感じた。緊張していた。

ギャンブルはしたことがない。競馬もカジノも。大学生のときに麻雀《マージャン》の打ち方だけは教わったが、興味は続かなかった。ガチャも回さない。

どうせ負けるからだ。負けるのは大嫌いだ。

でも私は今から賭場《とば》に臨もうとしている。

「先生」

はっとする。いるはずのない柏崎の声が聞こえた気がしたのだ。振り返ったが、当然彼女の姿はない。

二年に進級した柏崎は、あまり準備室に来なくなった。六月からは一度もここで弁当を食べていない。気になって教室を覗いたら、彼女は明るそうな女子と机を少し近づけて食べていた。感染症対策で向かい合わせに机をつけることも、食事中のお喋りも禁止されている中、柏崎と明るそうな女子はときに目を合わせて微笑みを交わし、和やかな雰囲気が見て取れた。柏崎の新しい友人は、何となく三井を彷彿《ほうふつ》とさせた。

よかったと胸を撫でおろし、一抹の寂しさも覚えた。

まだたまに彼女が準備室に弁当を持って来ていた四月の末、私はそれとはなしに彼女に尋ねてみたのだった。

――もし遺言墨を手に入れたら、あなたも一年生のクラスで仲間外れにした子たちに思い知らせたいと思う？　前に先生が話した、遺言墨で手紙を書いた子のように。

柏崎はそのときあからさまにぽかんとなった。顎が一段落ちて、顔がやや面長になったくらいだ。彼女はそれでも真摯に私の質問と向き合い、はっきりこう答えた。

――そんなことしません。クラス離れたし、今はそれほど気にしてないので。

気にしていないと柏崎が言った瞬間、たとえようもない孤独を感じた。

孤独は白く白く私の心に降り積もり続けている。

この雪は、今日止むのか。

準備室のデスクに腰かけて唇をいじっていると、内線電話が鳴った。友坂からだった。

彼らは予想よりも早く白麗高校に到着した。

面子を想像する。誰が来ているかで私の戦い方も違ってくる。

おそらく本命は来ない。

また脇の汗腺がじわりと開いた。私は床を這うようにして、デスクの下に頭を突っ込んだ。奥に置いてあった段ボール箱を引き出す。

腰を痛めないように注意して持ち上げ、台車の上におろすと、私はマスクをつけた。スカートの左ポケットにスマホを、そして右ポケットには切り札を滑りこませ、台車を押しながら教職員玄関へと向かった。


台車を押して玄関の外へ出る。日差しの強さは昼日中《ひるひなか》ほどではないのに、暑さは頑固だった。

アスファルトの輻射熱《ふくしゃねつ》が熱膨張した腕で私を抱きしめる。

ゆらゆら燃え立つ陽炎《かげろう》を背に、彼らはついにやってきた。

顔を見ていく。三井、磯部、室田、桜庭、富岡、足立。元担任の南。少ない。この程度か。木下は逃げたみたいだ。

でも井ノ川と花田の顔があった。来たのか。

来たのだ。

胃の中に針が生まれ、鋭い痛みが走った。だが顔は歪めない。

「こんにちは。わざわざありがとうございます」磯部が頭を下げた。「二十七期生三年六組です。俺は幹事の磯部といいます」

私は頷いた。「教師の藤宮です。タイムカプセル開封ですね。聞いています」

磯部の後ろに待機していたその他の面々も、徐々に距離を縮めてくる。中でも井ノ川はやはり目立った。マスクをしていてもだ。意識せずとも、ついつい視線を向けてしまう。必然、目が合った。井ノ川の濁りのない虹彩《こうさい》の焦げ茶が、シャドウをのせた瞼に一度、二度と隠れる。瞬きが微妙に早くなった。

井ノ川の瞳がすっと下がった。彼女が次に見たのは私の手だった。左手薬指のささやかな光を確認して、彼女の目はまた私の顔に戻った。

もう一人、怪訝そうに私を眺めているのは花田だった。早くも何か気づいた目をしているが、私の思い過ごしだろうか。花田は井ノ川の頭に顔を寄せて、何かを囁いた。

「藤宮先生。この中に、タイムカプセルが？」

磯部に訊かれたので、私は彼に目を戻し、首を縦に振る。

「そうです。校舎の増改築のため、埋められていたタイムカプセルは、すべて掘り出しました。再び埋める場所もなく、校舎内での保管になったんです」

嘘ではない。話していない部分があるだけだ。

他のクラスのタイムカプセルは備品室にある。三年六組のものだけ、私が管理していた。段ボールの合わせ目を軽く留めていたガムテープを剝がす。緩衝材がわりに詰め込まれている丸めた新聞紙をそろりとのけると、ビニール袋に包まれた球形のタイムカプセルが顔を覗かせた。

「校舎の中で開けてもいいでしょうか」南先生が寂しくなった頭髪を汗で濡らして訴えた。「熱中症も心配ですし」

私は少し考えて答えた。「では、入校許可証に記入願います」

情けをかけたわけではない。暑さに注意力が向けば、緊張感が薄れる。彼らには全身全霊でトラベラーに注意を向けてほしかった。


スリッパの音を鳴らして同級生たちが廊下を歩く。「学校のにおいがする」と桜庭が言った。埃、ワックス、そして染み付いた生徒たちの体臭。それが学校のにおいだ。私は台車を押しながら生徒ロビーに彼らを誘った。十数台の円形テーブルに椅子を配置したありきたりのロビーは無人だった。購買部もシャッターが下りている。

生徒ロビーからは中庭の噴水が見えた。私は中庭へと続くガラス戸の手前で台車を止めた。老朽化で元栓を閉められ、もはや水を吐き出すことのない噴水は、増改築工事の際も存在しないかのように無視されたのだった。私は花田に視線を送った。花田は眼鏡の奥で思い詰めたような目をして涸《か》れた噴水を睨んでいた。

三井がさっそくタイムカプセルのビニール袋を取り払いにかかる。結び目に苦戦する三井に、室田が鋏《はさみ》を差し出した。固く結ばれていた口の部分が切り落とされ、巨軀の富岡が中身を取り出す。

富岡はみんなに示すように、裸になったタイムカプセルを持ち上げた。タイムカプセルは、ざっくり表現するなら球体だが、正確には赤道部分にボルトを締めるジョイント部分がある。二つの山高帽を、つばを合わせてくっつけた形、あるいは輪が星にめり込んだ土星のよう、と言えばいいのか。銀色の表面に錆などの目立った劣化は見られない。

床に落ちたビニールの結び目を拾い上げた磯部が、それを矯《た》めつ眇《すが》めつしている。

「どうやって開けるの、これ」

「ボルトを外せばいい」

「これを使うのかな」タイムカプセルの底面に粘着テープで貼り付けられているスパナは、室田が見つけた。「剝がすね」

「おかしいな」ビニールの結び目を握りしめた磯部が首を傾げた。「こんな感じでしたっけ、南先生」

南先生が老眼鏡のブリッジを押し上げる。「何か変かい？」

富岡は瞬く間にボルトを外していく。

視線を感じてそちらを見ると、井ノ川と目が合った。物言いたげな目だった。磯部と同様、違和感があるのだろう。ただ、井ノ川と磯部の違和感は質が違う。彼女は覚えたそれを言葉に変えるだろうか。普段はニュースを伝える唇がマスクに隠され、動く瞬間が見られないのは惜しい。

井ノ川の横で、花田もタイムカプセルから視線を上げて私を見た。

スカートのポケットの中に指先だけを忍ばせる。花田がはっと一歩動き、井ノ川の靴先もこちらへと踏み出された。しかし、すぐに止まった。どよめきにも似た歓声が上がったからだ。

「開いたぞ」

富岡が球体を割った。ビニール袋に包まれたいくつものトラベラーと、乾燥剤が二、三個こぼれ出た。二つの半球となったタイムカプセルの中身は、片方にすべて盛られ、空になったもう片方は、三井が自分の足元へ引き寄せた。

中の名札を手掛かりに、さっそく自分のトラベラーを探し始めたのは富岡と足立だ。三井らも続いた。

井ノ川と花田はトラベラーには手を出さなかった。

「桜庭の、見つけたぞ」

「これ音村のだ。欠席者のはどうするんだっけ」

富岡の疑問に、南先生がすぐさま答えた。「一年間学校に保管してもらうことになっているはずだ」

「音村の、こっちにくれる？」三井が手を伸ばした。「欠席者の分はここにまとめる」

「岸本の、ある？」

井ノ川が言った。

夏の匂いが確かに凍《い》てついた。一瞬にして空気が変わり、半径五メートル以内の音はすべて消え去る。私たちがいる一角が、見えないカプセルに閉じ込められたかのようだ。南先生だけが空気の変化についていけず、戸惑いの表情になった。富岡が手早く事情を説明する。しょぼついていた老眼の目が見開かれた。

「これだ」

足立がこわごわと一つのトラベラーを摘み上げた。

「手紙っぽい。宛名は出席者の皆さんへ、だ」それを三井に押しつけ、早口で言った。「欠席者扱いでいいよな、ほかにやりようないし。はい、三井頼む」

「じゃあ、自動的に一年後破棄か」室田はどこかほっとした声だった。「破棄だよね、受け取りに来なければ」

「もし受け取りたいならどうすればいいんだろう?」

「岸本がここに来るか?　行方不明者だよな」

「同窓会名簿自体に載っていないから、行方不明者でもないよ」

「仕方ないよ、岸本に限ったことでもないし」桜庭の口調からは結論を出そうという意図を感じた。「そういう決まりなんでしょ。気にすること……」

——気にすることない。

「身分証明書と印鑑を持参すれば、引き取れます」

続くだろう言葉を、私は遮っていた。

「その二つを持っていらしたら、私どもはいつでも引き渡します。岸本さんに」

桜庭は気圧《けお》されたような顔になった。足立が「いや、その人は来ないんですよ」とくちばしを挟んだ。「卒業前に転校したんで、同窓生じゃないんです。本人も引き取るつもりはないって」

「そうなのか？　なんでわかる」

尋ねた花田に、足立は袋を顎でしゃくった。「トラベラーの中の名札に添え書きがあった」

三井の手の中にある袋を、全員が覗き込んだ。

「確かに書いてある」三井が薄いビニール袋をみんなに見えるように晒した。「『このトラベラーは、その場で開封して皆さんで読んでください。引き取りには行きません。岸本李矢』……だって」

「つまり、我々に読ませたいんですね」

南先生の一言は座をいっそう緊張させた。

「じゃあ、その中に入っている手紙っぽいのはやっぱり……」

遺言墨で書いたメッセージか——めいめいの顔はそう言っていた。

「でもさ、読んでいいと思う？」室田だった。「本当に開封していいの？　これ、十年前のメモでしょ？　気が変わったとかありえない？」

「個人情報とかあるしね」

「やめといたほうが無難」

「あとから訴えられたりして」

好き勝手な発言が生徒ロビーに飛び交う。遺言墨で書かれたメッセージなど読みたくない、知りたくない、自分のことが書かれていたら困る——彼らは自分たちに都合のよい理由を探してこじつける。

私は井ノ川に視線を注いだ。井ノ川もこちらを見た。今日、私たちはもう何度こうして目を合わせたか。井ノ川の瞳に確信の光が宿った。

私は軽く肩をいからせた。確信したなら騒ぎ立ててもよさそうなものを、彼女はひどく落ち着いているように見えた。日ごろカメラに晒されている度胸なのか。それとも諦めか。覚悟か。井ノ川の瞼がゆっくりと閉じられ、再び開く。瞬きではなく、彼女は僅かな間、瞑目《めいもく》した。

「ていうか、これ、一回開けられてるって」

電磁石のコイルが通電したかのように、視線という磁石が一斉にその発言者へと向く。磯部のほうへ。

「最初にこれ見たときから、おかしいと思った。あの夜、俺と南先生がいろいろやったんだ。みんなのトラベラーを中に入れて、ボルト締めて全体をビニール袋で覆って……こんな縛り方しなかったんだよ」

「ビニール袋は新しくなってても変じゃなくない？　土とか付いてただろうし」

桜庭が指摘するも、磯部は揺るがなかった。

「俺、覚えてる。岸本のが違うんだ。あいつビニールを三重にしたはずなんだ。でもこれは普通に一枚だ。名札にもメモなんてなかった」

「だったら、それをやれるのって高校の人だよね？　状況から考えて」

桜庭の一言で次に視線の矢を浴びたのは私だった。南先生が私に訊いた。

「あなた、何か知っていませんか？」

「さあ？　でも」私は動じず、彼らを見返した。「その、岸本さんの手紙を読めばわかるのでは」

彼らはまた固まった。夜中、突如ヘッドライトに照らされた野良猫のように。

ポケットに差し入れたままの指先が、ひとりでに少し動いた。紙の角が指紋の溝に引っかかった。彼らは動かない。マスクの中で私は笑いかけた。

「わかった、私が開ける」井ノ川だった「責任はすべて私が持つ」

ビニール袋を受け取ると、井ノ川は迷いなく鋏を手にし、ビニール袋の口を切り落とした。桜庭が悲鳴じみた声を上げた。爆発物の処理でも始まったかのように、数人がざっとタイムカプセルから離れた。

「やめて、遺言墨で書かれているかもしれないんでしょ」

井ノ川は桜庭を無視して中身を取り出した。手紙が出てきた。二つ折りになった便箋が一通。

私は井ノ川の指先が震えているのを見た。ベージュのジェルネイルが施されたその指先が、マスクを外す。アナウンサーの口元が現れた。なぜ外したのか、私には見当がつかなかった。あえて想像するなら、井ノ川なりの対峙《たいじ》の仕方、か。

「なんだ」マスクに塞がれた私の声を彼らは聞き取ったかどうか。「読むんだ」

井ノ川が便箋を広げた。次にその目はこぼれんばかりに開かれた。

「なんて書いてあるの？」

三井らが井ノ川の元に集まり、手紙を覗き込んだ。

「え、墨じゃないね。ボールペン？」

井ノ川が近くの磯部に手紙を押しつけた。磯部がその内容を読み上げる。

「遺言墨は嘘です。お騒がせしました。忘れてください……これだけだ」

「なんだそれ」

「結局構ってちゃんかよ」

彼らの声はおしなべて安堵を含んでいた。しかし。

「もういいよ。茶番はやめようぜ」

決定打を放ったのは花田だった。花田は両腕をだらりと自由にして、私の前に立った。私の腕がぎりぎりで届かない程度の距離を保って。

「あんたが岸本だろ、藤宮先生」

「花田！」

井ノ川が制止した。花田は私から目を逸らさぬまま、ちょっと待ってろというように右の手のひらを井ノ川へと向けた。

「少なくともSNSに書き込みをしたやつだ」

私は意に介さぬ顔で応じた。「ただの推測ですよね」

「あの書き込みをしたやつは、必ず開封式にも来ると踏んでた。ここにいる部外者はあんただけだ」

「ですからそれ、あなただけの考えですよね」

「そんなに昔の自分が嫌いかよ、岸本。認めたくないくらいに」

「え、本当に岸本なの？」

咄嗟《とっさ》にそいつを睨みつけた。なのにそいつは、みるみる笑顔になった。

「ほんとに？　すごい、見違えたね。すごい痩せててお化粧もしてるし……マスクもしてるから全然……でも、言われてみれば岸本だ」三井は胸の前で小さく手を叩いた。「すごい、一番変わったよ」

三井！

私はポケットの中で右手を握りしめた。花田が身構えた。その横をすり抜け、井ノ川が私に詰め寄った。花田が慌てて井ノ川を庇う位置に立つ。

「岸本」

井ノ川が私を呼ぶ声は、プロらしくはっきりと明瞭だった。私は自分の旧姓がこれほど美しく発声されるのを初めて聞いた。

「岸本、結婚したんだね。指輪を嵌めてる。だから藤宮さんなんだ。ここの先生になってたんだね。いったんタイムカプセルを開けてトラベラーをすり替えたのはどうして？」

私は唇を歪めて左手でマスクを取り払った。旧友たちがすべてあらわになった私の顔に軽く息を吞む。痩せて化粧も勉強したが整形はしていない。彼らの驚きは面影を見つけたからか、それともあらわになってもどこにも過去が見当たらないからか。

「なぜすり替えたの、岸本？　十年前、伝えたいことがあったからこそ、手紙を入れたんでしょ？　真意があるんでしょ。それを私に知らせたいんじゃないの？」

「覚悟してるって感じだね。だったら本当に読む？」

私はスカートのポケットから手紙を出して見せた。桜庭がまた悲鳴を上げる。

「墨痕《ぼっこん》鮮やかなこっちを読む勇気はあるの？　遺言墨、本物かもよ」

「岸本は読ませたいの？」井ノ川は右手をこちらへ差し出した。「わかった。何が書いてあってもいい。私はあなたが望むようにする」

「無理でしょ」

「岸本」室田がなぜかしゃしゃり出てきた。「井ノ川を信じて」

「信じる？　馬鹿言わないでよ」

「私は本気だよ。そのために来たの」

井ノ川は怯えていなかった。堂々としていた。内から漲《みなぎ》る彼女の迫力に、私は不覚にも呑まれた。井ノ川がそっと私の手から手紙を取った。

「読んでいい？」

井ノ川が私に許可を求めた。

読むなと言ったら読まないのか。逆に読めと言えば読むのか。

生殺与奪の権を握るというのはこういうことなのか。私が井ノ川の？

井ノ川はしばらく待った。私は何も言わなかった。

「読むね」

ベージュのネイルが便箋を開きかけた。

とっさに井ノ川の手を叩き、手紙を取り上げた。花田に摑みかかられる前にそれを取り上げ、天井に投げた。

手紙は何の情感もなく、物理法則で床に落ちた。床に落ちた拍子に、二つに折れていた紙が緩く開いた。足立が「ひっ」と声を出した。中の黒々とした墨の文字が覗いたのだ。

井ノ川だけがそれを拾おうとした。

迷うそぶりもなく手を伸ばした井ノ川に、私はついに嗤った。我に返ったように井ノ川が動きを止めて私を見上げた。

床に這いつくばった井ノ川を眺め下ろす。私は自分の魂が歓喜に爆発する瞬間を待った。

何も感じなかった。

私は井ノ川が拾おうとした手紙を足で踏みつけ、取り上げてそれを破いた。二つに、四つに、八つに。引き裂く。過去を。岸本李矢を。

「本気にしました？　嘘ですよ。私は岸本じゃない、藤宮です。あなたたちなんて知りません」

吐き捨てると、井ノ川のこめかみに青筋が走った。私は精いっぱい晴れやかな声で彼らに呼びかけた。

「すみません、そろそろ所定の時間になりそうです。私も片づけがありますからお帰りいただけますか」

　ちょうど生徒玄関から女子生徒の声が聞こえてきた。一人じゃなかった。会話をしている。上履きをスノコの上に置く音、笑い声。聞き覚えのある声だった。私の生徒だ。

「あれ、ロビーに人いない？」


　彼らから少し遅れて玄関を出た。一団はすでに校門を出ていた。逃げ水が揺らめくアスファルトの上を、同級生らはじわじわ遠ざかっていく。バスに乗るグループとタクシーを呼ぶグループの二手に分かれるようだ。私はポーチを降りた。歩くとポケットの中で紙が擦《こす》れる音がした。外気は狂ったように暑い。そして涙を含んでいるかのように湿気っている。息が苦しい。腕時計を見ると、彼らの応対を始めてから三十分ほどしか経っていなかった。こめかみを伝う汗がマスクの紐に吸い取られる。足元に視線を落とした。夏の影が黒く溜まっていた。

「先生！」

　振り向くと、上履きのままの大柄な女子生徒がいた。フィジカルエリートとも言っていい恵まれた体格なのに、百人一首部を選んだ少女。

「お見送りですか？　誰か何人かとロビーにいましたよね」

　青葉みたいに瑞々《みずみず》しく元気な声だった。柏崎はこんな声を出せる子だったのだ。

「……お友達は？」

「アヤミはトイレです。彼女、保健体育の教科書を机の中に入れっぱなしにしてたんですよ」

一緒にお弁当を食べている友達が、置き勉の教材を取りに来るのに付き合ったというわけか。

「夏休みなのに、お客さまなんて来るんですね」柏崎はさらに背伸びをし、熱気の中に目を凝らした。「ＰＴＡの人とかですか？　教育委員会とか？」

柏崎の視線を追って、私ももう一度彼らが去った方向を見た。もはや彼らはすっかり小さく、その輪郭も陽炎にぼやけていた。

「……いや、ただの来客」

「先生も大変ですね」

校舎の中から柏崎を呼ぶ少女の声がした。柏崎は「アヤミだ」と声を弾ませた。

「じゃあ、失礼します。先生に会えると思わなかった。ラッキー」

「テスト勉強」私は教師の笑顔を作った。「頑張って」

「成績優秀者、目指しますね」

きちんと一礼し、柏崎は友人の元へと戻っていった。

私はポケットの中から拾った手紙の破片を取り出し、握り潰してからまたねじ込んだ。

もう片方のポケットの中でスマホが震えた。メッセージだ。

『気は済んだか？』

転校した私に寄り添い、話を聞いてくれ、諭してくれた友人――今は家人だ――からだった。

メッセージを払い除《はらの》けるように画面をスワイプする。汗で濡れた指は上手く滑らず、つっかかった。百人一首部の生徒に合わせてインストールしたカメラアプリのアイコンに触れてしまい、インカメラが立ち上がった。

広角レンズ特有の歪みが入った顔面が映し出された。私はマスクを取った。自分を見つめる。目に鼻に口に髪に輪郭に、変化を探す。

私は変わった。自分で変わった。あの中の誰より変わろうとして変わった。傷つけられた方なのに。

私はスマホの電源を切ってポケットに沈めた。

手紙を書いたことを後悔はしていない。

読ませるために書いた。墨なんて偽物に決まっていた。でも、伝わってほしかった。憎くて、悔しくて、どうしようもなくて、あいつらにこの思いを突きつけられるなら、都市伝説どおりの代償を支払うことになってもよかった。誰が死のうが私が死のうが構わなかった。

でもほんの少しだけ、両手いっぱいに掬い上げた砂のたった一粒くらいわずかに思ってしまったのだ。

もしあいつらが全部を思い出して、殺されるかもしれないとわかってなお、侮蔑し続けた私の本心を知る気があるなら――。

『三年六組だった皆さんへ。例のタイムカプセルに、遺言墨で書いたメッセージを入れた人がいますが、知っていますか。』

『三年六組のみんなへ。岸本李矢さんを憶えていますか。遺言墨を使った人は、岸本李矢さんです。』

『岸本李矢さんって、三年生の学校祭の後に転校していった人ですよね。』

『一部の人たちからいじめられたせいで、岸本さんは転校していったと記憶しています。』

『岸本さんをいじめた人たちの名前を、憶えています。』

アカウントを変えてこれらを書き込み、ＳＮＳの流れを作ったのは私だ。

あいつらを追い詰めたかった。追い詰めて十年後に何が変わったのか、あるいは変わっていないのかを見たかった。

だからわざわざタイムカプセルを一度開けて、手紙をすり替え、仕込みを作った。

来ないならその時点であいつらの敗走。仮に来ても、処分を選んで手紙をなかったことにするなら、本物を突きつけて復讐に舵《かじ》を切る。一年後に労せず処分という逃げ道の誘惑は、恐ろしく抗いがたいはず。

逃走ルートをちらつかせてから、満を持しての大逆転勝利だ。

そっちだったら、今ごろどんなに胸がすく思いがしていたか。

絶対逃げると思ってたのに、あてがはずれた。今さら正々堂々と振る舞う卑怯者。つまらない。腹も立つ。あいつらだけじゃなくて、私にも。あいつらなら本当に私のことを忘れる。ほっとして何もなかったことにする。私はあいつらの中で負け犬のまま終わった。なんで復讐できなかったんだろう。

「だから気にしないで、岸本さん……か」

なにが、あなたが望むようにする、だ。贖罪《しょくざい》する気になるなんて反則だ。

やっぱりギャンブルは性に合わない。

私は校庭へ出た。ハンドボール部はコートから去っていた。誰もいない。住宅地の開け放たれた窓から、かすかにピアノの音が聞こえてきた。たどたどしいツェルニーの練習曲だ。

あのころは畑しかなかったのに。


『私をいじめた人たちへ。

これを開けるころ、あんたたちがどんな人生を送っているか、想像がつきません。

でも不幸であればいい。

そんなにひどいことしてないって言うかもしれない。でもそれはあんたたちが決めることじゃない。私が痛いって言ったら痛い。あんたたちがどう言い訳をしようと、私はあんたたちにいじめられた。

あんたたちは、私を馬鹿にしてあざけって気晴らししていれば、よかったんでしょ？　暴力を振るっていないから、法律に触れていないから大丈夫って。

自分のほうがカースト上だからって、私を笑いものにしてストレス発散してたんでしょ？

ブス、不細工、キモイ、ウザい。恋愛脳。

全部聞こえてた。全部憶えている。

賭けてもいい。あんたたちは逃げる。いじめられる人にはいじめられるだけの理由がある
なんて言葉で。あんなの大したことない、気にするほうがおかしいみたいな論理で。そんな
言い訳は許さない。あんたたちが破滅するまで。絶対に許さない。絶対に逃がさない。

呪いをかけてやる。

私はずっといる。あんたたちにぴったりついてる。あんたたちが笑うとき、私は見てる。

あんたたちが楽しいとき、私は後ろにいる。

今日から先の人生をもらうよ。死ぬまで忘れさせない。

ざまあみろ。』


太陽はまだぎらぎらと粘っこく、熱と光を大地に落とし続ける。風は沈黙している。空を仰いだ。目から何から焼き尽くしたかった。すぐに黄緑色の光の残像が視界をちらつきはじめた。その残像に太陽を重ねると、球体の外縁が見えた。

カーストに支配されたやつら。私はみんな大嫌いだった。

今でも嫌いだ。

心から嫌いだ。

拾い集めた手紙の欠片をポケットから取り出し、宙にばら撒いて叫んだ。

「バーカ！」

この作品は書き下ろしです。

本作はフィクションであり、実在する個人、団体等とは一切関係ありません。

乾ルカ

1970年北海道生まれ。2006年、「夏光」でオール讀物新人賞を受賞。10年『あの日にかえりたい』で直木賞候補、『メグル』で大藪春彦賞候補。映像化された『てふてふ荘へようこそ』ほか、『向かい風で飛べ！』『わたしの忘れ物』など著書多数。８作家による競作プロジェクト「螺旋」では昭和前期を担当し『コイコワレ』を執筆した。近著に『明日の僕に風が吹く』『龍神の子どもたち』がある。

おまえなんかに会《あ》いたくない

2021年９月10日　初版発行
2021年９月30日　再版発行

著　者　乾《いぬい》　ルカ
発行者　松田陽三
発行所　中央公論新社
〒100-8152　東京都千代田区大手町1-7-1
電話　販売　03-5299-1730　編集　03-5299-1740
URL http://www.chuko.co.jp/

ＤＴＰ　ハンズ・ミケ
印　刷　大日本印刷
製　本　小泉製本

Published by CHUOKORON-SHINSHA, INC.
Printed in Japan　ISBN978-4-12-005460-0 C0093

乾ルカの本

向かい風で飛べ！

スキージャンプの天才美少女・理子に誘われて競技を始めたさつきは、青空を飛ぶことにどんどん魅入られていく。青春スポーツ小説。〈解説〉小路幸也

中公文庫

コイコワレ

戦争という巨大で悲劇的な対立の世界で、この二人の少女たちの長き呪縛の如き、忌み嫌いあう対立。その先に待つのは⁉ 「螺旋」プロジェクト、激動の昭和前期篇、ついに書籍化。

単行本

中央公論新社の本

滅びの前のシャングリラ

凪良ゆう

一ヶ月後、小惑星が地球に衝突する。滅亡を前にした世界で「人生をうまく生きられなかった」四人が最期の時までをどう過ごすのか。

単行本

52ヘルツのクジラたち

町田そのこ

自分の人生を家族に搾取されてきた女性・貴瑚と、母に虐待され「ムシ」と呼ばれた少年。彼らが出会う時、新たな魂の物語が生まれる。

二〇二一年本屋大賞受賞作

単行本

月人壮士

澤田瞳子

大仏を建立し、仏教政策を進めた聖武天皇の真実の姿とは？　注目の歴史作家が、国のおおもとを揺るがす相剋と、帝の深き懊悩に迫る。「螺旋プロジェクト」書籍化。

単行本

死にがいを求めて生きているの

朝井リョウ

植物状態のまま眠る青年と見守る友人。二人の関係に秘められた〝歪な真実〟とは？　平成を生きる若者たちが背負った自滅と祈りの物語。「螺旋プロジェクト」書籍化。

単行本

ＳＯＳの猿

伊坂幸太郎

株誤発注事件の真相を探る男と、悪魔祓いでひきこもりを治そうとする男。二人の男の間を孫悟空が飛び回り、壮大な「救済」の物語が生まれる！〈解説〉栗原裕一郎

中公文庫

シーソーモンスター

伊坂幸太郎

『小説BOC』「螺旋プロジェクト」人気連載遂に書籍化。昭和後期と近未来を舞台に、家庭と世界の平和を守るべく、人々が奔走する！

単行本